PROFILS

ET

GRIMACES

PAR

AUGUSTE VACQUERIE

DEUXIÈME ÉDITION

PARIS

MICHEL LÉVY FRÈRES, LIBRAIRES-ÉDITEURS

RUE VIVIENNE, 2 BIS

—

1857

COLLECTION MICHEL LÉVY

PROFILS

ET

GRIMACES

OEUVRES D'AUGUSTE VACQUERIE

SOUS PRESSE

RÊVERIE

ÉMOTIONS. . . . . 1 vol.

CRITIQUE

LES FAISEURS D'HOMMES. . . . . 1 vol.

DRAME

TRAGALDABAS. — PROSERPINE. — HORREUR DU SANG. . . . 1 vol.

Paris. — Typ. de Mme Ve Dondey-Dupré, rue Saint-Louis, 46.

I

Qui veut des miracles? en voici.

Il y a, dans les moindres villes, un lieu où, chaque soir, pendant quatre heures, hommes, femmes, tous les âges, toutes les conditions, la caste et la foule, le lettré et le paysan, le millionnaire et la servante, le vice et la vertu, tous les contraires viennent vivre de la même pensée, espérer et trembler en commun, rire du même mot, pleurer ensemble.

Le théâtre, c'est la fraternité.

Et c'est l'égalité. A ce souper de l'esprit, où Shakspeare donne à manger sa chair et à boire son sang, tous les passants sont invités, et la reine n'est pas mieux servie que le matelot. C'est pour toi aussi, pauvre ouvrière mal vêtue, que les grands poëtes et les grands comédiens travaillent jour et nuit; pour toi que Molière sanglote avec Arnolphe, pour toi que Hugo console Marion Delorme. Le mouchoir de dentelle et la manche de toile essuient les

1

mêmes yeux humains. La prostituée se lave en pleurant
avec la vierge.

Autre miracle. Dans cette foule qui est là, chacun a
sa préoccupation, son ennui, sa plaie, sa vie. On lève une
toile, et aussitôt préoccupation, ennui, plaie, vie disparaissent. Le drame s'empare de tous; tous s'oublient pour
ne plus exister que dans les personnages qui souffrent ou
jouissent sur la scène. Que Chimène soit heureuse, voilà
pour ce soir l'unique désir de ce marchand qui a, dans
trois jours, une échéance difficile; de cet ouvrier qui n'est
pas sûr de dîner demain; de ce jaloux que sa maîtresse
torture. Ce poitrinaire qui se sait condamné s'inquiète
pour la vie de Desdémona.

C'est là l'œuvre immense des représentations théâtrales de nous arracher à nos affaires, à nos soucis, à
notre maladie, à notre bourse et à notre peau, et de nous
remuer jusqu'au fond des entrailles pour des misères qui
ne sont pas les nôtres. Générosité de l'homme, magna-
nime abandon de soi-même, sacrifice des joies et des dou-
leurs égoïstes, dévouement de la pensée, effusion d'une
foule dans autrui, tels sont les vrais noms du théâtre.

L'histoire aussi intéresse l'homme aux souffrances d'autrui; mais les souffrances de l'histoire sont réelles. Dante
a été proscrit, Colomb a été emprisonné, Jean Huss a été
brûlé. — Mais s'oublier pour des personnages imaginaires,
qui ne souffrent pas réellement, qui ne sont pas au monde,
pour les chimères d'un poëte! Le public rejette ses chagrins vivants pour s'attrister des chagrins d'une fiction.
Magnifique prodigalité de sympathie.

Le roman aussi intéresse l'homme aux souffrances
d'êtres imaginaires; — mais l'émotion du roman, le

théâtre la centuple par les splendeurs de ses lustres, par les musiques de ses orchestres, par la verve de ses comédiens, et surtout par ses milliers d'auditeurs. C'est au théâtre que l'enthousiasme éclate, c'est là le pays des bouches qui acclament, des paupières qui se mouillent, des tonnerres d'applaudissements, des avalanches de bouquets ! Tous s'entr'aident pour comprendre et pour sentir; l'éducation et l'instinct se pénètrent et se complètent; chacun se multiplie de tous, l'émotion se communique du drame au public et du spectateur à l'auteur, l'âme de la foule et l'âme de la pièce se rejoignent, et le théâtre tout entier, salle et scène, n'est plus qu'une chaîne électrique où circulent et se précipitent, ronde prodigieuse, les multitudes mêlées aux idées.

Le drame, c'est l'idée en action.

Quand le poëte dramatique veut enseigner une vérité, il ne fait pas comme le philosophe, il ne la dit pas, il ne l'insinue pas phrase à phrase, il ne la persuade pas laborieusement et froidement, il ne la démontre pas, — il la montre.

Il la fait action, il la fait homme ou femme, il la jette, palpitante, devant la foule, il la fait marcher, chanter, crier, rire, pleurer, se tordre les bras, sur une scène rayonnante.

Le drame, c'est la philosophie vivante et saignante. La scène est la butte glorieuse et douloureuse où viennent, en chair et en os, pousser le cri suprême et achever leur passion toutes les vérités que doit diviniser l'avenir.

Le théâtre, c'est le Golgotha de l'idée.

Donc le poëte dramatique transfigure ses rêves en réalités. Son cerveau jupitérien accouche d'idées qui vont et qui parlent. Il pense des hommes.

Et ces hommes-là ont une vie robuste et illustre. Ils sont immortels et universels, citoyens de tous les territoires et de tous les siècles. Oreste est connu dans des pays qu'Eschyle ne connaissait pas. Juliette a deux cents ans, et Roméo se tue toujours pour elle.

Faire des hommes ! œuvre inouïe. Avoir, comme Dieu, ses créatures ; ajouter ses visions aux histoires ; faire coudoyer les grands hommes par ses imaginations ; dire à Sésostris et à Charlemagne : Faites de la place à Hamlet ; rangez-vous, voici Ruy-Blas !

L'idée ayant un corps, tous la voient.

Descartes est forcé de trier ses élèves, il ne s'adresse qu'à un petit nombre, n'admet que des esprits préparés par de longues études, et les prend un à un ; Molière accepte tout le monde, tous lui sont bons ; il ramasse pêle-mêle l'ignorant et le savant, le portefaix et le porteflambeau, il prend son public à même le peuple, il fait ruisseler la rue dans la salle.

De là, une force énorme au service de la civilisation. De là, une propagande deux fois toute-puissante : universelle, puisqu'elle ne demande pas même qu'on sache lire ; irrésistible, puisqu'elle saisit l'homme par l'émotion.

Platon discute avec les individus ; Eschyle passionne les masses.

Le poëte est dans le drame comme Dieu dans la création. Jamais le grand poëte dramatique qui est partout ne

prend la parole et ne vient en personne expliquer sa pensée. Il laisse parler son œuvre. Il ne dit pas : voici l'idée
de ce fait, voici pourquoi Rome est en ruines, voici comment il faut entendre la tempête, voici ce que l'Océan signifie. Il allume ses astres, fait frapper les trois coups par
le tonnerre, vous jette à poignées les figures et les événements, les êtres et les choses, les harmonies, les con-
trastes, le jour et la nuit, le génie et le monstre, Ésope
costumé en esclave et Caligula en empereur, la margue-
rite sous le sabot du rustre, le peuple sous la botte du
czar, Socrate qui pense et la ciguë qui pousse, le petit oiseau qui fredonne sur le gibet où râla Jésus , — et puis ,
concluez.

Le poëte dramatique, lui aussi, emplit de son esprit
des événements et des figures qui le représentent. Sa pensée est là-dedans, c'est à vous de la trouver. Il n'ajoute
rien. Il n'a pas de description à faire, — le décor les fait ;
il n'analyse pas les caractères, — l'action s'en charge.
crée un monde et se tait.

La forme dramatique est la forme divine.

Dieu est partout et ne se montre nulle part. Le grain de
sable le possède , et le Mont-Blanc ne le connaît pas.

Le poëte dramatique est le grand invisible de la poésie.

Le poëte lyrique dit sa propre émotion et ne met en
scène que lui-même; le poëte épique y met des personnages, mais il les accompagne et se tient toujours à leur
côté, comme un père avec ses enfants, prêt à expliquer
leur conduite, à leur venir en aide, à parler pour eux;
— le poëte dramatique vous jette la vie, et s'en va.

Laisser son idée toute seule, l'abandonner aux foules

brutales, sans personne qui la protége, qui la dirige;
chose terrible. Eschyle commença !

Quand il arriva, il n'y avait encore en scène qu'un personnage à la fois. Le poëte ne hasardait ses personnages
qu'un à un ; et il ne les quittait pas. Il occupait le devant
du théâtre ; il s'appelait le chœur ; il s'étalait, vaste,
bruyant, chantant les hymnes, agitant les thyrses, me-
nant les danses sacrées. Derrière le poëte démesuré, défi-
laient, à de longs intervalles, des figures isolées et rapides, qui n'avaient que lui pour interlocuteur, qui lui
confiaient leurs peines, qui le prenaient pour intermédiaire entre eux et le peuple ; qui ne parlaient qu'à lui ;
qui ne se séparaient pas de lui.

Eschyle fit une révolution : il mit deux personnages
ensemble.

De ce moment, ce ne fut plus au poëte que les personnages s'adressèrent, ils n'eurent plus les yeux sur lui, le
personnage parla au personnage, ils agirent entre eux ; ils
existèrent ! Le centre de la représentation ne fut plus le
thymélé où se tenait le chœur, mais le proscénium où
montaient les acteurs. Le poëte ne s'en alla pas encore
tout à fait, il resta encore quelque temps, non pas sur la
scène exhaussée où l'action fixait le regard et l'esprit du
peuple, mais au bas des degrés, sous les pieds des acteurs,
simple témoin du drame, s'y mêlant de moins en moins,
jetant à peine quelques mots dans le dialogue, attendant
que les personnages fussent sortis pour dire sa pensée.
Lui qui, jusqu'à Thespis, avait été le personnage unique,
et jusqu'à Eschyle le personnage principal, il ne fut plus
qu'une sorte de spectateur discutant la pièce dans les
entr'actes.

Le chœur d'Eschyle est un spectateur ému et volontaire
qui prend parti pour un personnage contre l'autre, qui

écoute le drame avec anxiété, qui est encore assez près de
l'action pour que par instants elle le saisisse et lui mette
à la main le rameau des Suppliantes ou la torche des Eu-
ménides. Le chœur de Sophocle est un spectateur calme,
impartial, indifférent; il reste en dehors du drame; les
personnages se passent de lui; il parle encore de la pièce,
mais sans passion; et de jour en jour il raccourcit son
commentaire inutile; il laisse parler l'action.

Euripide parle d'autre chose; de ses propres affaires,
de ses autres pièces; des accusations portées contre lui. Il
est si loin de son drame que, dans *Danaë*, il oublie qu'il
est femme et parle au masculin.

Ce qui est l'accident d'Euripide est l'habitude d'Aristophane. Au milieu de toutes ses pièces, le chœur, quel
qu'il soit, homme, femme, nuée, guêpe, grenouille,
plante là les personnages, se tourne vers le public, et l'en-
tretient des affaires et des opinions d'Aristophane. Aristophane propose des lois; cause de tout, surtout de lui, et
montre une fois de plus comme la modestie est insépa-
rable du vrai talent. Parabase des *Nuées* : « Persuadé que
cette pièce, travaillée avec tant de soin, était la meilleure de mes comédies, je crus devoir la soumettre une
première fois à votre goût; cependant je fus vaincu par
des rivaux ineptes. » Parabase des *Guêpes* : « Au milieu
des libations, le poëte atteste encore Bacchus que jamais
on n'entendit de meilleurs vers comiques. C'est une honte
pour vous de n'en avoir pas compris le mérite. » Parabase
de *la Paix* : « Un poëte qui se vanterait lui-même dans
les anapestes qu'il adresse aux spectateurs mériterait
d'être battu de verges; mais, s'il est juste, ô Minerve,
d'honorer le meilleur et le plus célèbre de tous les comiques, notre poëte croit avoir droit à de grands éloges. »

Le reste du chœur n'était plus que le prétexte de la parabase ; Plaute le supprime. Le prologue c'est la parabase sans le chœur. Le poëte s'efface de plus en plus ; au lieu d'un groupe nombreux qui reste sur le théâtre tout le temps de la représentation, un seul acteur entre, dit quelques vers, et ne revient plus.

Calderon ne paraît pas dans la pièce. Seulement, quand la pièce est finie, il passe la tête, et dit un mot : — « Ainsi finit *le Médecin de son honneur;* pardonnez-en les nombreuses imperfections. » — « Et, sur ce dénouement si étrange, l'auteur achève heureusement *la Dévotion à la croix.* » — Le poëte sort de la scène, il a le pied sur le seuil de la porte.

Un mot, voilà ce qu'est devenu l'énorme chœur de Thespis. C'est encore trop. Dans la comédie de Molière et dans le drame de Shakspeare, le poëte n'est plus visible ; pourtant on le sent encore çà et là, non plus distinct et ayant son rôle spécial, il n'existe plus par lui-même, il se cache dans ses personnages. A un moment donné, la comédie de Molière s'arrête, la dissertation se substitue à l'action, et les personnages font eux-mêmes ce que le chœur grec faisait pour eux ; ils discutent l'idée de la pièce : Arnolphe et Chrysalde discutent l'éducation des femmes, Alceste et Philinte les relations des hommes, Orgon et Cléante la dévotion, don Juan et Sganarelle l'athéisme. — Le poëte achève de disparaître dans Shakspeare, et n'est plus reconnaissable qu'à des fragments de philosophie directe et aux monologues où les personnages annoncent d'avance ce qu'ils vont faire.

Ainsi, de siècle en siècle, le poëte a émancipé l'action. Ce n'est pas le premier jour qu'il a osé la quitter ; il a fallu qu'elle grandît et que le public grandît avec elle, qu'elle parlât et que le peuple entendît ; il a hésité ; il est parti pas à pas ; il se retournait toujours pour la voir. Il a mis deux mille ans à sortir de la scène.

Et, tant qu'il a été nécessaire à son drame, il est resté sur le théâtre, non-seulement en esprit, mais en personne. Eschyle, Sophocle, Euripide, Aristophane, Plaute, Shakspeare et Molière ont été comédiens.

Maintenant le poëte n'est plus comédien, ni personnage; il abandonne son œuvre à l'acteur qui voudra la jouer et au spectateur qui voudra la juger; il ne la défend plus de son corps ni de sa pensée. Il la lâche librement dans les hasards de la représentation. Il s'en rapporte à elle. Le poëte dramatique a confiance dans sa création.

Forme superbe, forme souveraine, entière, parfaite, qui n'a besoin de personne, qui, devant cette redoutable tâche, l'enseignement du peuple, dit au poëte: Reste dans la coulisse, je suffis.

Jersey, Marine-Terrace, octobre 1855.

II

RACINE

Il y a sur terre une mort et une naissance par chaque seconde. Chaque seconde est deuil ici et fête là, linceul et layette, dragée du baptème et clou du cercueil.

La vie, c'est la perpétuelle rencontre du triste et du gai, du sérieux et du ridicule, du beau et du hideux, du grand et du médiocre, de l'épique et du trivial, de l'infini et du matériel. C'est tous les contraires se croisant, se touchant, se pénétrant, se mêlant. Ce qui te fait rire me fait pleurer. L'ennui du maître est la vengeance du domestique. Pendant que son petit enfant se tordait brûlé dans son berceau blanc et rose, la mère était au bal et dansait et raillait amèrement la robe d'une amie trop belle.

A tout instant, le grotesque jaillit du douloureux, et le douloureux du grotesque. Cet agonisant dit dans son délire des choses d'une bouffonnerie irrésistible. Vatel se tue parce que le poisson est en retard.

Dans tout instant, il y a la vie; dans tout homme, il y a l'homme.

On ne peut pas plus abstraire un homme de l'humanité, une heure de la vie, une passion de l'âme, qu'on ne peut puiser dans l'Océan un verre d'eau de Seine.

La tragédie sépare la vie en deux lots : — dans l'un, les héroïsmes, les catastrophes, les crimes ; dans l'autre, les vices, les ridicules, les infirmités, les appétits ; — elle s'adjuge le premier lot, et jette le second à la comédie.

Pour la tragédie, tous les hommes sont graves et solennels, il n'existe pas au monde un seul imbécile ; personne n'a jamais été avare, poltron, gourmand ; personne n'a jamais eu d'indigestion ; le corps n'est pas vrai, le ventre est une calomnie !

La principale majesté de Louis XIV, c'était sa perruque. Il le savait ; aussi, tous les soirs, il laissait ses valets de chambre lui déshabiller le corps, non la tête. Quand c'en était là, il entrait derrière les rideaux, qu'on fermait soigneusement, ôtait lui-même, de sa main royale, sa perruque, et la passait entre les rideaux écartés avec précaution à un valet qui la recevait en détournant pudiquement les yeux. Le matin, avant de rouvrir les rideaux, le gentilhomme de la perruque la repassait de la même façon au roi qui la remettait de sa propre main. Louis XIV n'a jamais été vu sans perruque.

Ni la tragédie non plus.

————

La tragédie a horreur de l'action.

Elle commence par lui ôter le décor, c'est-à-dire la réalité. L'homme se précise, s'accentue et s'explique par le milieu qu'il habite, par la rue qu'il choisit, par l'arrangement de sa maison, par le ciel qu'il reflète dans son teint,

par l'ameublement où il reflète son esprit. La tragédie
loge ses personnages dans une antichambre vague et nue,
la même pour tous les actes, la même pour toutes les
pièces. Le même plafond met la même ombre sur tous les
fronts. Il n'y a qu'une tragédie. Racine a divisé son théâtre
en plusieurs pièces comme on divise un roman en chapitres, il l'a coupé en plusieurs tranches pour en faciliter
la digestion ; mais c'est toujours la même chose, et nous
ne verrions pas un énorme inconvénient à commencer
Bérénice par le troisième acte d'*Iphigénie*.

Et ensuite, comme il n'est pas très-habituel que les faits
intimes, mystérieux, intéressants, les duels, les crimes,
tous les événements tragiques, aient lieu dans les vesti-
bules, — la tragédie supprime tous les événements tragiques. Comme son décor, son action n'est qu'une antichambre. Tant que la chose se passe en conversations, ses
héros restent en scène, et le public est libre de les contempler à son aise ; mais lorsqu'ils ont assez causé et qu'il
est temps d'exécuter, au moment juste où cela menace de
devenir amusant, les héros sortent et vont finir la pièce
dans la coulisse. Il n'est question pendant quatre actes et
demi que du sacrifice d'Iphigénie, toute l'émotion est de
ce côté, Agamemnon, Achille, Clytemnestre, Ériphyle,
Ulysse prennent rendez-vous à l'autel, le spectateur veut
y courir, et quand on arrive enfin à cette scène décisive
qu'on croit avoir bien méritée en écoutant des discussions interminables, Ulysse paraît pour dire que la scène
annoncée ne se montrera pas, mais qu'il va essayer d'en
donner une légère idée en vers descriptifs. Le monstre
d'Hippolyte ne paraît que sous la forme, assez repous-
sante, il est vrai, de Théramène. Le spectateur fait la cuisine du souper de Britannicus, mais il ne le mange pas.

L'action supprimée, la tragédie n'a plus que la parole.
C'est encore trop pour elle.

Il faut lire les notes dont Voltaire a taquiné Corneille
pour se douter des répugnances qu'inspirent aux purs tragiques la plupart des mots. Ouvrons au hasard :

« — *Tout à fait* ne doit jamais entrer dans la poésie. —
Les mots *rêver, songer* ne sont pas du domaine de la tragédie. — *Bas étage* est bien bas. — *A demain* est du style
de la comédie. — *Le dehors* et *le dedans* ne sont pas du
style noble. — Le mot *divertir* est absolument du style
comique. — *Pour subsister en cour*, expression bourgeoise.
— Le mot *posture* n'est pas assez noble. — *Ame tout en feu*,
expression triviale. — *Coups d'essai, coups de maître*, termes
familiers qu'on ne doit jamais employer dans le tragique. — *Avoir le dessous* ou *le dessus* ne se dit que dans le
style burlesque ; l'Arioste emploie cette expression lorsqu'il se permet le comique. — *Brave homme* n'a rien de
tragique. — *Vous autres* ne se dit pas dans le style noble.
— *Donc* ne doit jamais entrer dans un vers ; encore moins
le commencer. — Jamais un vers ne doit finir par *plus
bas*. — *Coutumière ;* c'est dommage que ce mot ne soit
plus en usage que dans le burlesque. — Le mot *métier* ne
peut être admis qu'avec une expression qui le fortifie,
comme le *métier des armes*. — *L'un, l'autre*, prose ram-
pante. — *Anciennement, de tout point, brouiller des images,
m'embarrasser, quitter la campagne, supercherie, par là,
curée, humeur, gens, bourse, langue*, termes bannis du
tragique, etc... »

Et après que Voltaire a ainsi restreint le vocabulaire, et
expulsé presque tous les mots, il s'écrie, avec un désespoir
« banni du tragique : »

« — Plaignons la stérilité de nos rimes dans le genre
noble. Nous n'en avons qu'un petit nombre, et l'embarras

de trouver une rime convenable fait souvent beaucoup de tort au génie! »

Le suprême mérite du style tragique est de s'abstenir de certains mots; un vers n'est pas excellent pour ce qui y est, mais pour ce qui n'y est pas. Nous accordons volontiers que Racine est le poëte dramatique qui a employé le moins de mots. Mais il nous semble qu'on pourrait encore aller plus loin et qu'il y aura toujours quelque chose de plus simple et de plus trié que la discrétion, — le silence. Nous comprenons que les dévots de Racine le préfèrent à Shakspeare, mais nous nous étonnons qu'ils le préfèrent à une bûche.

Le vers tragique est un vers pompeux, magnifique, endimanché, empesé, jamais chiffonné, qui prend tout au sérieux, qu'une plaisanterie consterne, qui se croirait déshonoré s'il lui arrivait de rire. Il porte sa rime comme un suisse d'église porte sa hallebarde dans une procession.

Nommer les bêtes par leur nom, c'est bon pour la comédie; la tragédie ne descend pas à ces trivialités. On admire avec effroi Racine pour avoir osé nommer le chien et le bouc. Boileau ne voulait pas qu'on parlât des ânes en vers. Ah! Shakspeare n'a pas de ces scrupules. Le roi Lear, mourant sur le cadavre de Cordélia, sanglote :

> . . . . Non! non! plus de vie en elle!
> Pourquoi donc un chien, un cheval, un rat ont-ils la vie
> Quand tu n'as plus le souffle? Tu ne reviendras plus!
> Jamais! jamais! jamais! jamais! jamais!
> De grâce, défaites-moi ce bouton. Merci, Monsieur.

Et cet étonnement qu'il y ait de la vie pour des bêtes immondes quand il n'y en a plus pour cette créature merveilleuse et nécessaire, qu'il y ait des rats et qu'il n'y ait

plus de Cordélia, écrase le vers de douleur et de paternité. Racine se serait évanoui à l'idée de mettre un rat
dans un vers touchant: Dieu n'a pas dédaigné de faire des
rats, des crapauds, des araignées; Racine en rougit pour
le créateur et passe pieusement sous silence ces misères
de Dieu.

Un jour, Bossuet tomba dans une perplexité affreuse.
Anne de Gonzague venait de mourir, et il devait faire son
oraison funèbre. Anne de Gonzague avait débuté par toutes
sortes de débauches et d'impiétés; puis elle avait eu un
rêve qui l'avait convertie. C'était ce rêve qui épouvantait
Bossuet. Dans ce rêve il y avait une poule et ses poussins!
Nommer une poule en chaire, chose terrible. Et cependant, impossible de ne pas raconter ce songe, cause de la
conversion. Bossuet le raconte, mais il faut voir avec
quelles précautions, comme il s'y prépare de loin, comme
il s'excuse, comme il rejette la faute sur Dieu « qui fait
entendre ses vérités en telles manières et sous *telles figures
qu'il lui plaît.* » Alors il se hasarde à commencer le récit
du songe : « Elle voit paraître...::. » mais il s'arrête; Dieu
ne lui semble pas une autorité suffisante. Heureusement il
se souvient que le Christ s'est comparé à une poule. Il se
hâte de le rappeler : « Elle voit paraître... ce que Jésus-
Christ n'a pas dédaigné de nous donner comme l'image de
sa tendresse. » Ainsi appuyé, ayant Dieu à sa droite et le
Christ à sa gauche, Bossuet ose affronter le mot *poule.*

Ainsi, moitié de personnage, moitié d'action, moitié de
langue, voilà la tragédie.

Reste à savoir si ces choses-là se coupent en deux, si la
moitié de la vie est encore de la vie, si un bras amputé est
un bras, si un fagot est une branche.

En voulant réduire l'homme à un seul élément, la tragédie le tue. Son unité c'est zéro.

Racine se croit plus grand parce qu'il est moins réel. Erreur profonde. Le grand, c'est le vrai. Shakspeare compose son idéal avec la réalité. Il souffle sur la boue et la fait lumière.

Racine n'a pas la boue, la matière, le ventre de Falstaff, la tête de Richard III ; mais il n'a pas non plus la lumière, l'azur, l'aile de Puck, le front d'Hamlet. Il s'arrête à une région moyenne qui n'est ni la terre, ni le ciel. Son théâtre est comme la bière de Mahomet qui ne descend ni ne monte. C'est aussi une bière. Ceux qui l'ont ouvert n'y ont trouvé qu'un squelette.

Du reste, n'attaquons pas trop la tragédie. Elle a eu sa raison d'être.

Le théâtre commençait. La vie entière eût été trop compliquée pour lui. Il apprenait les détails un à un, pour les rejoindre après ; il faisait des comédies et des tragédies avant de faire des drames, — comme, quand on apprend à écrire, on trace des jambages avant de former des lettres et d'assembler des mots ; — comme, quand on apprend à dessiner, on fait d'abord des nez, des yeux et des oreilles. La tragédie est le jambage de l'art ; le drame en est le mot. La tragédie est le nez du théâtre ; le drame en est la figure.

Ce n'est pas seulement par haine des poëtes vivants qu'on aime Racine ; c'est aussi par haine de la poésie.

Le monde n'en est pas encore à ne pas mépriser ceux qui se vanteraient d'hydrophobie poétique. Sous peine de passer pour un crétin, on est tenu de feindre une certaine sympathie pour la pensée. La société est comme ces maîtresses de maison qui ont une bonne cave par ton, et qui, sans se soucier personnellement de leur vin et sans y tremper jamais la lèvre, se choquent lorsqu'on paraît le trouver mauvais. Les classiques sont dans la position d'invités qui n'aiment pas le vin et auxquels on présente un plateau chargé de verres; forcés d'en choisir un, ils choisissent le moins plein.

La tragédie est presque vide. Ils se précipitent avec empressement sur cette goutte qui les dispense d'une rasade.

D'où nous concluons cet aphorisme, absurde en apparence, incontestable en réalité:

On n'aime pas la tragédie quand on la préfère.

Cet aphorisme est vrai en général; pourtant nous ne refusons pas à Racine un certain nombre d'admirateurs sincères. Il en a de quatre espèces.

La tragédie, n'admettant qu'un fragment des choses humaines, demande une compréhension moins vaste que le drame. Racine est saisissable aux intelligences médiocres; l'immensité de Shakspeare les dépasse, les trouble, les met en défiance d'elles-mêmes, au lieu que Racine les flatte dans leur amour-propre; elle se sentent à l'aise devant lui, l'embrassent sans peine du haut en bas, le possèdent d'un seul coup d'œil, et s'admirent.

Et puis, il en est de l'esprit comme du corps : les bottes neuves gênent le pied, les idées neuves gênent l'intelligence. Le drame est tout neuf, Racine est une vieille botte. Nous comprenons, sans les imiter, ceux qui se chaussent de tragédies éculées.

Et puis, la tragédie a pour elle les modestes. Pourquoi ceux qui aiment la tragédie détestent-ils le vaudeville? Parce que le vaudeville ne leur parle pas des rois et des

reines, parce qu'il leur parle de leurs propres affaires, de
ce qui leur est arrivé hier, de ce qu'ils feront demain,
de leur maîtresse, de leur commis, de leur cuisinière,
parce qu'il s'occupe d'eux: Au lieu que la tragédie ne descend pas jusqu'à eux ; elle ignore ces misérables. Ils l'es-
timent de les mépriser.

Et puis ; pourquoi nier un goût qui est dans la nature?
Est-ce qu'on n'a pas jugé, cette année encore, un soldat
qui allait la nuit dans les cimetières déterrer les mortes,
non pas pour leur arracher leurs boucles d'oreilles? il y a
les amoureux des cadavres. La tragédie peut donc être
aimée.

Après tout ; l'ennemi de la tragédie, ce n'est pas nous,
c'est la pantomime.

La tragédie abolit le décor et le fait ; c'est une narration
perpétuelle ; les yeux des spectateurs y sont un luxe inutile et prodigue ; c'est l'art des aveugles.

Si bien qu'un jour ceux qui avaient des yeux se sont
fâchés ; Charles Nodier, en haine du Théâtre-Français, a
élu domicile au théâtre des Funambules. Jules Janin s'est
écrié : Le vrai Talma, c'est Debureau !

La tragédie supprime le geste ; alors la pantomime supprime la parole. Ah ! tu auras pour toi les aveugles? eh
bien ! moi, j'aurai pour moi les sourds.

Tout ce joyeux et remuant monde de la pantomime vit,
cause et s'entend sans l'aide d'aucun dictionnaire. Pierrot
l'enfariné rougirait d'articuler une syllabe. Polichinelle
va plus loin ; Pierrot ne fait qu'omettre la parole, Polichinelle la parodie. Il crible l'action de petits cris gutturaux
sans orthographe, dont son masque de bouc et son profil
de chameau double augmentent l'accent bestial. Il ne coûte

pas beauconp à Colombine et à Arlequin de garder le silence; Arlequin, souple, agile et rapide, a pour langue une batte pleine de vives saillies et de réparties cuisantes; Colombine, comme toutes les jolies filles, en dit plus avec deux yeux qu'une autre n'en dirait avec quatre-vingt-dix-huit bouches. Le seul qui ait quelque mérite à se taire, c'est Cassandre, lequel, en sa qualité de bourgeois, doit être rembourré d'instincts tragiques.

La guerre est déclarée, et la revanche commence. Les deux extrêmes sont en présence. La tragédie pérore, disserte, allonge les périodes, traine après elle de formidables queues de tirades, immobile, droite, raide, insolente; la pantomime la laisse dire, et, le dernier mot prononcé, lui flanque un coup de pied au derrière.

Nous faisons semblant de rire; mais, au fond, s'il y a un théâtre qui nous inspire une respectueuse appréhension et dont nous ne nous approchons pas sans une sorte d'effroi religieux, c'est le théâtre des Funambules.

Ah! nous avons besoin de nous persuader que c'est à la tragédie qu'en veut la pantomime! car ces pièces étranges, qui ne veulent pas parler, qui mettent un masque sur leur visage et le silence sur leur pensée, ont toujours eu pour nous quelque chose de mystérieux et d'inquiétant, comme la nuit, qui est le silence du soleil.

Guernesey, Hauteville-House; Novembre 1855.

III

LE MÉLODRAME

Quand ils ont dit *mélodrame*, ils ont tout dit. Creusez la fosse, la pièce est morte.

Mélodrame, ça signifie trois choses affreuses : — premièrement, émotion violente, intérêt saisissant, dénouement sur la scène, agonies, cadavres, toutes les brutalités et toutes les férocités ; — deuxièmement, profusion du spectacle, six, sept, huit, quinze actes, étude du costume, réalité du décor ; — troisièmement, musique. Au commencement du cinquième acte d'*Hernani*, il y a la musique du bal de noces. Les figurants chargés des personnages secondaires qui ouvrent l'acte étaient furieux aux répétitions. Entrer sur des ritournelles comme des acteurs de boulevard ! — Tiens, je me croyais au Théâtre-Français, je suis à l'Opéra-Comique ! — Si je chantais mon rôle ? — Je n'ai pas besoin d'apprendre ces vers-là, le public n'en entendra pas un mot. — Allons donc, la grosse caisse ! — En avant, la danse des ours ! — Ces spirituelles plaisan-

teries vengeaient le théâtre profané. Encore maintenant,
au Théâtre-Français, dès qu'une pièce emplit la salle, on
supprime l'orchestre des musiciens. Sinon, l'orchestre
égaie parfois l'entr'acte, et, les trois coups frappés, dé-
pêche une courte ouverture ; mais, aussitôt que la toile se
lève, les musiciens posent doucement leurs instruments
à terre ou sur une chaise, et respectent la majesté du lieu
en filant rapidement au café où ils ont laissé en train une
partie de dominos.

Action brutale ? silence, tragédie !

Oui, c'est elle qui parle, la tragédie, le dénouement en
récit, l'action qui n'agit pas, la forme spiritualiste qui
s'offense de la matière; c'est Racine, cette prude, cette
poésie platonique. Mais Racine n'est pas le théâtre.

Il est le contraire du théâtre. Le théâtre n'est pas autre
chose que l'incarnation et la matérialisation de la poésie.
C'est la description faite décor, c'est l'analyse faite homme.

L'action est la chair, le geste, l'évidence de l'idée. Sans
doute il ne faut pas que la chair soit tout. Les auteurs
vulgaires se tourmentent modérément d'asseoir une leçon
au centre de leur œuvre. Pourvu que les scènes soient
bien attachées et représentent à peu près des membres,
pourvu que la pièce se tienne sur les pieds — ou sur les
pattes,—c'est plus qu'il n'en faut pour combler l'ambition
des plus fiers. Leur unique préoccupation est le côté physique du théâtre. Ils font ce que feraient les pères qui bor-
neraient l'éducation de leur enfant à l'hygiène, à l'équi-
tation, à la chasse et aux exercices fortifiants, et qui
n'oublieraient qu'une toute petite chose : son âme. Leurs
chefs-d'œuvre sont de robustes idiots.

Mais nous n'acceptons pas pour des mélodrames le tas

d'ouvrages sans nom qui usurpent audacieusement ce beau titre. Et nous disions un jour à un faiseur de mélodrames : — Pourquoi donc ne faites-vous pas de mélodrames ?

Pas d'action pure, mais pas de pensée pure. Il faut que l'action pense, mais il faut que la pensée agisse.

Action brutale ? Eschyle n'est pas doux quand il fait tuer le mari par la femme et la mère par le fils. Shakspeare n'est pas calme quand il lâche Iago, quand il démusèle Richard III, quand il égorge le roi, la reine, le prince, tout, jusqu'à ce qu'il ne reste plus personne pour régner. et que le Danemark soit ramassé par un passant, quand tout lui est bon pour le meurtre, le poison, l'épée, le poignard, l'oreiller, quand il arrache les deux yeux de Gloster et les jette sur le théâtre !

Intérêt brutal ? Avec cela que la vie est tendre, que la tempête est polie, que la guerre est modérée, que le tremblement de terre est discret, que le choléra fait des périphrases !

Mais comment l'idée, la réflexion, la philosophie sortiront-elles de ces violences et de ces bourrasques ?

Comme la civilisation sort des révolutions.

L'action, c'est l'intérêt. Et savez-vous ce que c'est que l'intérêt du drame ? c'est le désintéressement du public.

C'est l'intérêt du drame qui jette le public hors de ses affaires et de ses plaisirs, hors de sa journée, et qui le fait vivre dans autrui. C'est l'intérêt qui remue un peu la lourde torpeur humaine. Nous vous ménagerons, comptez-y, nous vous en ferons de petits intérêts modestes, timides, complaisants, qui ne vous saisiront pas brusquement, qui auront soin de ne pas vous froisser. De grâce, Calderon, respecte le nœud de leur cravate !

Nous craindrons de te réveiller, vil égoïsme humain !
Nous te bercerons mollement dans ta loge ou dans ta stalle,
nous te laisserons parler en riant à la fille de joie avec qui
tu vas souper tout à l'heure, quand il y a des femmes sans
pain, des ouvriers sans travail, des vieillards sans toit, des
malades sans couverture , quand il y a des coups de vent
sur la mer, quand l'Amérique dresse les chiens à la chasse
de l'homme, quand le shah de Perse fait écrire son nom
sur des têtes vivantes avec leurs dents qu'on leur arrache !
Nous aurons peur de te faire mal en te touchant, prends-y
garde ! Ah ! nous te secouerons, nous te frapperons, nous
te réveillerons en sursaut, et tu entendras le râle de ceux
que tu laisses mourir, et tu verras les gibets que tu laisses
dresser, et, tandis que tu regarderas les épaules nues de
ta maîtresse, les cadavres te regarderont, et nous invite-
rons à ton souper l'éternel affamé ver de terre !

L'action appelle le costume et le décor.

Du moment qu'on donne un corps à l'idée, il faut bien
lui donner un habit et une maison.

Eh bien, soit! un habit, ils y consentent, ils n'exigent
pas absolument que les acteurs soient nus; un habit, mais
rien qu'un, un bout de rideau, commun aux hommes et
aux femmes, qui aille à tout le monde et qui n'aille à personne, un habit qui n'en soit pas un. — Mais ce mélodrame, il lui faut un habit différent pour chacun, un
habit qui soit au personnage, qui le connaisse, qui parle
de lui, qui dise son pays, son temps, son goût, son caractère, sa fortune, ses aventures, qui le trahisse, qui le
dénonce. Et par moments, ce mélodrame se prend de passion pour les riches étoffes, pour les épées ciselées, pour
les armures historiques, pour les cortéges splendides, sous

prétexte que la beauté existe, que la couleur existe, que les yeux existent.

De même, on lui passerait un décor, surtout si ce décor n'en était pas un, si c'était l'antichambre tragique. Mais un décor précis, une maison réelle, de vrais murs, des portes qui ferment, des tables où l'on écrit, une cheminée où il y a du feu, un lit où vous coucheriez, une habitation habitable; et non pas une, mais deux, trois, dix, vingt dans la même pièce, est-ce possible? Ce mélodrame s'imagine que le fond importe à la figure, que le même ne va pas à toutes, que le lieu doit changer chaque fois que l'action change, qu'une idée a le droit d'avoir juste le nombre de décors qu'il lui faut, même vingt, même cinquante,— même un seul, si c'est une idée paresseuse ou d'humeur sombre qui n'aime pas sortir de chez elle; que, seulement, son immobilité doit venir de sa volonté et non pas de la volonté du poëte; qu'il faut qu'elle soit libre de sa personne et qu'elle ait son passeport signé pour s'embarquer demain si le caprice lui en vient et pour s'en aller en Chine; qu'il existe des gens qui ne mettent jamais le pied dans la rue, qui scellent leur vie entre quatre murs, qui n'en sont ni plus malheureux ni plus mal portants, et qui mourraient d'ennui en prison.

Monstrueux mélodrame, qui ne veut pas emprisonner l'idée! Et il n'a pas assez de tant de maisons, du salon et de la boutique, du palais et du taudis. En allant d'une porte à l'autre, il voit la rue, les champs, les arbres, les fleuves, les clairs de lune, et il les veut aussi. Il veut le dehors avec le dedans. Il a le plafond et il veut le ciel, il a le tapis et il veut la mousse, il a le miroir et il veut le lac, il a la bûche et il veut la forêt! Tant mieux, c'est par là qu'il périra. Ces énormités écraseront l'idée; ces magnificences matérielles la feront petite et pauvre, elle s'effacera, elle disparaîtra, elle se perdra dans sa forêt, elle se noiera dans sa mer.

Le mélodrame hausse les épaules. Singulière façon d'appauvrir l'idée que de lui donner le monde !

Il laisse aux adorateurs de la tragédie cette opinion que, le jour où l'on jouerait le *Cid* dans de beaux décors, les vers de Corneille perdraient à l'instant même tout charme et toute valeur.

Si les clairs de lune écrasent l'homme, — alors, quel matérialiste que Dieu ! car la nature sera toujours le grand machiniste. Que seront jamais les spectacles scéniques auprès des spectacles réels ? Un comparse piétinant sous une toile verte sera toujours une vague piteuse, un quinquet une maigre étoile, et les chênes trouveront toujours que le pinceau du décorateur est une brosse médiocre à côté de l'ouragan.

Le mélodrame se résigne donc à ne pas être plus spiritualiste que Dieu, et, par la même raison qu'il a mis l'idée dans le fait, il met le personnage dans le décor.

L'âme dans le corps, l'homme dans la nature.

Shakspeare va et vient; les siècles, les pays, les églises, les châteaux, les maisons, les auberges, les cimetières, les antres, les plaines, les bois, les océans, les horizons, la tempête, la grêle, les éclairs, lui appartiennent.

Il choisit avec soin l'heure et le lieu qui conviennent à sa pensée. Il s'arrête devant le château d'Inverness, et le regarde :

> La situation de ce château me plaît; l'air
> Pénètre légèrement et doucement
> Nos sens rajeunis. — Cet hôte de l'été,
> Le martinet hanteur de temples, prouve
> Par sa chère présence que l'haleine du ciel
> Souffle amoureusement ici; pas de saillie, pas de frise

2

Pas d'arc-boutant, pas de coin favorable, où cet oiseau
N'ait fait son lit pendant et son berceau fécond.
J'ai observé qu'où cet oiseau multiplie et abonde
L'air est très-pur.

Alors, Shakspeare entre ; c'est bien le château salubre qu'il faut pour augmenter le meurtre de Macbeth.

Shakspeare n'a pas cette bonté pour Regane et pour Goneril d'ignorer le temps qu'il fait lorsqu'elles chassent leur père; il sait que l'orage et la pluie furieuse et la foudre et la nuit noire sont sur la bruyère, et il les appelle contre les misérables filles; et, pour que la douleur du vieillard soit entendue, il la fait crier par le tonnerre, et il fait couler des yeux de ce père toutes les cataractes du ciel.

———————

Oui, les voilà bien, les maisons, les arbres, les vagues, les nuages ; les voilà, tous ces témoins mystérieux de l'homme. — Mais quoi ! muets ? N'entendrons-nous que le personnage ? le décor se taira-t-il ?

Est-ce que la nature n'a pas sa voix ? Est-ce que la cheminée n'a pas son grillon ? Est-ce que la branche n'a pas son oiseau ? Est-ce que la marée n'a pas sa querelle avec le rocher ?

Qu'est-ce donc qui sera l'oiseau, le grillon, le bruit ?

La musique !

La musique, en effet, c'est la voix sans verbe, c'est le chuchottement de la feuille, le dialogue de la brise avec le brin d'herbe, le mugissement du pré, le hurlement de la jongle, c'est le langage du caillou dans le sol et de l'étoile dans la nuit, de ce qui ne peut pas s'exprimer et de ce que nous ne pouvons pas comprendre, de la pierre et de l'ange, de tout ce qui, d'en bas ou d'en haut,

parle à l'homme de trop loin pour être entendu distinctement.

Ses instruments sont les entrailles mêmes des bêtes et
des choses. Elle fend l'arbre et lui prend le cœur; elle
creuse la terre et lui prend le cuivre, elle ouvre l'animal
et lui prend les boyaux ; et les cordes du violon racontent
les peines de la bête, et le bois de la flûte pleure les misères
de la plante, et les tuyaux de l'orgue crient le désespoir
du métal.

Cris, gémissements, tressaillements, — mais pas un
mot. La bête, la plante, le métal ne parlent pas. De grands
musiciens ont essayé de faire parler la musique. Quoi!
tant de notes et pas une syllabe! Tant d'instruments, si
réels, si palpables, si bien construits, calculés si juste, la
caisse énorme, la basse profonde, la cymbale éclatante,
la netteté du son du fifre, la précision des trous de la flûte,
la chanterelle tendue si raide, tout excepté l'homme ; la
peau de l'âne, la fibre du chêne, le filon de la mine, toute
cette matière et toute cette exactitude employées à produire du vague! Ah! tu parleras! — Impossible. C'est
parce que la musique est le plus matériel des arts qu'elle
en est le plus vague. Ils ont beau étreindre les violoncelles,
essouffler les clarinettes, tordre les cors, elle siffle, tonne,
brame, aboie, rugit, elle ne parle pas. De là, quand les
actes vont finir, ces accès de colère du musicien qui rompt
les cordes, éventre les bois, crève les cuivres !

Quel rêveur, en entendant les rondes de village, les
chansons des petits gardeurs de chèvres qui s'ennuient,
toutes ces mélodies rustiques et naïves qui se transmettent
d'âge en âge sans qu'on sache qui les a faites, ne s'est pas
dit que l'auteur inconnu pourrait bien être le bois lui-
même ?

Plus d'une fois, par les belles nuit de juillet, accoudé à

une fenêtre ouverte sur un fleuve étincelant, lorsque tout à coup nous entendions au loin un pêcheur qui chantait en rentrant, nous avons cru un moment que c'était le fleuve qui respirait un peu plus fort, que les étoiles haussaient la voix.

L'orchestre, c'est la voix du décor.

Quand Eschyle cloue Prométhée sur l'immense rocher et fait monter des profondeurs de l'horizon le chant des Océanides, — mélodrame ; quand Shakspeare mêle au morne Hamlet la chanson du fossoyeur et le royal enterrement d'Ophélie, — mélodrame ; quand Hugo prend la vie et la mort, la table rayonnante de lustres, de cristaux, d'orfévreries, de femmes demi-nues, et le cercueil, les couplets de Gubetta et les psaumes des moines, et les entrechoque d'une main terrible, — mélodrame.

Le mélodrame, c'est l'art central et complet. C'est par le style la poésie, par l'orchestre la musique, par le décor la peinture, par l'acteur la statuaire.

Guernesey, Hauteville-House, janvier 1856.

IV

UNE PAIRE DE BOTTES

Nous avons, comme tous les feuilletonistes, l'habitude de raconter les pièces le plus exactement possible, et d'y faire assister nos lecteurs pour qu'ils puissent apprécier notre opinion et juger notre jugement. Il nous prend fantaisie d'employer aujourd'hui un autre mode de critique, et de raconter notre impression, au lieu de la pièce. Au fond, ce ne sera pas une manière moins impartiale que l'autre; si minutieuse que soit une analyse, elle ne rend que le squelette de l'œuvre, et laisse de côté l'intérêt, qui est la chair, l'acteur, qui est le geste, le style, qui est l'âme. De plus, le critique, même à son insu, dispose toujours le compte rendu de la façon qui s'arrange avec ses conclusions. Rien donc de moins sûr et de moins significatif que ces calques incolores. Le seul renseignement utile, c'est l'effet produit. En somme, quel est le but du poëte dramatique, sinon de frapper l'esprit à un endroit ou à un autre, et de faire crier telle ou telle fibre de l'au

ditoire? La question est de savoir si la fibre a crié. La
plus fidèle analyse du drame est celle des impressions
d'un spectateur intelligent. Si le lecteur le permet, le
spectateur intelligent ce sera nous.

Donc, nous ne dirons pas cette fois un seul mot de
l'intrigue de la nouvelle comédie du Théâtre-Français ;
mais nous allons détailler consciencieusement les diverses
situations de notre esprit pendant la représentation. Nos
lecteurs vont pouvoir suivre en nous les épisodes de l'action qu'ils n'ont pas vue sur la scène. Ils vont avoir le
rayon dans le reflet et la voix dans l'écho.

Premier acte. Nous reconnaissons, avant le vingtième
vers, un de ces vaudevilles longs que le Théâtre-Français
est seul à confondre avec des comédies. Les vers, gri-
sâtres et sans relief, s'étendent sur l'intrigue comme
l'ombre du soir sur une plaine rose. Nous sentons bientôt
les graviers de la somnolence se glisser entre nos cils, que
nous avons peine à délier ; nos paupières s'alourdissent ;
et peu à peu la pièce s'efface devant nous et disparaît entièrement. Prévoyant une lutte pénible, nous pensons à
quitter le théâtre et à regagner prudemment notre maison ; mais nous sommes retenu à notre place par notre
devoir de critique, — et aussi par un motif moins austère. La femme dont nous sommes follement épris est là
dans une loge de galerie, et nous devons, après la pièce,
la reconduire chez elle. Nous restons donc, et nous entre-
prenons un combat devant lequel pâlira plus d'une bataille célèbre. Lecteur, n'as-tu jamais été pris, au spectacle, de ce sommeil irrésistible, tenace, impitoyable,
inévitable, qui se pose brusquement sur les yeux comme
un éteignoir sur une bougie ? C'est ce sommeil que nous
osons affronter. Le duel commence. Le début ne nous est
pas très-favorable. Nous sommes absolument plongé dans

les lointaines profondeurs du rêve ; quand le premier acte finit.

L'entr'acte nous rend quelques chances. Réveillé par le brouhaha de l'applaudissement final, nous sortons du théâtre pour nous rafraîchir le visage au grand air. Nous avalons une bouteille de bière, et, ainsi préparé, nous rentrons, la face haute et défiant les vers les plus sainement classiques. En effet, nous entendons nettement deux scènes ; mais, il faut que le diable s'en mêle, à la troisième, une pesanteur insupportable nous revient à la tête ; nos paupières se referment et nous faisons de vains efforts pour les soulever. L'intrigue ne nous apparaît plus que dans un vague crépuscule, où les personnages et les acteurs affectent des proportions singulières et chimériques ; le nez de M. Provost devient un bec d'oiseau de proie qui nous semble prêt à nous fouiller la poitrine, et M. Samson se met à ricaner et à grimacer d'une manière hideuse, pendant que M\ue Denain nous fait d'adorables agaceries auxquelles nous répondons lâchement malgré notre passion exaltée pour la belle créature qui nous sourit de sa loge. Parmi nos transports, tout à coup, l'horreur que nous inspirent le ricanement et la grimace de M. Samson manquent de nous précipiter par terre ; car, pour retenir notre tête qui aspire invinciblement à aller rejoindre nos genoux, nous avons appuyé notre poing gauche sur la pomme de notre canne, notre poing droit sur notre poing gauche et notre menton sur notre poing droit ; de sorte que le geste que nous faisons pour échapper à M. Samson dérange ce fragile équilibre et nous jette sur notre voisin, aux nombreux *chut* de l'orchestre qui paraît s'intéresser vivement à la représentation. Le sommeil ne nous lâche pas pour cela ; nous nous redressons, tant bien que mal, et nous continuons ce sommeil violent et entrecoupé que berce

une versification régulière. Par instants, nous nous réveil-
lons en sursaut, nous saisissons distinctement un mot ou
une syllabe, et nous tâchons de raccrocher à cette syllabe
inespérée le fil lâche de notre intelligence; nous pensons
à celle qui nous possède, nous la regardons, mais même
cette chère étoile ne sauve pas le naufragé du sommeil;
nous employons les moyens les plus énergiques, nous nous
tirons la barbe, nous nous donnons des coups de pied dans
les jambes, nous nous martyrisons les poignets, nous
allons même jusqu'à applaudir; mais nous avons à peine
la force de rapprocher nos deux mains, et nos bras retom-
bent découragés. Le second acte terminé, nous sautons
brusquement hors de l'orchestre; sans nous inquiéter de
ceux que nous bousculons, nous enjambons l'escalier,
nous nous ruons dans le foyer, nous ouvrons une fenêtre,
et, nous promenant sur l'étroite galerie, nous recevons la
pluie à verse. Nous restons là, pendant tout l'entr'acte,
tête nue, et jouissant délicieusement des grosses gouttes
qui nous entrent dans le dos.

Troisième acte. Au coup de sonnette, nous retournons
à notre stalle, humide, les cheveux collés sur les tempes,
ruisselant, et comptant bien que nous avons amassé une
provision de fraîcheur suffisante pour contenir cette fois
l'endormante chaleur du sang. Mais toute cette eau produit précisément le contraire de ce que nous attendions.
Après quelques grelottements, la température élevée de la
salle sèche nos hardes; nous nous mettons à fumer comme
un bain de vapeur, et nous éprouvons cette impression
de bien-être qu'on éprouve dans l'eau tiède. Nous nous
assoupissons doucement, et nous reconnaissons avec désolation qu'il va en être du troisième acte comme des deux
autres. Alors, il nous passe par la tête une de ces idées
qui ne viennent que dans les moments désespérés. Nous

concevons une résolution suprême et comparable à ce que l'antiquité a de plus hasardeux et de plus décisif. Il nous vient l'atroce pensée d'ôter nos bottes !

Nous sentons vaguement que nous avons un pantalon à sous-pieds cousus et des bottes justes, et que, nos bottes ôtées, il nous sera impossible de les remettre, car il nous faudrait pour cela défaire notre pantalon, ce qui n'est guère exécutable en pleine salle de spectacle, surtout un soir de première représentation au Théâtre-Français, devant l'élite de la capitale de la civilisation. Nous déboutonnons notre pantalon pour qu'il tombe un peu, nous faisons glisser non sans peine nos deux pieds hors de nos bottes, — et, enfin! cet expédient héroïque nous réveille tout à fait.

Nous ne craignons plus de nous rendormir. Nous commençons même à réfléchir avec quelque inquiétude aux conséquences de notre action. Nos idées s'éclaircissant, nous envisageons notre position étrange avec un trouble où se mêle le repentir. Comment ferons-nous pour sortir du théâtre? Traverserons-nous la foule élégante et parée dans cet état, traînant après nous ces pieds inexplicables? D'ailleurs, impossible de faire remonter et de reboutonner notre pantalon entraîné par nos bottes. Nous ne pourrons donc nous lever avant le moment où il n'y aura plus personne dans l'orchestre. Alors une horrible réflexion nous saisit aux entrailles. Cette femme dont nous sommes éperdu, comment irons-nous la prendre dans sa loge? Manquerons-nous ce bonheur si longtemps sollicité? Si nous ne la reconduisons pas, un autre la reconduira, et, ô désespoir! nous n'ignorons pas qu'elle est plus jolie que fidèle. Elle aura même cette fois une excuse, elle qui n'a pas besoin d'excuse; elle croira que nous l'avons dédaignée, et elle nous reprochera sa faute. Justement, nous entendons un bruit dans sa loge, nous tournons la tête, et nous voyons entrer et s'asseoir près d'elle notre rival, celui que nous haïssons, celui qui a sur nous toutes les supériorités, qui est riche, qui est chauve, qui a du ventre, qui est bête. Elle voit notre désespoir et nous rassure d'un sourire ; elle se souvient de sa promesse, c'est notre bras qu'elle aime et non ce bras bête et chauve. Nous lui répondons par un regard consterné qu'elle ne comprend pas et qui veut dire : pas de bottes ! Nous essayons de nous rechausser ; nous empoignons la tige de notre botte droite à travers notre pantalon ; nous tirons de toutes nos forces ; rien ne bouge ; nous tirons, notre figure s'empourpre, la sueur nous inonde ; peine inutile ; notre pied n'entre pas. Nous sommes tenté un moment d'oublier toute pudeur, de sortir immédiatement, la culotte déboutonnée, ouvert, nu, obscène, n'importe, et d'aller nous rhabiller dans les lieux d'aisance pour être prêt à la fin de la pièce. Mais une femme comme elle prendrait-elle le bras d'un homme qui viendrait de faire cette esclandre ? Et n'y a-t-il pas dans la salle le représentant de la décence publique, le commissaire de police qui nous appréhenderait au corps ? Nous recommençons donc à essayer de réintégrer notre pied dans notre botte. Nous concentrons toute notre vigueur d'homme et d'amoureux ; nous étreignons d'une main convulsive notre pantalon et notre tige ; et nous faisons un effort si énorme, que le drap se déchire en deux morceaux à la hauteur du mollet.

Le morceau inférieur tombe sur notre talon et le supérieur saute à notre genou ; ce qui montre entièrement notre jambe ; dont notre pantalon noir fait ressortir la blancheur, hélas ! éblouissante.

Écrasé sous cette catastrophe, nous nous résignons et nous croisons les bras avec une rage concentrée. Nous regardons fuir, vers à vers, cette comédie qui nous paraissait auparavant si lente et qui nous paraît maintenant si rapide; nous regrettons qu'elle n'ait que trois actes, nous voudrions qu'elle en eût quarante, nous voudrions qu'elle durât toujours. Jamais dénouement ne nous a causé une émotion aussi poignante.

La toile tombe. On nomme l'auteur au milieu d'applaudissements frénétiques. Le public sort. L'instant est venu! Nous ne bougeons pas. Lugubre, blême, la jambe droite repliée sous la jambe gauche, nos mains serrées sur notre ventre pour masquer le bâillement de notre culotte, nous ressemblons à un homme qui a la colique. Nous gênons la circulation, on nous bouscule, on nous foule, les plus polis, dans leur attention à ne pas marcher sur les pieds de nos bottes, nous écrasent nos vrais pieds; — mais nous n'en sentons rien; nous n'avons de sens et d'âme que pour la loge où notre bien-aimée nous attend. L'orchestre se vide, et nous restons seul comme un rocher quand la mer s'est retirée. Nous hasardons un œil vers la galerie. Tout le monde est sorti des loges; seule, la femme qui nous possède est encore dans la sienne, et jette sur nous un regard où la stupéfaction commence à devenir de la colère. Nous entendons ce regard; il nous dit : — Eh bien? c'est pour demain? Mais venez donc! Qu'est-ce que ça signifie? Alors, bonsoir. Vous ne voulez pas? soit. Voici monsieur, qui vous vaut bien. J'aime les chauves! Et puis, vous n'avez pas déjà tant de cheveux! — Et celle qui nous charme prend le bras de cet homme à qui le peigne est inutile, et disparaît.

Nous nous précipitons dans une loge de baignoire où il n'y a plus personne, nous levons vite le grillage, nous ôtons notre pantalon, nous saisissons nos bottes, nous en remettons une, et nous nous mettons à l'autre, — lorsque

soudain la porte de la baignoire se rouvre, une jeune fille
qui a oublié son éventail entre brusquement, ravissante,
dix-sept ans, la pureté même, et, se trouvant tout à coup
devant un homme en chemise, pousse un cri et se sauve
en fermant la porte derrière elle. Nous entendons la voix
d'un père irrité qui crie : Ouvrez ! ouvrez ! Ah ! nous re-
nonçons à notre seconde botte, nous repassons notre pantalon avec la rapidité de l'éclair, nous abattons le grillage d'un coup de poing, nous sautons dans l'orchestre,
et nous nous enfuyons par la sortie opposée, un pied dé-
chaussé et un mollet nu, abandonnant à la vengeance
d'un père justement furieux une botte et un bas de pantalon.

Tel est le récit fidèle de ce que nous a fait éprouver la
nouvelle comédie. C'est maintenant à nos lecteurs de juger
la cause sur l'effet. C'est à eux de voir s'ils veulent s'exposer à cette pièce redoutable où l'on risque de perdre ses
maîtresses et ses bottes.

Paris, janvier 1849.

V

Septembre 1848.

La première pièce que fit jouer Alfred de Musset fut largement sifflée.

Ainsi accueilli, comment se comporte un poëte énergique? Il se dit que tous les grands talents ont eu des commencements difficiles, que les bricks échouent où les bachots naviguent, qu'au reste ces empêchements du début ne durent pas, que peu à peu la marée monte, et qu'on est bien étonné un beau matin de retrouver tranquilles et superbes dans le port ces mêmes idées qu'on croyait ensablées et englouties. Il se dit encore que l'art a un devoir social, que le drame n'est pas seulement la réputation du poëte, qu'il est avant tout l'enseignement du peuple, que c'est un mauvais maître celui qui se rebute parce que son élève a la tête dure, et que si la foule ignore, c'est le cas de l'instruire. Un poëte vraiment fort se dit cela et persévère. Il recommence, il fatigue l'hostilité, il troue à coups de chefs-d'œuvre les murailles de la critique, il fait sa brèche

3

dans le crâne solide des multitudes, il prend la gloire
d'assaut !

Alfred de Musset renonça au théâtre.

Sa vie n'a été qu'une perpétuelle concession. Pour se
faire pardonner son talent, il est allé jusqu'à renier l'art.
Il s'est mis du côté des envieux contre la grande littérature du dix-neuvième siècle. Cette désertion de son drapeau naturel n'a pas été seulement une concession, ç'a été
aussi une tactique. Il avait été accusé plusieurs fois de pla-
giat ; il a cru, en s'éloignant des poëtes de sa famille, qu'on
s'apercevrait moins de la ressemblance. Mauvais calcul.
Cette fuite, au lieu de détourner les soupçons, les a invités. On s'est demandé pourquoi il tournait le dos si lestement aux maîtres du style moderne, et l'on s'est répondu
qu'il évitait *Hernani* et *les Orientales* comme des créanciers.

Donc, mort au drame ! et vive la tragédie ! tel a été désormais le cri de guerre d'Alfred de Musset. Se mêler aux
insulteurs de l'art, c'était s'insulter lui-même ; mais Alfred
de Musset se soucie bien de lui-même ! C'est encore là un
degré qu'il a descendu. Nul ne fait meilleur marché de sa
personne. Quoi ! sérieusement, il y a des gens pour le
lire ? Par exemple, il faut qu'ils aient du temps à perdre.
Quatre ou cinq méchants proverbes improvisés un jour de
désœuvrement où sa maîtresse n'était pas venue, voilà
une chose bien considérable et qui vaut qu'on en parle !
Pour lui, quelle importance il attache à ces niaiseries, on
peut le voir à la manière insouciante et moqueuse dont il
les fait. Quand a-t-il eu la patience d'attendre une rime?
Quand a-t-il le matin relu les vers de la nuit? Quand s'est-
il donné la peine d'ouvrir un dictionnaire pour voir si un
mot était français avant de l'écrire? La grammaire sera
faussée, et il le saura, et il en rira. A quoi bon coudre si

soigneusement un habit qui doit durer le temps du bal ?
Pourquoi si solidement cheviller un vaisseau qui doit sauter ce soir à la fin du feu d'artifice ?

Nous avons lu dans le temps une très-amusante nouvelle de Gérard de Nerval, intitulée *la Main de Gloire*. Un
certain Eustache Bouteroue, drapier, ayant à se battre
avec un spadassin, s'adressait à un sorcier qui lui endui-
sait la main droite d'un onguent particulier, au moyen
duquel Eustache était sûr de tuer son homme, cela pour
cent écus qu'il s'engageait à payer le lendemain. En effet,
à peine les épées croisées, voilà la main d'Eustache qui
s'emportait toute seule, et qui se démenait d'une telle
force qu'elle plongeait la lame jusqu'à la coquille dans la
poitrine du soldat, et qu'Eustache, entraîné par sa main,
tombait la tête sur le ventre de son adversaire. Une fois
hors de danger, le drapier réfléchissait que cent écus c'é-
tait beaucoup d'argent, et il oubliait d'aller payer le sorcier. Mais le misérable ne tardait pas à être puni. Il ne
savait pas que l'effet de l'onguent durait tant qu'on ne
s'était pas lavé avec un autre onguent. Inquiet des suites
de son duel, il allait trouver un juge de ses amis, maître
Chevassut, réjouissante figure, lequel, au lieu de le gron-
der, le félicitait d'avoir pourfendu si crânement un soldat
du roi, lui simple drapier, et lui promettait d'assoupir
l'affaire ; mais, au moment où tout allait au mieux, bon !
la main d'Eustache ne s'avisait-elle pas de faire des
siennes, et d'aller s'appliquer vigoureusement sur la face
de l'obligeant protecteur ? Stupéfaction et indignation du
juge ; désolation d'Eustache, qui se précipitait aux pieds
de maître Chevassut, et lui demandait pardon, dans les
termes les plus piteux, d'un mouvement convulsif où sa
volonté n'était pour rien. Le juge s'apaisait difficilement
et le relevait ; mais Eustache n'était pas plus tôt debout,

que sa main recommençait sans qu'il pût l'arrêter, et flanquait à l'honnête magistrat un deuxième soufflet qui n'avait jamais eu d'égal que le premier. Cette fois maître Chevassut n'écoutait plus rien; il courait à sa sonnette et appelait ses gens; le drapier le suivait en le suppliant et en le souffletant.

Alfred de Musset nous fait toujours souvenir d'Eustache Bouteroue. Son attitude littéraire est un mélange de supplication et de provocation. Il ne peut contenir toutes sortes de caprices fantasques qui rebroussent le poil aux critiques, il est effrayé de ses hardiesses, il maudit la grâce irritante de son talent; mais sa poésie est plus forte que lui et soufflète les journaux de vers offensifs et querelleurs dont il est désespéré.

Nous ne connaissons pas de témérité plus peureuse.

Cette trahison de soi-même a fini par attendrir les envieux. Rabaissée par l'auteur, l'œuvre a semblé perdre de son importance et est devenue une chose sans conséquence qu'on pouvait laisser passer, dans quelque tas d'autres livres et par-dessus le marché. L'humilité du poëte a fait pardonner les vivacités du style. Alfred de Musset a été absous de tout son talent.

Mais cependant, qu'est-ce que ce talent, qui se renie, qui a honte, qui se méprise, qui demande grâce?

Ces terreurs et ces effarements n'empêchent pas d'être le conteur facile, le poëte débraillé, l'aventurier de l'art, l'auteur de la ballade à la lune; mais l'invention profonde, mais l'originalité puissante, c'est pour les vaillants.

Il y a celui qui dompte le cheval sauvage, et il y a l'écuyer du Cirque qui caracole sur le cheval dressé. Toutes . les formes que monte Alfred de Musset ont été domptées par d'autres, par Shakspeare, par Byron, par Voltaire. Maintenant il les fait piaffer, il les éperonne, il les tourmente, il est en selle à merveille, il exécute dessus des tours qui ne sont qu'à lui et que Voltaire et Byron ne feraient peut-être pas. Mais le clown n'est pas le centaure.

Il y a l'originalité de Dédale, qui passe les fleuves au vol, et il y a celle du gamin qui gambade sur le parapet des ponts. Alfred de Musset prend le parapet de l'idée. — M. Ponsard prend le trottoir.

L'invention mise de côté, nul n'est plus disposé que nous à reconnaître l'individualité, l'aisance et la liberté d'Alfred de Musset. S'il n'a pas la grande originalité, il a toutes les petites. Il nous a toujours fait l'effet de ces faciles et charmants garçons qui n'ont pas de gîte à eux, et qui, logés chez un ami ou chez l'autre, s'y installent, y vivent sans gêne, y introduisent leurs habitudes, s'y approprient tout, meubles et domestiques, et y sont bientôt plus maîtres que le maître. Personne n'est plus chez soi chez les autres.

Quand on apprend à nager, il arrive un moment où le baigneur, sans rien dire, lâche la corde pour voir si l'on se soutiendra tout seul. On continue alors à nager, absolument comme si l'on était encore aidé par la corde; mais si, par malheur, on retourne la tête et qu'on voie la corde lâche, on se met à avoir peur et vite, on enfonce! Alfred de Musset sait nager, et Shakspeare n'a pas besoin de lui raidir la corde. Il ne s'en sert pas, mais il ne peut pas s'en passer.

La précision n'est pas une qualité moins vaillante que l'invention. L'idée ne se laisse pas volontiers enfermer dans une forme impérieuse et inflexible. Elle fait tout ce qu'elle peut pour rester libre; elle veut être à l'aise dans ses liens; elle hait qu'on lui serre le nœud. Virgile a exprimé cela dans la fable de Protée. Le dieu ne se livre qu'après une résistance surhumaine, et il faut les muscles d'Aristée pour triompher. Il faut du courage ! se mesurer avec le dieu, le contraindre, le mécontenter ! — Vis-à-vis du public aussi, la forme arrêtée est une hardiesse. En précisant votre pensée, vous imposez votre personnalité au lecteur. Si son âme n'est pas faite comme la vôtre, tant pis pour lui ; les angles de votre idée le déchireront ; il souffrira, il résistera ; encore une lutte : tandis que la forme vague et molle se prête à toutes les variétés de lecteurs. Au lieu d'imposer sa configuration au public, elle prend la sienne, comme l'eau dans la carafe. Non-seulement elle ne blesse pas le lecteur, mais elle le caresse. Le style flottant est la meilleure des flatteries. L'auteur, n'indiquant qu'à demi sa pensée, la laisse achever au public ; il s'en remet sur lui, en quelque sorte, du dernier coup de pinceau ; il le prend pour collaborateur.

La forme d'Alfred de Musset est une forme fluide, complaisante, humble. Il ne rime pas ; il entre-croise les rimes avec une négligence qui fait que, par moment, on croit lire des vers blancs. Il fait concevoir plutôt qu'il ne formule. Il a plus du musicien que du poëte. Sa fine et délicate rêverie ne satisfait pas les tempéraments robustes qui réclament le vin généreux de la pensée. En revanche, c'est la liqueur qu'il faut aux esprits convalescents et féminins. Cela ne grise pas, cela ne bouleverse pas de fond en comble tout ce qu'on avait dans la tête, ce n'est pas cela qui a rendu fou Pascal ; mais cela est réjouissant au goût, mais cela met des étincelles dans le sang, mais cela se boit à deux dans le même verre !

En renonçant au théâtre dès sa première tentative, Alfred de Musset n'a cru renoncer qu'à la représentation, il a renoncé au drame.

Le drame peut se passer de la représentation ; il faut bien qu'il s'en passe ! Tôt ou tard, les chefs-d'œuvre eux-mêmes disparaissent du répertoire; *Prométhée* et *Hamlet* ne sont plus joués, — mais ils l'ont été, et l'on sent le théâtre dans leur style comme l'os dans la chair.

N'ayant plus devant lui le public, qui veut des figures réelles que ses yeux puissent voir et que ses mains puissent toucher, Alfred de Musset peupla ses pièces de fantômes. Ses personnages n'ont pas de physionomie bien nette; on les confond l'un avec l'autre; on ne sait plus dans quelle pièce les chercher; on se réveille de son théâtre comme d'un rêve; on se souvient confusément d'un ravissant monde qu'on ne peut plus retrouver. Lui-même voit si peu distinctement ses figures, qu'il a fait jouer le *Chandelier* en costumes Louis XV.

Le drame naît de l'embrassement étroit du poëte et de la foule. Jamais le poëte dramatique n'est en communication trop intime avec le peuple. Eschyle, Shakspeare et Molière étaient comédiens.

Ce qui ressort de tout ceci, c'est l'unité de l'œuvre avec la vie. Alfred de Musset, renégat de son siècle, fuyard du théâtre, a produit une œuvre indécise, mal attachée, sans puissance, sans virilité. Le livre a toujours le tempérament de l'auteur. Le caractère de l'homme est la séve qui fait la couleur et le parfum des strophes qui s'épanouissent au front du poëte. Le poëte, c'est l'homme en fleurs.

Les fières inspirations ne vont pas chercher ceux qui les renient et qui rougissent d'elles. Il faut les conquérir par des efforts terribles; il faut les vouloir absolument. Il n'y a pas d'Eschyle malgré lui; on n'est pas condamné aux chefs-d'œuvre forcés : le génie n'est pas le bagne.

Rude labeur que celui du poëte! Tous les autres artistes ont quelque chose dans les mains, qui travaille avec eux; le musicien a son piano d'où les sons jaillissent dès qu'il le touche et commencent la mélodie; le sculpteur a la terre glaise, le peintre a les couleurs, et parfois, quand il est impuissant à peindre l'écume de son cheval, il lui jette son éponge à la tête, et l'éponge fait l'écume pour lui; — le poëte n'a que son cerveau. Le sculpteur, le peintre et le musicien puisent dans la matière; le poëte puise dans l'infini. Lui seul travaille, lui seul crée. Lui seul fait quelque chose de rien. Il réalise l'abstrait, il saisit l'insaisissable, il montre l'invisible.

Novembre 1848.

Nous avons osé, il y a quelques mois, à l'extrême scandale des débraillés de la littérature et à l'extrême bêlement des moutons de Panurge, affirmer qu'Alfred de Musset n'était pas un grand poëte. En disant cela, nous ne prétendions pas le nier, nous ne voulions que le définir. Eschyle n'empêche pas Marivaux, et l'astre n'empêche pas la perle. Nous lui reconnaissions toutes les qualités élégantes, lestes, singulières, provocantes, effrontées, retroussées; mais nous ne pouvions lui accorder les deux qualités qui, pour nous, dominent toutes les autres : l'invention et la précision. La grâce, oui; la force, non. Il y a des talents qui ont seize ans et des talents qui en ont trente. Alfred de Musset est un talent adolescent.

Le Théâtre-Français aurait eu l'intention expresse de donner raison à notre article, qu'il n'aurait pu trouver nulle part un meilleur argument en notre faveur qu'*André del Sarto*. Un drame d'Alfred de Musset! Ce talent imberbe aux prises avec l'œuvre virile par excellence! Alors, qu'on marie les enfants!

Alfred de Musset n'a tenté le drame que deux fois : *André del Sarto* et *Lorenzaccio* lui ont démontré que ce n'était pas là sa besogne, et qu'il n'avait pas la poitrine et les reins qu'il faut pour se colleter avec la réalité; désormais, il s'est renfermé, pour n'en plus sortir, dans ce monde, intermédiaire entre la terre et le rêve, où flottent, un sourire aux lèvres et une larme aux cils, les vagues figures de la fantaisie. Pourquoi donc lui rappeler un passé auquel il a renoncé, et choisir, entre tant de comédies vivantes, un embryon de tragédie? Vite, *la Quenouille de Barberine* ou *les Caprices de Marianne* pour nous faire oublier *André del Sarto*.

N'avoir jamais eu que deux passions : sa femme et la peinture ; avoir été mêlé dans sa jeunesse à cette éblouissante école florentine; l'avoir vue s'éteindre rayon à rayon; avoir eu les mains glacées par le souffle de la tombe de Michel-Ange; avoir senti se refroidir l'admiration dans ses élèves et l'inspiration en soi; s'être alors réfugié dans l'amour réchauffant d'une femme; n'avoir plus vécu qu'en elle; l'avoir adorée jusqu'à tout jeter aux pieds de ses caprices, jusqu'à tout oublier, jusqu'à dépenser en parures et en fêtes le plus sacré des dépôts; et, lorsqu'on s'est ainsi absorbé en elle, lorsqu'on n'a plus ni génie ni conscience, lorsque du peintre et de l'homme il ne reste plus qu'un mari, — être frappé dans son mariage ! être trahi par celle pour qui l'on a trahi l'honneur! avoir acheté de son âme son malheur! avoir volé le désespoir! — c'est là, certes, un émouvant martyre, et, de l'accouplement d'un poëte puissant avec une idée pareille, il peut naître une pièce digne d'être offerte en spectacle. Mais Alfred de Musset n'a pas les bras avec lesquels on étreint les idées dramatiques. Il est obligé de lâcher prise à tout bout de scène. Ce talent délicat et charmant, ne pouvant maîtriser cette pensée robuste, pleure et s'évanouit.

Ceci est à la lettre, comme on va voir.

3.

André se laisse aller à gaspiller l'argent de François Ier,
première faiblesse. Lucrèce a cédé, cette nuit, à Cordiani,
et ce matin elle pleure. Quand André sait tout, il fait venir Cordiani dans un coin de son jardin; il a son épée et
peut tuer l'amant de sa femme, il peut se battre avec lui;
au lieu de cela, il lui raconte sa vie, s'attendrit et l'attendrit. Il jette son épée; rien n'est public; que Cordiani
s'exile à jamais de Florence, et, qui sait? Lucrèce l'oubliera
peut-être et reviendra à son mari. Cordiani, touché des
pleurs d'André, pleure et promet de partir, mais il n'a pas
assez d'empire sur lui-même pour tenir sa parole. Le soir
vient, Lucrèce et André soupent, le souper est lamentable,
Lucrèce pleure et est près de s'évanouir. Elle envoie une
servante lui chercher un flacon dans sa chambre; la servante revient épouvantée et toute pâle; elle a vu un homme
caché dans les rideaux du lit! André court et trouve Cordiani. Lucrèce s'évanouit tout à fait. La chose étant publique, André ne peut plus éviter le duel. Il se bat. Cordiani n'a pas l'énergie de se défendre; nous avons toujours
été peu touché, pour notre part, de ces amants généreux
qui tendent la gorge au fer du mari et qui abandonnent
leur complice à la colère d'un maître offensé et violent. Il
est vrai qu'avec André il n'y a pas grand péril de violence.
Cordiani est blessé, c'est trop pour André; il se jette sur
son ami en pleurant; on emmène Cordiani; André se dé-
sole. Comme sa vie va être vide! Dans le premier instant,
il a ordonné à Lucrèce de quitter la maison; maintenant il
ne peut plus rentrer chez lui, la pensée d'y être seul le
nâvre, il se repent et s'accuse; qu'avait-il à faire de chasser cette femme et de tuer cet homme? Il pleure, et, ma
foi, tant pis! on dira ce qu'on voudra, il court après sa
femme, il vient pleurer à la porte de la maison où Lucrèce
s'est retirée. Là, il reçoit le dernier coup, Lucrèce vient de

quitter Florence, et non pas seule, Cordiani n'est pas mort,
sa blessure n'était rien; il s'est senti soulagé au premier
coup de lancette, ils ont pris deux chevaux, Lucrèce et lui,
et dans ce moment ils galopent joyeusement sur la route
du Piémont. Mort et damnation ! André souffrira-t-il cela?
Ils l'auront outragé, et ils seront heureux? Ils auront le
plein air, le voyage, les bois, les plaines, les couchers de
soleil, l'aube dans les yeux et l'amour sur les lèvres, tandis qu'il aura, lui, la solitude et la honte? Il acceptera ce
partage? Il ne fera rien? — Il s'évanouit. Lorsqu'il revient
à lui, il s'empoisonne.

Ainsi, de ce grand cri d'un cœur de part en part percé
par le seul appui dans lequel il espère, Alfred de Musset
a fait un gémissement fade; de ce drame, il a fait une
élégie. Nulle puissance; nulle fermeté; nulle tenue. La
pièce manque de caractère. C'est un affaissement conti-
nuel de tous les personnages sur eux-mêmes. Aucun n'est
solide sur ses jarrets. Le mari, la femme, l'amant, c'est
à qui sera le plus mou et aura le moins de ressort. L'action se courbe piteusement sous le souffle de la destinée.
Ni cette résistance glorieuse qui fait l'homme égal au sort
par son courage; ni cette résignation amère qui fait
l'homme supérieur au sort par son dédain; — le geigne-
ment plaintif et suppliant de la brute malade.

Un brouillard de langueur couvre toutes les scènes; on
y respire un air chétif et malsain. Il n'y a pas dans toute
la pièce une seule passion bien portante.

L'humidité morale détend les cordes de l'idée et les empêche de résonner. Rien ne vibre. Il en résulte une monotonie à réjouir une tragédie de Racine. Chose bizarre,
quand on pense au point de départ de Racine et au point
de départ d'Alfred de Musset, et dont conviendront cependant tous ceux qui étaient lundi au Théâtre-Français;

André del Sarto produit exactement la même impression que *Bérénice*.

1849.

Nous avons pu attaquer M. Alfred de Musset dans le temps où l'acclamation unanime le déclarait grand poëte. Lorsque la critique et le public ont découvert en 1848 des livres que nous admirions depuis 1830, nous avons cru devoir avertir le public et la critique qu'ils se laissaient emporter trop loin par leur ferveur de nouveaux convertis, et, sans nier un talent incontestable, nous avons fait nos réserves, autant dans l'intérêt de M. Alfred de Musset lui-même, contre qui nous prévoyions bien une réaction prochaine en rapport avec l'exagération de l'enthousiasme, que dans l'intérêt de l'art, qui n'admet pas ces confusions du talent avec le génie, et qui ne veut pas de la gloire à la gamelle. Nous n'avons contesté au poëte de *Namouna* ni la jeunesse, ni la grâce moqueuse, ni la rêverie facile ; mais les dons virils et souverains, mais la force, mais l'accentuation définitive de la forme, mais l'incarnation indestructible, mais le pouce michel-angesque qui marque d'une empreinte ineffaçable la dure matière de la vie, mais le crâne tout-puissant qui refait le monde à son moule, l'impartialité nous a enjoint de les lui refuser. A cet endroit, nous n'avons pas craint de regarder en face l'opinion d'alors, et de lui donner le plus formel démenti que puisse donner une conviction à un engouement.

Aujourd'hui, les choses ont bien changé. Le vent souffle d'ailleurs. Il ne s'agit plus d'attaquer M. de Musset, il s'agit de le défendre. La réaction que nous avions redoutée pour lui est venue plus vite que nous ne pensions. Il n'y avait pas un an que les journaux et les théâtres avaient

fait connaissance avec le spirituel improvisateur des
Contes d'Espagne et d'Italie, et son nom s'allumait à
peine dans les constellations, quand la représentation
d'*André del Sarto* a passé dessus comme un nuage et l'a
lourdement couvert. Mais, cette semaine, c'est un bien
autre accident : ce n'est plus un nuage qui passe, c'est
l'étoile qui file. La représentation d'*André del Sarto* n'é-
tait que l'effacement de la réputation ; la représentation
de *Louison* est l'effacement de l'esprit.

L'heure nous semble donc sonnée d'abdiquer la sévérité
et de traiter M. de Musset avec les ménagements qu'on
doit aux royautés dépossédées. Nous affrontons les réputations debout, mais nous ne tourmentons pas les talents
à terre.

La représentation de jeudi a consterné les amis de
M. de Musset. Nous, qui n'avons jamais été de ses ennemis, — et, d'ailleurs, jeudi, M. de Musset n'avait déjà
plus d'ennemis, — nous sommes sorti du Théâtre-Français plus affligé que personne. Quel plus déplorable spectacle, en effet, pour tout penseur sérieux, que ce complet
obscurcissement d'une verve dont le pétillement allait
autrefois jusqu'à la taquinerie, que cette stagnation et ce
dessèchement d'une imagination qui s'échappait en jets
si nombreux et en saillies si insolentes, que cette âme
morte dans ce corps qui survit! Quoi ! l'esprit, la chose
immortelle, la chose faite pour les deux infinis du temps
et de l'espace, n'a pas duré autant que cette enveloppe
matérielle et momentanée que chaque minute entame et
que les vers achèveront; cette chair fragile assiste à la
décomposition quotidienne et rapide de son intelligence;
dans ce vivant il y a un mort! Ah! cet homme qui était
un poëte et qui n'est plus qu'un tombeau !

Et puis, quelle dérision! Quand M. Alfred de Musset
était Alfred de Musset, quand son imagination vivait et,

le poing sur la hanche, recevait à plein visage les amoureux baisers du soleil, tout le monde le niait, personne
ne voulait croire en lui, les passants qu'il coudoyait haussaient les épaules jusque par-dessus leurs oreilles. Les critiques dits sérieux ont-ils assez injurié cette poésie re-
troussée et provocante? Les hibous de lettres ont-ils assez
crié contre cette chaude manière qui leur jetait aux yeux
des poignées d'étincelles? L'indignation a-t-elle été assez
forte chez les tragiques, chez les épiques, chez les lauréats d'Académie, chez les aligneurs de rimes, chez les
ratisseurs de strophes? La ballade à la lune a-t-elle été assez
ponctuée d'éclats de rire? Les aveugles ont-ils assez imper-
turbablement disserté sur la couleur du style et sur la
coupe de la phrase? Les vaudevillistes refusés à Bobino,
les acteurs sifflés à Carpentras, ont-ils assez vertueusement
invoqué les droits de la littérature grave? Alfred de Musset n'a été pour l'immense majorité du public qu'un extravagant crétin,— jusqu'au jour où il n'a plus eu de talent.

Mais, ce jour-là, lorsqu'il a été bien constaté qu'il n'a-
vait plus rien dans le front; lorsqu'il a eu bien prouvé par
une stérilité persévérante et décisive qu'il était désormais
incapable d'exprimer de sa cervelle un acte ou une ode,
quand il a eu bien étouffé trois ou quatre ans de flamme
sous quinze ans de cendre, c'est alors que le succès est
accouru à lui, souriant et bruyant. Au talent, l'insulte;
à la médiocrité, l'applaudissement! Leçon mémorable à
tous ceux qui voient la bêtise et la jalousie leur aboyer
aux jambes. Que ces jappements inférieurs ne les décou-
ragent pas et ne leur fassent pas rebrousser chemin; qu'au
contraire la véhémence de l'opposition double leur foi en
eux-mêmes, et qu'ils se mesurent à la taille de la résistance. Qu'ils se disent : Je suis donc une aurore, puisque les oiseaux de nuit m'en veulent! — Mais Alfred

de Musset n'était pas de ces natures énergiques et solides
que l'obstacle redresse et multiplie. Son tempérament délicat et frêle aurait eu besoin que le soleil de la renommée se levât plus tôt sur lui ; l'ombre humide l'a glacé ;
il s'est affaissé sur lui-même, et, quand, plus tard, l'admiration l'a inondé de rayons, il n'était plus temps, et
cette glorification tardive n'a plus eu l'air que d'une raillerie. La critique et le public sont responsables, devant
l'art et devant la postérité, de la mort subite et préma-
turée de ce gracieux esprit qu'un meilleur accueil aurait
perpétué peut-être, et qu'une rigueur injuste a brutalement abattu au premier pas. Il y a des talents mâles qui
ne se développent que dans la contradiction, comme
il y a des oiseaux qui volent mieux contre le vent; à
ceux-là, qu'on prodigue tous les courroux et tous les oura-
gans qu'on voudra, ils feront baisser la voix au tonnerre,
et ils croiseront des regards avec des éclairs. Mais il y a
des talents timides et frissonnants à qui le premier coup
de vent casse les deux ailes. Et, après que vous avez eu
cassé les deux ailes à ce ravissant poëte, quand Alfred
de Musset a été gisant sur le sol, vous n'avez pas même
eu la pudeur de le laisser mourir tranquille, vous êtes
venus tous, vous qui l'aviez tué, le louer, et lui battre
des mains, et lui faire compliment de son vol. Misérable
ironie ! L'assassin a fait l'oraison funèbre !

Telles étaient les réflexions qui se pressaient en nous
jeudi soir, tandis que nous arpentions, seul et maussade, la
rue Richelieu, du Théâtre-Français au boulevard, et que
les astres sur notre tête faisaient contraster l'éternité de
leur rayonnement avec ces brièvetés du flamboiement humain. Et ce n'est pas seulement Alfred de Musset que nous
plaignions, c'était l'art, c'était nous tous. A-t-on déjà tant
de poëtes, qu'on en voie disparaître un sans regret et sans

deuil? Que ce soit la faute du public, qui a compris trop
tard, ou la faute de l'artiste, qui a fini trop tôt, que le
poëte se soit éteint parce qu'on l'a soufflé ou parce que
l'huile a manqué à la lampe, qu'importe? l'essentiel est
que voilà encore une lumière qui s'en va. Donc, c'est irré-
vocable; voilà un vide de plus dans ce rare et cher groupe
qui rehausse la vie par l'idéal, et qui lave les fanges de la
terre avec les larmes de la pensée. Il ne faut plus attendre
un frère de Rolla ni une sœur de Marianne; la famille en
restera au nombre où elle est; nous sommes au bout de
la liste de ces camarades demi-passionnés et demi-insou-
ciants qui nous consolaient presque de la destinée en riant
de leurs sanglots. Un poëte perdu, perte énorme! Oui,
sans doute, on peut faire des restrictions, on peut préférer
une montagne à une colline, on n'est pas forcé de convenir
que *le Spectacle dans un fauteuil* ait la stature de *l'Iliade;*
mais le grand n'empêche pas le charmant; mais après
Homère, il y a André Chénier; mais après Molière, il y a
La Fontaine; mais après Victor Hugo, il y a Alfred de
Musset. Et que diriez-vous d'un homme qui jetterait une
perle parce qu'il regarderait une étoile?

Surtout, qu'on n'aille pas, à cause du présent, remettre
en question le passé. L'Alfred de Musset de *Rolla* n'a pas
à répondre de *Louison*, il n'en est pas l'auteur, il est mort
avant l'âge, et dort, dans les bibliothèques, de cette mort
vivante des poëtes, une reliure pour cercueil. Quant à
l'Alfred de Musset qu'on rencontre dans la rue, avec qui
l'on cause, et qui de temps en temps fait semblant d'écrire
de la prose ou des vers, il n'a rien de commun avec l'ar-
dent et vif esprit que nous avons connu et aimé, c'est un
intrus qui, nous ne savons comment, s'est glissé dans la
peau de cet excellent poëte. *Le Chandelier* ne le connaît
pas. Non, certes, *Louison* n'ôte rien au *Chandelier!* La

représentation de jeudi n'a pas d'effet rétroactif. A côté
des organisations complètes et durables qui épuisent tous
les âges du génie, et qui, après l'efflorescence, ont la ma-
turité, il faut admettre les organisations moins vastes et
moins entières qui n'ont que l'adolescence, et dont les
fleurs ne se nouent pas en fruit. Alfred de Musset n'a pas
eu d'automne? Eh bien! il a eu le printemps, n'est-ce
donc rien? La pluie de septembre ne rouille pas les rayons
d'avril.

Le rôle de Louison avait été écrit pour Mlle Augustine
Brohan, puis l'auteur le lui a retiré. Aussi, quels éclats
de rire elle a poussés dans *Sganarelle,* qui terminait la
soirée, et comme elle est entrée joyeusement dans cette
franche plaisanterie de Molière en belle humeur! Rien de
charmant, d'ailleurs, comme ces vers éclairés par ces yeux,
comme le cliquetis de tant de génie contre tant d'esprit,
comme ce grand homme qui crève de rire avec cette jolie
femme!

VI

On nous l'avait bien dit, que nous étions imprudent d'attaquer les jeunes-vieux, et de prétendre que la création littéraire ne consiste pas à galvaniser les formes mortes, et d'insinuer que le passé n'est pas l'avenir. Parce que ces rimeurs étaient hostiles à toutes les hautes et périlleuses qualités des poëtes ; parce qu'ils s'intitulaient « les hommes du bon sens » contre les hommes de l'imagination, du lyrisme, de l'inquiétude, de l'originalité, de l'audace ; parce qu'ils étaient les humbles serviteurs de la règle et de l'ordonnance ; parce qu'ils faisaient les vers comme les pharmaciens font les pilules,—une poésie selon la formule, des pièces qui étaient des médecines, des tragédies-vomitifs, des comédies à faire évacuer tous les théâtres ; nous n'avions pas cru devoir sacrifier Shakspeare à ces apothicaires. Nous n'avions pas cru devoir immoler absolument le drame passionné et robuste à cet art hypocrite qui se faisait des mérites de toutes ses impuissances, économe parce qu'il était pauvre, sobre parce qu'il n'avait pas d'estomac, chaste à la mode des eunuques.

Que ce crime nous soit pardonné, car nous venons d'en être cruellement puni.

En entrant hier soir au théâtre de l'Ambigu, nous ne nous doutions guère du rôle immense qui nous était réservé. Pendant tout le premier acte et pendant une partie du second, nous écoutâmes le *Drame de Famille* comme une pièce tout à fait ordinaire.

Cela s'annonçait en bon mélodrame, bien corsé, bien charpenté, bien vulgaire. Et cependant cette vulgarité même aurait dû nous inspirer des soupçons; car elle était excessive. Un vieux général qui a épousé une jeune femme; un vieux sergent qui grogne; la jeune femme qui trompe le vieux mari; un fils du général qui est pris pour l'amant, afin d'être maudit et chassé par son père comme Hippolyte dans *Phèdre;* — ce ne pouvait pas être là, si nous avions réfléchi, l'essentiel d'une représentation; nous savions qu'il y avait deux auteurs, deux jeunes gens; quand on est jeune, on a une idée jeune et on lui fait un drame, on ne se met pas à deux sur la *Phèdre* de Racine.

Mais nous savions aussi que ces deux jeunes gens étaient MM. Michel Carré et Barbier (Jules), tous deux « du bon sens, » nés à cent cinquante ans, lévites d'*Athalie*, parasites du tombeau de Racine; et l'opinion que nous avons de leur talent ne nous interdisait pas absolument de croire qu'ils eussent pu se proposer pour unique idéal de faire suer un mélodrame à une vieille tragédie.

Nous leur faisons une réparation complète. Nous leur demandons pardon d'avoir pris au sérieux, un seul instant, l'intrigue de leur pièce, banale exprès; le mélodrame n'était que le prétexte d'une fantaisie plus relevée, que l'ombre qui devait faire ressortir plus vivement al lumière, que le fond grossier d'où allait se détacher nettement la figure principale, grandiose ou grotesque.

Le grotesque a prévalu. Presque au commencement du second acte, on voit apparaître Auguste Vacquerie.

« A partir de ce moment, le public a compris de quoi il s'agissait, et ne s'est plus intéressé que modérément au reste ; toute l'attention s'est concentrée sur ce personnage capital, et la partie dramatique de l'œuvre n'a plus été qu'un accessoire insignifiant et importun. Auguste Vacquerie a été l'unique curiosité de la soirée ; on attendait les scènes dont il était, comme on fait à l'Opéra pour le chanteur en renom ; en son absence, l'intrigue languissait, et la conversation s'établissait entre les stalles comme dans les entr'actes. Mais dès qu'il recommençait à poindre à l'horizon, quels yeux et quelles oreilles !

Auguste Vacquerie se livre d'abord au développement des théories littéraires les plus transcendantes, qu'il jette au travers des conversations les plus étrangères à l'art. Ceci est assez naturel, et c'est, en effet, la manie de l'individu de fourrer la littérature à travers tout. La caricature, à cet endroit, tombe juste, et elle est d'une exécution divertissante. Auguste Vacquerie dit un tas de bêtises : — Pas d'école ; pas de système ; le beau partout où il se rencontre ; toutes les inspirations libres ; l'art ouvert à toute vérité ; là vie acceptée avec toutes ses branches ; Shakspeare est un arbre et Racine est un pieu ! — Tels sont les principes absurdes et stupides qu'il expose.

Puis, les auteurs laissent là le critique pour passer au poëte lyrique. On prie Auguste Vacquerie de dire des vers, et il en dit. Ici, la vérité n'est plus aussi scrupuleusement observée ; nous doutons qu'à tous ses ridicules Auguste Vacquerie ajoute celui de réciter des vers dans les salons. Cet oiseau ne chante guère en cage.

Mais, cette légère invraisemblance amnistiée, rien n'est plus profondément bouffon que la charge des deux sonnets trisyllabiques qu'on n'a pas lus dans nos *Demi-Teintes*. L'idée, étranglée par l'étroit fourreau du premier sonnet, demande au second un supplément d'espace; mais elle manque d'air dans ce long tuyau, et elle expire en criant des syllabes inintelligibles. — Cette parodie a fait rire le public, à notre grand étonnement, car elle n'est comique que pour ceux qui connaissent les sonnets des *Demi-Teintes*, et nous n'avons pas la fatuité de nous croire tant de lecteurs.

Nous remercions MM. Michel Carré et Barbier (Jules) d'avoir bien voulu s'occuper de nos vers. Comme feuille-toniste et comme auteur dramatique, nous avions été gra-tifié d'une honorable quantité d'éreintements; mais nos adversaires laissaient nos vers dans un oubli injurieux dont nous souffrions en secret. Maintenant qu'ils ont été critiqués en plein théâtre, ils vont relever la tête et mar-cher dans les rues le poing sur la hanche.

Et *Tragaldabas!* Soyez tranquilles, MM. Michel Carré et Barbier (Jules) ne l'ont pas oublié. Auguste Vacquerie ra-conte la première représentation de cette comédie si rude-ment tombée.

Oh! quelle chute! Le vers de Racine : *Pour qui sont ces serpents qui sifflent sur vos têtes?* a moins de syllabes sif-flantes que n'importe quel vers de *Tragaldabas* n'a de syl-labes sifflées.

Pour jouer ce soir-là, il fallait deux choses, du talent et de la bravoure. Il y avait là une femme, Mlle Cla-risse; elle donna l'exemple du courage aux hommes. Tout était nouveau pour elle, le rôle et les sifflets. Elle, ha-bituée au drame terrible, à la passion sanglante, aux reines pour qui les laquais tuent et se tuent, elle jouait une comédie; elle se moquait de ces émotions qui l'avaient fait pleurer tant de fois, elle s'amusait de l'amour, dont jusque-là elle était morte. Eh bien! personne ne l'aurait fait comme elle; personne n'aurait eu ce charme, cette intelligence, cet esprit si littéraire, cette chasteté dans cette liberté. Auprès de cet admirable Frédérick, si fantasque, si débraillé, si prodigieusement divertissant, laissant ruisseler la bouffonnerie par tous les trous de ses poches, elle était comme le sourire auprès de l'éclat de rire, Marivaux chez Rabelais! Et cela dans une bourrasque! Rien n'éteignait sa verve, sa grâce, sa beauté; elle fut, dans l'orage, le dernier rayon. Frédérick, lui, était l'éclair. Dieu merci! ce ne fut une chute que pour l'auteur; ce fut un succès pour elle. Comme j'ai été sifflé par M. un tel et par M. chose! mais comme elle a été applaudie par Hugo et par Balzac!

Auguste Vacquerie raconte donc les explosions de huées, les imprécations furieuses, — et son calme dans cette tempête. Bah! il en a vu d'autres tempêtes! Quand on a vu les marées d'équinoxe se déchirer rageusement aux rochers de la côte bretonne, on n'est pas en humeur de s'émouvoir beaucoup pour les bonnes gens qui écument sur les pièces, et un monsieur qui souffle dans une clé n'est pas très-énorme devant l'ouragan qui embouche la tour de Mont-Orgueil.

La chute de *Tragaldabas* ne nous a pas entamé l'épiderme. Parce qu'on est sifflé, ce n'est pas un motif de ne plus se souvenir que tous les débuts sérieux ont été contestés. Nous ne sommes pas assez ignorant de l'histoire théâtrale, et nous avons vu de nos yeux trop de grandes œuvres à terre et trop d'auteurs médiocres aux nues, pour attacher au succès une importance bien considérable. Les poëtes sont de la nature des chats, qui tombent de haut sans se faire de mal.

Nous parlons du succès de la première représentation, du succès immédiat; il va sans dire que personne ne fait fi du succès définitif. En dehors de l'intérêt personnel, lorsqu'un poëte publie une idée, c'est qu'il la croit utile, et il ne peut lui être indifférent qu'elle soit acceptée ou rejetée. Il n'allume pas son phare pour que le vent l'éteigne; il n'ouvre pas son école pour cracher sur les écoliers. Les prêcheurs de vérités nouvelles ne mettent pas leur orgueil à n'être compris de personne. Au contraire, les plus grands sont ceux qui se donnent le plus de peine pour convaincre. Socrate et le Christ s'arrêtent à tous ceux qu'ils rencontrent et s'efforcent de les persuader. Ils ne disent pas : voici ma pensée, faites-en ce que vous voudrez, marchez dessus, salissez-la, jetez-la dans le ruisseau, c'est votre affaire, je m'en lave les mains. Ce n'est pas le Christ qui se lave les mains, c'est Pilate.

Oui, certes, le succès importe! mais le vrai succès n'est pas celui du jour, c'est celui du lendemain. Si tu as les deux, tant mieux pour toi; mais il est rare qu'un poëte original ne commence pas par étonner et choquer des préjugés. Ils se fâchent, le détestent, l'insultent, ne le lâchent plus, le montrent aux passants, attroupent la foule, lui font un public. Bons ennemis! ce sont encore les meilleurs amis qu'on ait. Ces fureurs éphémères contribuent au succès durable. Pauvres méchants, qui voudraient faire du mal et qui sont condamnés à faire du bien! Le mal n'est pas.

Après le récit de la représentation de *Tragalbadas*, Auguste Vacquerie s'efface un peu, et n'a plus qu'une scène au cinquième acte, dans laquelle il improvise des strophes assez réjouissantes. La portion accessoire de la pièce reprend le dessus dans les derniers moments; le général s'aperçoit que sa femme a un amant, etc... Il était difficile de ramener à ces intimes émotions de. ménage l'attention du public, surexcitée par les excentricités d'Auguste Vacque rie; mais Saint-Ernest et Montdidier ont été si passionnés dans les rôles épisodiques du général Thésée et du lieutenant Hippolyte, mais Mlle Lucie a été si dramatiquement touchante dans la femme coupable, mais Mme Naptal a laissé entrevoir dans les échappées de l'action un si charmant sourire, que le dénouement a pris un air de mouvement et d'existence, et qu'on s'est ému, et que les mouchoirs ont donné, et qu'après avoir ri à se fendre la bouche, on a pleuré à s'arracher le nez.

Le rôle d'Auguste Vacquerie a été admirablement joué par un jeune acteur dont la réputation croît de jour en jour, Paulin Ménier. Nous lui reprocherons seulement de ne pas ressembler assez : Auguste Vacquerie est moins blond, a les moustaches plus longues, et ne porte pas de favoris. Mais surtout Auguste Vacquerie a le nez plus long, et M. Paulin Ménier ne ferait pas mal de mettre un nez de carton. Du reste, il n'y a qu'à battre des mains.

Et voilà ce que c'est que de parler avec irrévérence de la sacro-sainte école du bon sens, de ne pas admirer prodigieusement la *Ciguë* de M. Augier, et de ne pas se prosterner à plat ventre devant les vers de M. Barbier (Jules)! M. Barbier (Jules) nous a puni de cet athéisme en nous clouant pour l'éternité au pilori de son style, et en nous livrant à la risée des siècles. Car il est certain que le drame de M. Barbier (Jules) durera autant que le monde. Peut-être serait-il prudent, à nous, de faire immédiatement amende honorable à l'école du bon sens. On ne sait pas quelles funestes conséquences peuvent entraîner, sous leur apparence frivole, ces dénonciations publiques, et ce que c'est que d'avoir affaire à deux Aristophanes. Après le quatrième acte, un ami de M. Augier nous raillait au foyer

et nous disait : — Vous voilà traité comme Socrate.
— Pourvu, avons-nous répliqué, que cela ne se termine
pas par la *Ciguë*.

Mai 1849.

VII

Jeune homme, sois modeste.

Non pas seulement dans tes préfaces. Une préface modeste est une bonne chose, l'auteur a raison de se rapetisser
tant qu'il peut, de se faire humble, de s'aplatir, de se
railler, de faire sourire cette pauvre envie. L'envie tombe
parfois dans ce piége. Elle ne se méfie pas de ces livres
que leur propre auteur traite si lestement, et, les croyant
réellement médiocres, elle les déclare sublimes. L'avenir
la prend au mot, et son mensonge dit vrai. Tu dis que
c'est très-beau? tu te trompes, c'est très-beau.

La représentation peut aussi corriger utilement une
pièce trop belle. Si tu as le malheur de faire un drame sincère, énergique, résolu, porte-le au boulevard, à l'Ambigu
ou aux Variétés, au théâtre qui sera le moins suspect de
littérature. Pas à la Porte-Saint-Martin, on y a joué *Lucrèce
Borgia*. Ne prends pas le principal acteur. Si tu avais Frédérick, tu serais perdu. Choisis des acteurs obscurs, des

débutants, des figurants. Les envieux ne se tiendront pas
en garde; ils désireront que tu réussisses parce que c'est
avec ces succès momentanés qu'ils taquinent les renom-
mées durables; tes moindres-intentions seront comprises
et acclamées; tes figurants joueront mieux que les acteurs
célèbres, car le plus grand de tous les comédiens c'est le
succès; les critiques ne s'effaroucheront pas d'un auteur de
boulevard, et te mépriseront assez pour t'admirer.

Mais ce ne sont là que des palliatifs. On s'aperçoit bientôt que la préface n'est pas le livre, que l'humilité de l'auteur n'est qu'une ironie, qu'en se moquant de lui c'est des
autres qu'il se moque, et que, si l'on saignait un poëte modeste, il n'en jaillirait que de l'orgueil. — Le drame s'imprime, et alors plus de petit théâtre, plus de figurants; les
critiques lisent la pièce et se la jouent eux-mêmes, et je
t'assure qu'ils la jouent très-bien; je me trompais tout à
l'heure en disant que le plus grand comédien du monde
est le succès, c'est l'envie.

Ne compte donc pas trop sur la représentation ni sur la
préface. Les feuilletons finissent toujours par voir la pièce
derrière le théâtre et le livre derrière l'auteur. La modestie
qu'il leur faut, ce n'est pas celle de l'acteur ou du poëte,
c'est celle du poëme.

Fais plutôt de la prose que des vers, plutôt des brochures
que des livres, plutôt des nouvelles que des romans, plutôt
des comédies que des drames, plutôt des proverbes que des
comédies, plutôt trois actes que cinq, plutôt un que trois.

Raccourcis de jour en jour la taille de ton œuvre, afin
que les envieux, voyant qu'il y en a de moins en moins,
espèrent vaguement l'instant où il n'y en aura plus du
tout.

Quand je dis proverbe, tu comprends ce que je veux
dire. Il ne suffit pas qu'une pièce n'ait qu'un ou deux

actes. Une petite |perle vaut plus qu'un gros caillou. Le
style ne se mesure pas au mètre. Les seuls critiques ne
sont pas les montres. Une miniature peut être plus grande
qu'une toile de cent pieds de long sur quarante de large.
Toute la vie peut tenir dans une strophe. Le ciel tient dans
la prunelle de l'œil.

Ce n'est pas la brièveté matérielle qui importe, mais le
caractère mesquin et puéril des passions que tu exprimeras.
Prends la vie par le petit côté. Les bavardages qui ont un
fort intérêt pour les oisifs, les graves niaiseries des salons,
les causeries sur la dernière mode, les caquetages sans profondeur et sans enseignement, voilà ce que tu dois repro-
duire. Et ces comédies de paravent, ces dialogues imperceptibles, ces pièces faites au moule d'un dé à coudre, ne
seront pas pour le théâtre des Variétés, ni pour le Palais-
Royal, ni pour les Délassements-Comiques, mais pour le
Théâtre-Français, et l'on te saura d'autant plus de gré de
réduire à ces misères une scène chargée de représenter les
larges développements du cœur humain et les batailles
sanglantes de la volonté contre la destinée.

Vois le succès d'Alfred de Musset! Crois-tu que s'il avait
fait jouer *la Coupe et les Lèvres,* ou *Il ne faut pas badiner
avec l'Amour,* il aurait eu pour lui tous les feuilletons? Il
n'a pas commis cette imprudence. Il a choisi sa pièce la
plus insignifiante et la plus vide, le *Caprice,* et alors les
feuilletons ont été agréablement surpris. Quoi! c'est là
Alfred de Musset? Nous nous attendions à quelque chose
de libre et de fier, nous craignions un talent échappé, sauvage, à tous crins, nous avions peur d'un poëte insolent,
d'un Franck oiseau de proie criant sinistrement sur la
montagne, d'un Rolla mixturant dans un vers sombre le
poison et le doute, et c'est un monsieur bien peigné, qui
cause du bal de l'hôtel de ville entre deux tasses de thé!

Nous avions des préventions contre lui; on nous parlait
d'un poëte lyrique, bah! M. Scribe ferait ça, bravo; on
nous annonçait Byron, c'est M. Théodore Leclercq, battons
des mains; ce n'est pas un poëte, c'est un grand poëte!

Pourtant les passions sérieuses te sont permises; elles
peuvent même t'être profitables, si tu sais t'en servir. Fais-
leur ce que les dompteurs font aux bêtes féroces, caresse-
les, énerve-les, corromps-les, déprave-les. Et les envieux
te seront reconnaissants d'abrutir les lions. Je me souviens
d'un drame où le père et le fils aimaient la même femme
et se battaient en duel; mais cela était arrangé d'une façon
si modérée et si adroite que cet inceste parricide ne causait
qu'une émotion douce.

Il y a des poëtes qui se comportent autrement. Il y a des
natures hautaines que tentent toutes les imprudences et
qui envient à Icare jusqu'à sa chute; des esprits remuants
et excessifs que l'horizon gêne et dont les bouillonnements
insensés soulèvent par moments le ciel comme un cou-
vercle d'airain. — Ceux-là ne sont pas discrets, ils ne ren-
trent pas les coudes, ils ne se glissent pas le long du mur,
ils s'installent brutalement au centre radieux de l'attention
publique. Ils ne demandent pas, ils réclament; ils ne se
présentent pas en solliciteurs de la réputation, mais en
créanciers de la gloire.

Ils sont toujours mal reçus. Ils sont contestés, insultés,
lapidés, salis, toute leur vie. Quand on est obligé de les
payer, on le fait avec rage. On leur jette la gloire à la tête.

Ce n'est pas là ce que tu cherches, hein? Fais donc ce
que je te dis. Sois bien sage, dans l'âge des témérités.
Sois prudent, réservé, sobre, décent. C'est si gentil pour
les eunuques un jeune homme qui n'a pas de maîtresse!
C'est si charmant un jeune homme qui n'est pas jeune!
C'est si joli, la jeunesse, cette surabondance, cette explo-

4.

sion de la séve, ce débordement de branches et de feuilles,
cette forêt vierge de fantaisies touffues et violentes où
s'embarrasse l'aile des oiseaux bizarres, devenue une petite cage bien distribuée et bien propre où un serin répète
les airs qu'on lui a appris! C'est si ravissant un poëte de
vingt ans qui n'est pas extravagant, qui ne cogne pas son
front aux étoiles, qui n'attelle pas à son imagination les
chevaux du soleil, qui conduit posément le long du boulevard un sujet d'occasion traîné par une phrase poussive!
C'est si beau, Phaëton cocher de fiacre!

Sois le garçon rangé et pas trop riche que rêvent pour
mari les idées pauvres.

Ne lis pas Molière, ça te griserait; ne lis pas Shakspeare,
ça te soûlerait.

Suis les conseils que je te donne en toute sincérité, et
les immenses chutes seront pour d'autres, et la cire de tes
ailes ne fondra pas dans le ciel, et tu ne donneras ton nom
à aucune mer, et tu ne naufrageras pas dans ta cuvette, et
tu ne trébucheras pas, cher ventre-à-terre, et tu ne per-
dras pas un cheveu, bon chauve, et les critiques reconnaissants te dresseront une colonne modeste, et tu auras tout
ce qui constitue l'idéal des poëtes sérieux, l'applaudissement non coupé de sifflets, les fortes recettes, le ruban
rouge à vingt-cinq ans, l'Académie à trente-six, la consi-
dération de ton concierge, la fille de ton notaire, et la mai-
rie de ton village.

Hauteville-House, janvier 1856.

VIII

LES BARBIERS DES TIGRES

Janvier 1849.

Madame Marneffe! quoi! elle-même, cette méchante, cette charmante, la grâce du vice, le rayon dans la boue, on allait la voir, non plus seulement avec les yeux de l'esprit dans le demi-jour du livre, mais sur le théâtre, effrontément éclairée par le lustre et par la rampe. Et quelle était l'actrice qui allait oser être cette femme-là? Mlle Rose Chéri, la Clarisse Harlowe d'hier, la pureté sans tache, la chasteté limpide, l'âme-hermine. C'était elle, la morte par pudeur, qui allait maintenant descendre à toutes les roueries, arrêter les débauchés par le pan de leur habit, pourvu qu'elle sentît de l'argent dans les poches, et les retenir, et les forcer. Lucrèce allait violer Tarquin!

Ceux qui espéraient ce curieux spectacle, oubliaient qu'ils entraient au théâtre du Gymnase, et que ces fauves passions, qui peuvent bondir et rugir à l'aise dans l'immense forêt du drame, ne tiendraient pas dans le grêle salon du vaudeville. — Alors, à quoi bon toucher à ces âpres caractères pour les énerver et les aplatir ? Pourquoi faire promettre à l'affiche ce que la pièce ne tiendra pas ? Pourquoi faire la parade d'une panthère, quand on n'a dans sa baraque qu'un mouton ?

Donc, la madame Marneffe de M. Clairville n'a rien de commun avec la madame Marneffe de Balzac. M. Clairville, tondeur de romans et coupeur d'idées, l'a totalement châtrée de la prodigieuse queue de vices dont l'avait gratifiée l'illustre écrivain. Depuis quelque temps, les vaudevillistes sont en train d'enjoliver et d'expurger à l'usage de la bourgeoisie les types terribles des poëtes. L'autre mois, Lovelace ; l'autre semaine, Faust. Un de ces jours, ils feront de Claude Frollo un bonhomme, et de Vautrin un serrurier méconnu. Leur métier est d'apprivoiser pour les salons, de peigner, de friser, de pommader les figures dévorantes. Ils sont coiffeurs de lions, barbiers de tigres, pédicures d'hyènes.

La madame Marneffe du livre n'a aucun motif pour exploiter et pour sucer jusqu'à la moelle de leur bourse tous ceux qui accourent à la lumière de ses yeux. Hulot et Crevel ne lui ont rien fait ; pourquoi leur prend-elle tant d'argent et leur fait-elle tant de méchancetés ? Balzac répond qu'elle leur prend de l'argent parce qu'elle est avide, et qu'elle leur fait des méchancetés parce qu'elle est méchante. — Mais pourquoi est-elle méchante et pourquoi est-elle avide ? — Balzac répond que Dieu le sait. Eh bien ! M. Clairville le sait aussi. Mme Marneffe hait le baron Hulot, parce que le baron Hulot a autrefois séduit une sœur à elle qui s'est tuée ; c'est pour venger sa sœur que Mme Marneffe s'est juré de ne pas laisser trente francs à toute la famille Hulot, et de ne lâcher le baron, la baronne et leurs enfants

que sur la paille. Quant à Crevel, elle lui extorque deux
ou trois cent mille francs par pure charité, pour les resti-
tuer à une pauvre fille à laquelle Crevel les a volés. C'est
aussi simple que cela. Qu'est-ce que Balzac nous parlait
donc de caractère exceptionnel et de nature bizarre?
Qu'est-ce qu'il avait à rejeter dans le vague l'origine et la
composition de cette femme dangereuse? Que signifiait ce
mystère, qui entr'ouvrait de noires échappées sur les profondeurs de la fatalité et qui questionnait la destinée?
M. Clairville répond à la question de la façon la plus claire.
Pourquoi il y a sur terre de ces créatures provocantes et
mortelles qui engloutissent tout des hommes qui les approchent, depuis l'argent jusqu'à la réputation, depuis la
vie jusqu'à la probité? Parce qu'elles vengent leur sœur.
Pourquoi madame Marneffe est méchante? Parce qu'elle
n'est pas méchante.

O habileté des faiseurs! Ils appellent cela, en argot de
planches, *motiver* l'action. Et ils ne voient pas qu'en prêtant des motifs à tout, ils suppriment le principal motif
de tout, qui est le caractère. Vaudevillistes que vous
êtes, voilà comment vous touchez aux poëtes! Vous ôtez
le problème divin pour mettre un vulgaire incident
à la place. Vous faites de l'humanité une anecdote.
Vous nous dites pourquoi madame Marneffe est mauvaise? Dites-nous donc aussi pourquoi elle a les cheveux
blonds.

Nous ne parlons pas de ce qu'il y a d'éperdument absurde dans le pillage sac à sac de Crevel et du baron par
cette madame Marneffe-là, vertueuse et virginale. M. Clairville n'est pas mal naïf de croire qu'il se rencontre dans
la même maison deux hommes assez primitifs pour se
ruiner pendant des mois sans rien obtenir. Il se peut que
Crevel et Hulot lâchent imprudemment les premières

avances; mais trois cent mille francs, comme M. Clairville y va! Dans Balzac, madame Marneffe dépouille Hulot
et Crevel, mais ce n'est pas avec des clins d'yeux; elle
leur prend tout, mais elle se donne.

Une chose qui vaut l'invention de cette nouvelle : la
virginité de madame Marneffe, c'est la façon dont elle est
dite. Tout à coup, tandis que madame Marneffe paie — en
paroles — l'argent comptant de ses deux canailles, Montès
tombe du Brésil. Montès est furieusement étonné de trouver sa chaste Suzanne entre ces deux vieillards, et sou-
riante. Madame Marneffe le rassure en lui disant son secret : sa sœur morte, le vol de Crevel, etc. Eh bien! ce
secret, elle le lui dit dans l'entr'acte, et le public n'en sait
rien qu'à la fin de la pièce, et le public passe quatre actes
à se demander qu'est-ce qui a si vite apaisé ce jaguar de
Montès, et comment madame Marneffe peut être pure en
volant de telles sommes à deux hommes qui, en définitive, n'ont pas envers elle, aux yeux du spectateur, d'autre
tort que d'être amoureux d'elle. Et le public se casse la
tête, et cherche, et c'est là l'intérêt de la pièce, et c'est là
l'adresse des vaudevillistes. Au lieu de mettre l'intérêt
dans le développement d'un sentiment ou d'un fait, les
vaudevillistes le mettent dans la dissimulation de l'idée;
au lieu de surprendre la foule par ce qu'ils trouvent dans
le sujet, ils l'intriguent en cachant le sujet même. Ce n'est
plus une étude, c'est une énigme. L'analyse est changée
en rébus. — Froment-Meurice nous disait, un jour, un
mot très-fin en nous montrant un coffret-bijou qu'il venait
d'achever. Ce coffret avait une serrure d'un goût excellent
et d'un charmant travail, à l'occasion de laquelle nous
vînmes à parler d'un orfévre qui, dans ses coffrets, place
et dérobe tellement la serrure qu'on ne l'aperçoit pas : —
Il la cache, nous dit Froment-Meurice; moi, je la cisèle.

— Toute la différence entre les vaudevillistes et les poëtes est dans ce mot.

Méprisable adresse, qui fait de l'art un escamotage et du drame un tour de gobelets! Mais que voulez-vous, si l'escamotage est ce qui plaît au public? Les escamotages sont les miracles bourgeois.

Mais nous avons personnellement à remercier M. Clairville. Voici de quoi. Sa madame Marneffe est si vierge qu'elle n'est pas même la femme de son mari. Marneffe est un mari pour rire qui lui sert à se donner une contenance dans le monde et à modérer l'exaltation de ses amants dans les instants où ils réclament un peu trop haut l'intérêt de leur argent. Elle loue ce drôle au mois, et lui donne la table, le logement, et des poignées d'or vite absorbées par le jeu. C'est absolument la situation de notre Tragaldabas chez Caprina. M. Clairville a même daigné nous emprunter toute une scène, où le faux mari rougit de sa position et a des scrupules pour se faire payer plus cher.

Nous sommes reconnaissant à M. Clairville d'avoir fait applaudir un personnage et une scène de nous. Le public, qui les avait trouvés abominables dans nos vers, les a trouvés exquis dans la prose de M. Clairville.

———

Voici que nous devons à M. Clairville de nouvelles actions de grâce. Nous n'étions pas à la représentation de ses *Sept billets*, mais nous lisons ces lignes dans le feuilleton d'Édouard Thierry : — « Aimez-vous mieux le duel? ceci est plus comique. D'abord, c'est le duel du grand Tragaldabas. M. Clairville sait ses auteurs; il met ses lectures à profit; il retouche Vacquerie avec M. Merville; il vieillit toujours les choses à leur point. » — Nous sentons profondément l'honneur que fait M. Clairville à ce bon Tra-

galdabas, qu'il nous avait emprunté une fois pour le
marier avec Mme Marneffe. Hier, pour un mariage ; aujour-
d'hui, pour un duel.

Ces deux emprunts ont été pour nous l'occasion d'un
enseignement qui nous profitera. *Tragaldabas* a été sifflé ;
Madame Marneffe a été applaudie ; *les Sept billets* ont réussi.
Les mêmes choses qui, dites par nous, ont soulevé la huée
exaspérée des loges, ont excité une hilarité bienveillante,
dites par M. Clairville. Donc, le point par où nous pé-
chons, ce n'est pas tant l'invention ; le public accepterait
nos imaginations, nos personnages lui agréeraient, nos
scènes pourraient le divertir ; mais ce qui nous manque,
c'est le style de M. Clairville. Nous allons nous mettre
immédiatement à étudier cet écrivain. O ciel ! si, à force
de sueurs et de veilles, nous pouvions jamais arriver à la
hauteur de cette langue, et des oreilles du public !

A propos de *Tragaldabas*, il nous est arrivé, à la représentation des *Marrons d'Inde*, une aventure assez pi-
quante. Nous étions placé auprès d'un jeune monsieur,
blond, charmant, spirituel et plein d'entrain. Grâce à
cette intimité qu'établissent facilement entre voisins de
stalles les pieds qu'on s'écrase et les coudes qu'on s'enfonce dans l'estomac en regagnant sa place après les
entr'actes, nous fûmes bientôt son ami ; nous lui pré-
tâmes notre lorgnette, et il nous prêta *l'Événement*. Nous
devons avouer que notre ami n'avait pas un énorme enthousiasme pour la pièce ; les plaisanteries l'irritaient,
les bouffonneries lui emportaient la bouche, les calembours lui restaient au gosier. A chaque instant, il versait
son mécontentement dans notre sein, de manière à embarrasser et à compromettre notre réserve de critique. Au

troisième acte, il commença à siffler, avec sa bouche d'abord, puis avec une clé fort honnête qu'il tira de sa poche; toujours en nous jetant des regards d'intelligence et de confraternité. Mais, tout à coup, un mot l'exaspéra plus que les autres, et, se tournant vers nous avec tout l'épanchement du désespoir, il nous dit :

— Ah! j'aurais dû apporter ma grande clé de *Tragaldabas!*

IX

Les ruminants de tragédie conviennent que Racine a défiguré Hippolyte. Hippolyte amoureux, c'est quelque chose comme Harpagon prodigue.

Mais Phèdre passe pour être la passion même, le désir à outrance, les sens lâchés, « Vénus tout entière. » Phèdre, en effet, dit qu'elle est tout cela; — mais nous ne sommes pas obligé de la croire sur parole. Othello ne se borne pas à dire qu'il est jaloux, il le prouve en étouffant Desdemona. Phèdre dit ce qu'elle veut; voyons ce que dit l'action.

Phèdre fait trois choses : elle se déclare à Hippolyte, elle l'accuse, elle se tue.

Quand Phèdre se déclare à Hippolyte, Thésée est cru mort. Alors, l'obstacle est tombé, elle est libre, et Œnone peut lui dire :

> Vivez ; vous n'avez plus de reproche à vous faire ;
> Votre flamme devient une flamme ordinaire :

Thésée en expirant vient de rompre les *nœuds*
Qui faisaient tout le crime et l'horreur de vos *feux*.
Hippolyte pour vous devient moins redoutable,
Et vous pouvez le voir sans vous rendre coupable.

Phèdre, en effet, voit Hippolyte et se déclare à lui. Cette déclaration, qui n'est pourtant qu'une déclaration ordinaire, agite si extraordinairement Hippolyte qu'il se laisse prendre son épée; nous avouons qu'elle nous agite beaucoup moins. Phèdre va peut-être un peu loin en faisant elle-même les avances, et elle n'attend pas, après la mort de son mari, que le temps voulu par les convenances soit écoulé; mais Thésée ne lui était pas si tendre et si fidèle! — A part cet accroc à l'usage, nous ne voyons là qu'une femme comme une autre, qui confesse un amour comme un autre. Il est à remarquer que cette scène est la seule qui mette en présence Hippolyte et Phèdre. Donc, les seuls rapports directs qu'ils aient entre eux ont lieu pendant que Thésée passe pour mort, c'est-à-dire, pendant que Phèdre n'a plus « de reproche à se faire. » Le *nœud* criminel est *éteint*, l'horrible *feu* est *dénoué*.

L'indignation d'Hippolyte n'a pas vaincu Phèdre. Qu'Œnone aille le trouver, qu'elle prie, qu'elle pleure, qu'elle gémisse, qu'elle offre tout, Phèdre et Athènes. Œnone sort et rentre presque aussitôt épouvantée et pâle : elle n'a pas vu Hippolyte, mais elle a vu Thésée! Thésée n'est pas mort! Cette nouvelle change absolument Phèdre; l'amour est tout à coup remplacé par la peur. Sans doute, Hippolyte ne cachera pas à son père l'ignominieux secret qu'elle a osé dire; il la dénoncera, il la perdra; dût-il se taire, elle-même se trahira. Plutôt mourir! Mais quel nom elle laisse à ses enfants, si Hippolyte parle! Œnone, qui aime sa maîtresse, ne voit qu'un moyen de sauver les enfants et la mère, c'est de prendre les devants et d'accuser Hippolyte. Phèdre hésite un peu et fait quelques cérémonies, mais, effrayée par un regard d'Hippolyte qui entre, elle permet tout à OEnone.

> Dans ses yeux insolents je vois ma perte écrite :
> Fais ce que tu voudras.

Le motif est bien net. C'est la peur et non le dépit de se voir repoussée, par exemple, qui lui fait accuser Hippolyte. Dans la scène qui précède immédiatement, elle est à lui plus que jamais; elle ne se tient pas pour battue après le premier échec; elle veut à toute force qu'il l'aime. C'est l'arrivée de Thésée qui ôte de sa bouche la prière pour y mettre la calomnie; c'est pour ne pas être accusée qu'elle accuse, et elle fait tout bonnement ce que fait un voleur qui, surpris en flagrant délit, évite le bagne en tuant. Cela est ignoble, mais cela n'est pas amoureux..

A partir du retour de Thésée, Phèdre ne fait plus un pas et ne dit plus une syllabe pour attendrir Hippolyte. Elle ne pense même plus à le posséder jamais. Son parti est pris. L'amour ne reparaît plus qu'une minute, à la dernière scène du quatrième acte, sous la forme de la jalousie. Un mot de Thésée lui a appris qu'elle avait une rivale. Cette révélation imprévue, dans un moment où le repentir lui venait et allait peut-être la décider à dire la vérité et à sauver Hippolyte, refoule l'aveu dans sa bouche.

Reste un dernier fait : le suicide. Est-ce par jalousie que Phèdre se tue, et par désespoir de ne pas être aimée? C'est un peu par amour et beaucoup par remords :

> Mes crimes désormais ont comblé la mesure :
> Je respire à la fois l'inceste et l'imposture;
> Mes homicides mains, promptes à me venger,
> Dans le sang innocent brûlent de se plonger.
> Misérable! et je vis!

Ainsi, des trois choses faites par Phèdre, deux sont du remords et de la lâcheté, une seule, la déclaration, est de l'amour. Et voici à quoi se réduit cet amour de Phèdre, qui se donne pour une passion si exceptionnelle et si en dehors de toutes les barrières. La pièce se divise en deux parties bien tranchées, l'une où Thésée est mort, l'autre où Thésée est vivant. Tous les rapports de Phèdre avec Hippolyte, toutes ses tentatives, tous ses désirs, toutes ses espérances, sont dans la première partie, d'où la mort du mari retire le crime. Du moment où Thésée est revenu, Phèdre n'a plus la pensée ni même l'envie de gagner Hippolyte. — Donc, dans la première partie, pas de crime; dans la seconde, pas d'amour. Singulière accentuation d'un amour incestueux et adultère : quand Phèdre aime, il n'y a ni adultère ni inceste; quand il y a adultère et inceste, elle n'aime plus. Quelle dévergondée : sa passion devient coupable, elle y renonce !

De cette exposition à grand fracas d'une maladie extraordinaire, il ne sort rien; cette complication de deux crimes ne produit, en définitive, qu'une déclaration anticipée; à l'instant où le drame va commencer, Racine serre dans un tiroir l'inceste et l'adultère, et il nous montre tout bêtement « une flamme ordinaire. » La pièce ne tient pas plus la promesse de l'exposition que les baraques de la foire ne tiennent la promesse de la parade. La *femme sauvage* ne paraît pas.

Racine a misérablement énervé cette figure trop violente pour lui. La seule qualité qu'on ait raison de louer dans *Phèdre*, c'est l'habileté avec laquelle les difficultés sont tournées. Racine ne tranche pas le nœud, il le délie. Plusieurs scènes méritent l'éloge à ce point de vue. Ainsi, la scène où Phèdre se confesse à OEnone. Il est vrai qu'elle est traduite d'Euripide. Ainsi encore, la scène où Phèdre

se déclare à Hippolyte. Il est vrai qu'elle est traduite de
Sénèque. Surtout dans cette seconde scène, l'hésitation de
Phèdre, ses réticences, ses insinuations, sa souplesse, ses
transitions ménagées, Hippolyte confondu avec Thésée,
tous les détours par lesquels elle rampe jusqu'à l'aveu décisif, tout cela est d'une adresse très-remarquable. Seulement, nous aimerions mieux quelque chose de moins
adroit et de plus emporté. Nous préférerions qu'une passion si désordonnée ne gardât pas cette mesure. Shakspeare aurait entendu la scène autrement. Avec le poëte de
lady Macbeth, Phèdre n'aurait pas eu de ces coquetteries
et de ces délicatesses, elle n'aurait pas atténué l'adultère,
elle n'aurait pas enjolivé l'inceste, elle aurait tout craché
dans un mot, elle aurait fendu son cœur en deux, et, si la
nature en avait rougi, tant pis pour la nature qui lui avait
fait un cœur pareil !

Août 1844.

X

La représentation d'*Une Chaîne* offre ce spectacle singu- lièrement curieux : — la révolte d'une pièce contre son auteur.

Il faut dire que, depuis trente ans qu'il encombrait le théâtre, M. Scribe avait bien fait tout ce qu'il avait pu pour amener ce conflit.

M. Scribe, c'est le contraire de Racine.

Le drame ne supprime pas la tragédie, il la complète, mais il la contient. Il lui donne ce dont elle manque ; il la corrige de cette délicatesse puérile et maniérée qui lui fait retrancher la moitié du dictionnaire français et la moitié du cœur humain ; il confronte, pour les faire valoir et les multiplier l'un par l'autre, le trivial au poétique et le gro- tesque au sérieux ; il ajoute à la tragédie, mais il n'en ôte rien.

Au lieu que la comédie de M. Scribe est la négation ra- dicale de la tragédie. En regard de ce faux idéal, de ces cothurnes, de ces échâsses, de ces visages calqués sur les

masques grecs, de ces imitations juchées sur les règles
comme les perroquets sur leur bâton, M. Scribe a posé
crûment la réalité la plus terre-à-terre. Toutes les hautaines aspirations, l'ambition du cœur ou dé l'esprit, l'indépendance, le serment, l'amitié, le dévouement, tout le
lyrisme depuis l'amour jusqu'au romantisme, il n'est rien
que M. Scribe n'ait conspué. A ses yeux, tout ce qui ne se
résout pas immédiatement en jouissance physique n'existe
pas. Il ne croit qu'à l'argent. — Et comme on sait peu ce
qu'on est! M. Scribe se croit amoureux de la tragédie! Oui,
de temps en temps M. Scribe prend la tragédie sous sa protection, et il écrase les adversaires de *Mithridate* sous un
de ses légers couplets. Eh bien, non, nous le lui appre-
nons, M. Scribe n'aime pas la tragédie, — il déteste le
drame. M. Scribe a beau défendre la tragédie à coups de
fautes de français, et chevaucher (à âne) près d'elle, son
théâtre est ce qu'il y a de plus opposé au don quichottisme
du sentiment et de la phrase.

M. Scribe est le Sancho Pança de Corneille.

Donc, quelles concessions M. Scribe avait exigées de ses
pièces, jusqu'où il les avait ployées, à quel prosaïsme il les
avait réduites, quelles méprisables calomnies il leur avait
soufflées contre tout ce qui dépasse la médiocrité bourgeoise, contre l'admiration, contre la foi, contre le génie,
contre la passion, contre tout ce qui est grand et triste,
contre tout ce qui a des ailes au dos et des pleurs aux yeux,
— c'est ce qu'on s'imaginerait difficilement. Nous comprenons qu'à la fin ses pièces se soient lassées du rôle infime qu'il leur imposait, et qu'il s'en soit rencontré une
qui ait repoussé avec violence ce hideux métier de raillerie
et de négation. L'idée, faite pour planer et pour emplir
largement son envergure de brise et son regard de soleil,
n'a pu supporter toujours d'être ainsi tenue à terre, et, à

chaque battement d'ailes, d'éclabousser tous les fiers sentiments, qui sont de sa famille; elle a fait un vigoureux effort, et, souffletant de ses plumes d'aigle l'imprudent qui croyait l'avoir habituée à la boue, elle est remontée dans les bleues profondeurs du ciel.

Jamais M. Scribe n'avait mis l'idée aussi bas qu'il voulait la mettre dans *Une Chaîne.* — Une femme s'est donnée à un homme. Louise a eu pour Emmeric tous les dévouements et toutes les grâces ; elle l'a poussé, elle l'a fait riche, influent et illustre, elle a pensé uniquement à lui, jusqu'à oublier qu'elle était mariée. Et, lorsqu'elle l'a ainsi porté au but inaccessible qu'il n'osait entrevoir qu'en songe, lorsqu'elle s'est sacrifiée, lorsqu'elle lui a fait un piédestal de son honneur de femme, Emmeric se rappelle une petite fille avec laquelle il a été élevé; il se dit que Louise est belle, mais qu'Aline est jolie; que Louise n'a encore que vingt-cinq ans, mais qu'Aline en a déjà seize; que Louise lui a tout donné, mais qu'Aline ne lui a rien donné.

Le lâche en vient à ce point de reprocher à sa maîtresse tout ce qu'elle a fait pour lui. Aline, elle, n'a pas trompé de mari, elle n'a pas perdu l'estime publique; elle est pure. Plût à Dieu que Louise lui eût rendu moins de services ! il en aurait moins à lui payer aujourd'hui. Dès lors, c'en est fait; il se débattra plus ou moins longtemps dans les liens qui le retiennent, mais la rupture est inévitable. A la première secousse un peu forte, la chaîne cassera. C'est le commencement de la fin. Louise a beau faire appel au passé, aux promesses, à tout ce qu'elle a dépensé pour lui, de réputation et de tendresse; le misérable discute, récrimine, chicane, et, décidément, ne paie pas. Il fait banqueroute de cœur.

M. Scribe trouvait cela tout simple. Dans cette querelle entre l'ingratitude et le dévouement, il prenait naturelle-

ment le parti de l'ingratitude. De quoi se plaignait cette
femme qu'on récompensait de toute son affection et de tous
ses bienfaits en la jetant de côté aussitôt qu'on n'avait plus
besoin d'elle? Elle n'avait que ce qu'elle avait gagné. N'é-
tait-elle pas coupable? n'avait-elle pas trahi son mari?
Rien n'était trop dur pour une adultère comme elle. Si elle
souffrait, tant mieux! ce n'était pas un malheur, c'était
un châtiment. — Ah! nous aussi, nous voulons rompre la
« chaîne »; nous aussi, nous disons que personne n'est la
propriété de personne, que l'amour n'est pas l'esclavage,
et que tout homme, et toute femme, ont le droit de se reprendre à la femme et à l'homme qu'ils n'aiment plus;
nous plaignons profondément celui des deux qui continue
à aimer, mais nous sommes pour la liberté du cœur. Mais
M. Scribe ne plaignait pas Louise, il la punissait. Emmeric
avait mille fois raison d'abandonner cette créature souillée
qui se livrait sans calcul et sans garanties, et de courir à
l'innocence d'Aline, qui, elle, ne l'aimerait que par-devant
M. le maire et M. le curé, après signatures dûment enre-
gistrées, sous la protection du code. M. Scribe ne mettait
pas la question entre l'amour de la femme et l'amour de
l'homme, entre la souffrance de la femme et la liberté de
l'homme, il la mettait entre l'adultère et le ménage. Son
affranchissement du cœur, c'était le mariage.

Emmeric quittait le mal pour le bien. Il se réhabilitait.
Non-seulement son action n'était pas blâmable, mais elle
était méritoire. M. Scribe, qui, jusque-là, n'était encore
parvenu à faire de la fidélité qu'un ridicule, en faisait un
vice. Il touchait au comble de ses vœux. L'ingratitude
allait être de la vertu!

Pour le coup, c'était trop fort. La pièce s'insurgea. Elle
ne voulut pas propager un pareil blasphème. La passion,
trop comprimée, éclata subitement. En dépit de M. Scribe,

la figure de Louise se fit émouvante et charmante; il eut beau plaider pour Emmeric, écraser l'adultère, invoquer la sainteté du mariage, glorifier cette morale de portier qui suit prudemment le chemin tracé entre l'enfer et la police correctionnelle; il y a une chose qui efface en un clin d'œil tous les codes et tous les catéchismes, — c'est une larme d'une femme.

La pièce refusa d'obéir à l'auteur. La passion se redressa de toute sa taille. Louise, indignée, ne consentit pas à courber la tête, et regarda Emmeric en face. Ah! je me serai livrée tout entière et sans réserve, j'aurai été ton plaisir quand les autres femmes te dédaignaient et ton marchepied quand tu rampais impuissant au bas de tes rêves, tu me renverras dès que je ne te serai plus néces-saire, comme on casse dans l'orgie le verre où l'on a bu, ou comme on démolit l'échafaudage lorsque la maison est bâtie, tu me rendras mon honneur en remords et ma bonté en sanglots, — et, de nous deux, c'est toi qui seras l'hon-nête! moi, je serai une femme perdue, une malheureuse qui a menti à son devoir, une infâme qui n'a plus voulu de son mari et dont son amant ne veut plus; tandis que, toi, l'on t'approuvera de rentrer dans l'ordre, de te ran-ger; j'aurai toutes les injures pour avoir été dévouée, tu auras tous les éloges pour avoir été ingrat! Non, cela ne se passera pas de cette façon. On m'insultera, si l'on veut, mais on ne te louera pas. Mon amour brisé te rejaillira au visage. Je ferai autant de scandale qu'il en faudra. On saura que je me suis donnée, mais on saura que tu t'es re-pris. On dira de moi : elle n'a pas de pudeur; mais on dira de toi : il n'a pas de cœur!

La première représentation d'*Une Chaîne* dut bien éton-ner M. Scribe. — Il ne dut rien concevoir à sa propre co-médie. Il avait voulu intéresser le public à l'ennui d'un homme fâcheusement empêché dans un amour dont il ne peut se débarrasser, et l'auditoire ne s'intéressa qu'à la femme honteusement désertée. Il avait cru donner le beau rôle à Emmeric, et ce fut Louise qu'on applaudit. Applaudissements ironiques; succès à rebours. Mlle Plessy, qui jouait Louise, contribua beaucoup, par sa beauté, par son accent touchant et fier; par son ardeur profonde, à faire donner tort à Emmeric et à M. Scribe. Entre ses mains, le sujet acheva de se déformer, et l'intention de l'auteur fut entièrement retournée. C'est ce qui sauva *Une Chaîne;* le public ne se serait pas associé à la trahison ignoble d'Emmeric; il s'associa au désespoir de Louise. On aurait sifflé sans ce contre-sens des acteurs. Représentation bizarre! la pièce ne réussit que parce qu'elle fut mal jouée.

XI

M. AUGIER

Nous savons à quoi nous allons nous exposer en osant dire notre avis sur la nouvelle comédie de M. Augier. Pour n'avoir pas trouvé, dans le temps, que *la Ciguë* fût autre chose qu'un pastiche agréable, et pour n'avoir pas parlé de *l'Homme de bien* avec un respect sans bornes, nous avons reçu un jour en pleine poitrine la décharge de deux feuilletons dirigés, l'un contre notre *Tragaldabas*, et l'autre contre la *Notre-Dame de Paris* de tout le monde. M. Augier s'était fait critique tout exprès pour nous. Nous ayant tué raide, et ayant eu la touchante attention de tuer Victor Hugo avec nous, afin qu'au moins nous eussions quelqu'un à qui parler dans le tombeau, M. Émile Augier quitta le journal et n'y écrivit plus une ligne depuis. Dieu s'est reposé après avoir fait le monde ; M. Augier s'est reposé après avoir fait deux feuilletons.

Eh bien ! que M. Augier recharge sa critique et qu'il l'emplisse jusqu'à la gueule de la terrible mitraille des épigrammes les plus gauloises ; les représailles ne nous ont jamais intimidé. Nous devons la vérité à ceux qui nous font l'honneur de nous lire, et, dût notre opinion d'aujourd'hui armer encore contre nous un feuilleton à deux coups, nous n'avons pas le droit d'hésiter à dire que *Gabrielle* est le contraire d'une pièce.

Nous n'éprouvons aucun embarras à reconnaître que notre opinion n'a pas été partagée par le public d'hier. *Gabrielle* a réussi bruyamment, nous le constatons en toute impartialité. Le premier acte a mis la salle en belle humeur ; les trois suivants ont été accueillis un peu moins chaleureusement, mais, à la fin du quatrième, un monologue a soulevé les transports de l'orchestre et des loges. A partir de ce moment, ç'a été une ovation, une fête de famille, un délire, un charme. On s'embrassait dans les couloirs. L'enthousiasme ne se contenait plus et ne savait plus ce qu'il faisait. Un Anglais qui était près de nous a fait un nœud à son mouchoir pour se rappeler un vers.

Pour tout le monde, *Gabrielle* est le chef-d'œuvre de M. Augier. Pour nous aussi.

Gabrielle devait nécessairement plaire au public, surtout au public du Théâtre-Français. Le sens de la pièce est que la passion et la poésie sont des chimères ridicules, et qu'il n'y a de poètes que les bourgeois. Quel poëte que M. Augier !

Quand on caresse ainsi les bas instincts de la foule, quand on prend son parti contre l'idéal et contre les aspirations hautaines de l'âme à l'étroit dans le corps et dans la vie, quand on ajoute la raillerie comme une pointe de plus aux clous dont le monde crucifie les grands cœurs martyrs, quand on renie humblement les vers, la rêverie et les étoiles, quand on se résigne à convenir avec les notaires et les avoués, épanouis dans leurs stalles, qu'ils valent bien les poëtes, et qu'il n'existe pas sous le ciel d'autre poëme que le code, — c'est bien le moins que les avoués et les notaires répondent par un sourire au gracieux auteur qui se met ainsi à genoux pour leur chatouiller la plante des pieds.

Il y a des esprits qui entendent autrement la mission du poëte. Ils croient que sa tâche n'est pas de suivre la multitude, mais de la conduire. Ils se font les conseillers du public, et non ses domestiques. Mais ces austères professeurs d'idéal, d'amour et de pensée, sont souvent mal reçus de la foule, dont ils choquent et humilient les idées vulgaires et les appétits médiocres. Le terre-à-terre et la platitude sont plus sûrs. Rien n'est d'un effet plus immanquable, au théâtre, que les maximes de morale, les appels à l'union des ménages, les dithyrambes contre l'adultère, l'éloge exalté de la fidélité conjugale, l'admiration des chemises qui ont tous leurs boutons, le lyrisme du pot au feu. C'est étonnant, les fibres que cela remue dans le commun des spectateurs. Qu'est-ce que l'âme, qu'est-ce que l'infini, auprès d'une chaussette bien raccommodée?

Mais il faut absolument que M. Augier dédie sa pièce « aux Pensionnats de demoiselles. »

Au fond, M. Émile Augier appartient à l'école de M. Scribe. M. Scribe s'est concilié l'estime des bourgeois en frappant de réprobation toute autre passion que celle de l'argent, tout autre amour que les tendresses paraphées par M. le maire. M. Augier vient après le maître, et semble destiné à versifier la prose de M. Scribe. Mais, en mettant la versification de côté, comme M. Scribe est supérieur! Quel autre intérêt dans l'action, quelle autre imagination dans les scènes, quelle autre vie dans les figures! *Gabrielle*, c'est *les Premières amours*, moins l'esprit, c'est

Être aimé ou mourir, moins la réalité, c'est *Une Chaîne,* moins le drame.

Que le lecteur en juge.

Gabrielle aime modérément son mari et lui préfère un Stéphane quelconque. Une tante qu'elle a s'en aperçoit et veut la retenir. Que fait cette tante? Une narration. Elle raconte à sa nièce : — au second acte, qu'elle a eu un amant et qu'alors elle était pleine de remords et de terreurs ; — au troisième sermon, que son mari a tout découvert ; — au quatrième sermon, que son amant l'a abandonnée. On voit d'ici l'intérêt énorme que présente cette lutte d'une passion avec un récit.

Mais c'est le cinquième sermon qui est inouï! Il arrive un moment où le récit de la tante est débordé par la passion de la nièce. Le mari de Gabrielle apprend qu'elle va s'enfuir avec Stéphane le soir même. Voilà une situation dramatique. Que va-t-il résulter du choc de ces trois passions? Que va faire Julien pour parer le coup qui le menace? Voici ce qu'il fait : — au moment où Gabrielle et Stéphane ont déjà le pied sur le seuil de la porte, il apparaît, et, tranquillement, amicalement, paternellement, sans leur dire qu'il sait un mot de leur amour, ni de leur projet, il leur fait un discours en trois points sur les inconvénients de l'adultère en général et de l'enlèvement en particulier. Stéphane essaie quelques objections timides, et discute cette thèse en manière de conversation. Mais Julien, qui est avocat de son métier, le crible d'arguments serrés, sous lesquels il finit par baisser la tête, et Gabrielle se jette aux pieds de son mari et lui avoue sa faute, et son mari lui pardonne. Il y a, comme on voit, le sermon, la confession et l'absolution.

Et c'est là le dénouement! Et par l'effet d'un plaidoyer, cet amant effréné qui allait enlever la femme de son ami

renonce à son amour et sort pour ne jamais revenir! Et
cette femme montée au point de tout déserter, le monde,
sa maison, sa réputation, sa fille, s'arrête court devant une
péroraison! — O jeune Augier!

Toute la pièce, tout M. Émile Augier, toute l'école du
« bon sens, » sont dans ce dénouement. Ainsi, cette situation étant donnée, un ami qui déshonore le nom de son
ami, une mère qui sacrifie son enfant, un mari qui sait
tout, M. Augier s'en tire par des phrases! A cet immense
et lugubre problème de la passion dans la société, il trouve
pour solution — une amplification de rhétorique! Il croit
guérir ces terribles maladies du cœur humain avec une
douzaine de sentences gravement débitées, comme un médecin qui appliquerait pour tout remède la lecture de l'ordonnance.

Pas d'action; pas de fait saisissant appliqué à vif sur
l'idée; tout en verbiage. Le sujet de cette pièce est une
passion formidable combattue par une narration et vaincue par une dissertation. Ah! les proviseurs des lycées de
province la feront lire au réfectoire pendant les repas!

Répétons-le, la réussite a été éclatante, entière, unanime, exceptionnelle. Le cinquième acte surtout a été ac-
clamé avec une frénésie à gonfler d'orgueil les poëtes qui
ont pu être sifflés, si le succès prouvait quelque chose. Mais
le succès ne prouve rien, ni pour, ni même contre. Le public a sifflé même des inepties.

Décembre 1849.

XII

LE STYLE-PENSÉE

C'est déjà bien assez douloureux de reconnaître une qualité à un poëte ; les critiques, qui ont, d'ailleurs, leurs raisons pour ne pas croire aux organisations complètes, ne vous accordent un point qu'afin de vous en refuser un autre.

Le style et la pensée, ce mâle et cette femelle qui meurent dès qu'on les sépare, passent, dans les journaux, pour ne prospérer qu'aux dépens l'un de l'autre, et les feuilletons en sont encore aux ordonnances des médecins de Molière : — « Vous avez là un œil droit que je me ferais crever si j'étais à votre place ; ne voyez-vous pas qu'il incommode l'autre et lui dérobe sa nourriture ? Croyez-moi, faites-vous-le crever au plus tôt, et vous verrez plus clair de l'œil gauche. » — La plupart des critiques sont intimement convaincus que la forme « dérobe la nourriture » de l'idée.

Du moment qu'une strophe est ciselée, elle ne saurait

plus contenir une seule goutte d'un sentiment quelconque. Une jolie fleur ne peut pas avoir de parfum. La richesse de la carnation provient d'un sang pauvre.—Douces folies !

Les impuissants se consolent ainsi. Donc, choisissez de l'idée ou du style ; mais les deux à la fois, impossible. Quiconque voudra être un penseur sérieux devra faire des fautes d'orthographe, — comme, en peinture, on n'est un grand coloriste qu'à la condition de ne pas savoir dessiner un nez.

Nous supposons que ceux qui disent ces choses les comprennent. Nous qui n'avons pas été initié à ces mystères, nous ignorons ce que c'est qu'un vers spirituellement fait qui n'est pas un vers spirituel, qu'un beau vers qui n'est pas une idée profonde, qu'un grand écrivain qui n'est pas un grand penseur.

La précision de la forme n'empêche pas l'émotion profonde. La prosodie ne gêne pas la poésie. Le lyrisme ne consiste pas à faire des vers faux. Ce sont justement les poëtes lyriques qui cisellent les strophes, qui triplent la rime, qui compliquent le rythme.

Le style et l'idée, le dessin et la couleur, sont aussi inséparables dans l'art que le corps et l'âme dans la vie. Il n'y a pas, d'une part, des dessinateurs, et, de l'autre, des coloristes, — il y a des peintres ; il n'y a pas le côté des penseurs et le côté des écrivains, — il y a des poëtes ; il n'y a pas ici des corps et là des âmes, — il y a des hommes.

Nous ne sommes pas de ceux qui rêvent un tableau dessiné par Raphaël et colorié par Rubens. Raphaël a la couleur de son dessin, et Rubens le dessin de sa couleur.

La couleur et le dessin sont tellement une seule chose, qu'un bout de fusain suffit à Decamps pour être un admirable coloriste.

Donc, à bas les abstractions ! Quand nous entendons dire d'un poëte qu'il n'a que la forme, nous nous bornons à demander : la forme de quoi ?

Exprimer très-bien — rien du tout, faire un beau portrait de — personne, qu'est-ce que cela veut dire ?

Le style c'est l'idée, comme le feuillage c'est la séve.

Le style n'existe pas plus sans l'idée — que l'idée sans le style. Nous en avons rencontré plus d'un de ces fiers penseurs crevant d'imaginations qu'ils ne pouvaient faire sortir, ayant trop d'idées pour pouvoir en exprimer une seule, Shakspeares vagissants, énormes prisonniers de la syllabe. Nous les aurions adorés religieusement, si nous avions pu parvenir à les croire sur parole.

Par malheur, nous croyons plus facilement que toute pensée qui est trouble dans la phrase est trouble dans le cerveau. Pour nous, les songeries vagues et indécises qui passent dans un front et qui ne se laissent pas prendre sont des idées comme les nuages sont des bas-reliefs de Phidias.

Pour nous, une intention n'est pas une idée. Nous avons l'infirmité de n'appeler pères que ceux qui font des enfants.

Nous les plaignons beaucoup, mais nous les admirons peu, ces eunuques de l'idée, ces Démosthènes muets, ces Molières constipés, ces génies à huis clos.

Marine-Terrace, juillet 1855.

XIII

UN SENTIER PROFESSEUR DE LITTÉRATURE

Villequier est une des plus ravissantes rencontres de ces trois choses qui font les paysages complets, les bois, le ciel et l'eau. Hier soir, nous étions accoudé au bord d'un jardin que baigne la Seine ; la lune neigeait sur le fleuve transparent où se reflétaient les mâts des navires endormis ; les collines se doublaient dans le miroir d'eau avec une netteté mystérieuse ; le silence des maisons déjà éteintes laissait entendre distinctement la rumeur des flots et des branches qui semblait la respiration de la nature ; — et le rayon qui descendait de là-haut était si pur et si doux, que nous le prenions pour le sourire de nos chers morts.

Nous ne disons pas cela pour humilier Paris. Paris est la ville de l'intelligence, et les chênes ne nous rapetissent pas les poëtes. Il y a des livres qui valent des étoiles. La Bible resplendit en plein soleil.

La nature ne nous détourne pas de l'art ; au contraire.

D'abord, la poésie même est avec nous ; Victor Hugo en personne nous a fait l'immense honneur d'accepter notre hospitalité. — Puis, pour nous, qui n'avons jamais admis d'autre professeur de littérature que l'univers, la nature sue l'art par tous ses pores. Nous regardons même comme le devoir de tout critique qui se prend au sérieux d'aller de temps en temps, naïvement et sans arrière-pensée, exposer son esprit aux conseils salutaires des choses. Quel enseignement que celui des arbres et des sources, et comme toutes les académies en savent moins long sur l'idée et sur la forme que le brin d'herbe !

Ainsi, l'autre matin, nous suivions le sentier qui va de Villequier à Caudebec. C'est un gracieux sentier encaissé entre les collines et la rivière. Pour élargir le chemin et le rendre praticable aux rares voitures qui s'y hasardent, la pioche et la poudre ont fait sauter de vastes blocs des hautes roches qu'il longe et qui donnent à la côte la majesté d'une falaise ; les cicatrices de ces pierres vénérables laissent çà et là des taches blanchâtres et maladives. Mais ces taches ne tarderont pas à disparaître. Il faut voir avec quelle avidité la végétation se rue sur ces places vides, y pousse des jets inattendus, les assiége de tous côtés, s'y accroche de tous ses bras ! Avant un an, tout sera couvert, et l'œil ne sera plus étourdi d'un seul de ces points criards.

L'immortel que nous accompagnions nous faisait remarquer quelle leçon cette profusion de la nature donnait aux poëtes économes qui proscrivent l'image et la couleur sous prétexte que la richesse du détail nuit à la gravité de l'ensemble. La nature n'est pas de leur avis. Sa qualité n'est pas l'avarice.

Quand elle a une falaise et qu'elle a la mer, elle ne rêve pas un grand mur blanc, droit et lisse ; elle jette la mer sur la falaise, elle éventre les roches, elle les tourmente, elle ne les laisse pas tranquilles, elle les fouille, elle les sculpte, elle les ciselle, elle les fait flèches, elle les fait aiguilles, elle les fait statues, elle y creuse des grottes, elle y construit des cathédrales dans des coins, et, en même temps qu'elle les livre aux flots par en bas, elle les livre par en haut au soleil et à la pluie; car la sculpture ne lui suffit pas, il lui faut la couleur; elle les hâle, elle les brunit, elle les noircit, elle les dore, elle les rouille, elle leur donne ces tons prodigieux, désespoir de l'art. Et les grands murs blancs sont petits à côté de ces roches précieuses qui ont pour architecte l'océan et pour peintre le ciel.

Quand la nature n'a pas la mer, elle a toujours le ciel, et elle a la verdure. Sa muraille étant moins ciselée, elle la tapisse. Les hommes n'ont pas plus tôt fait un petit coin bien net, bien propre et bien nu, qu'elle y accourt, qu'elle y fleurit, qu'elle s'y étale, qu'elle y jette à poignées la mousse, le lierre et tout ce qu'elle a de plantes grimpantes. Et ces verdoyants caprices n'ôtent rien à la sublime fierté du granit. Pour être charmante, la colline n'en est pas moins haute.

Donc, ô poëtes, ne craignez pas de faire foisonner sur les hauteurs de l'idée toutes les frondaisons du style. Traitez votre pensée comme Dieu traite ses montagnes : du granit dessous, des fleurs dessus.

Villequier, septembre 1846.

XIV

Goëthe, prosterné devant Shakspeare, avoue pourtant que l'action d'*Hamlet* se complique d'incidents parasites qui nuisent à l'unité dramatique, et il propose d'élaguer : la guerre de Fortinbras avec le Danemark, l'ambassade que reçoit Claudius, l'expédition de Fortinbras en Pologne et son retour au dernier acte, l'arrivée d'Horatio de Wittemberg, le désir d'Hamlet d'y aller, le voyage de Laërte en France, le départ d'Hamlet pour l'Angleterre, les pirates qui le prennent, la mort des deux courtisans, etc.

On suit le conseil de Goëthe, on coupe tous les détails qui font « longueur, » on arrache les broussailles où l'action s'accroche, on bouche les trous où elle tombe, on rase les obstacles de terrain qui la font dévier, on éventre en droite ligne ce fourré de scènes et de personnages où elle perd sa route, où elle tâtonne, où elle va et vient sans jamais arriver.

Maintenant, elle arrive! Dès que le spectre lui a mis

l'épée aux mains, elle va droit devant elle ; elle ne butte plus à chaque pas ; elle ne s'égare plus du nord au sud ; elle n'est plus séparée de son dénouement par des scènes inextricables. Hamlet n'est plus celui qui, ayant un devoir en Danemark, se laisse embarquer pour l'Angleterre, celui qui est ramené malgré lui par le hasard d'un pirate, celui qui s'arrête sur les chemins à voir défiler les armées, celui qui a cette longue hésitation pendant laquelle Laërte fait des voyages et Fortinbras des conquêtes.

C'est-à-dire qu'Hamlet n'est plus Hamlet.

Et ça vous apprendra, grand Goëthe, à vouloir peigner les forêts vierges.

Ne touchons pas sans réflexion à ces chefs-d'œuvre, vénérables testaments des siècles. Chaque mot en a été médité profondément. Ces détails qu'une observation superficielle regarde comme insignifiants sont ce qui fait l'ensemble. On croit ébrancher un incident oiseux, et c'est l'idée même qu'on mutile.

Avis à ceux qui prêchent que la construction·de l'intrigue est une besogne matérielle et inférieure que les poëtes doivent laisser aux charpentiers, que Shakspeare ne savait pas *faire* les pièces, qu'il était trop occupé de l'idée et du style pour ne pas négliger l'anecdote, et qu'il n'y a de littéraires que les pièces mal faites.

Toutes vérités qui seront incontestables le jour où la perfection des organes sera un empêchement à l'esprit, où l'intelligence sera une difformité, où, pour avoir des idées, il faudra au moins boiter, où l'on n'aura pas la raison droite sans avoir l'épine du dos tordue, où il n'y aura que les imbéciles qui ne loucheront pas.

Hauteville-House.

XV

La tragédie a laissé ce préjugé que littérature et ennui
sont synonymes. De là, dans une portion du public, deux
sentiments également absurdes : haine des pièces littéraires, et mépris des pièces amusantes.

Nous-même, amoureux-né de la forme et cavalier ser-
vant de la rime, nous n'avons jamais vu sur l'affiche de
l'Ambigu ou des Variétés ces deux monosyllabes : *en vers*,
sans éprouver une terreur secrète.

Les directeurs de théâtre font toutes les promesses
qu'on veut en sollicitant leur privilége ; mais une fois le
paraphe ministériel apposé, et le théâtre à eux pour dix
ans, ah bien oui, la littérature ! ils vous donnent un beau
coup de pied dedans ! Le premier ordre de tout directeur à
son portier, c'est : je n'y serai jamais pour le style.

Et, en revanche, tout ce qui est amusant est déclaré anti-
littéraire. S'il se rencontre quelque part une idée libre,
curieuse, vivante, bouffonne, qu'elle aille aux petits

théâtres! Aux petits théâtres, la verve, le caprice et les bonnes fortunes de la témérité! Les auteurs comiques n'osent songer au Théâtre-Français que lorsqu'ils ont mis la patte sur quelque pièce bien calme, bien digne, bien froide, riant du bout des lèvres à la façon de ceux qui n'ont pas de dents, régulière dans sa conduite comme un bourgeois dans ses mœurs! Ils auraient peur de compromettre par le libre éclat des gaietés franches la scène majestueuse que Molière encombre de seringues et de chaises percées.

Ces comédies-là ont beau être rimées, et avoir trois actes, et en avoir cinq, elles sont moins sérieuses et moins littéraires que le premier vaudeville lâché à travers les folies et les fautes de français, que le moindre acte dont les saillies audacieuses déhanchent la grammaire et désarticulent la logique.

XVI

Une forme excellente, c'est celle des « revues de l'année. » Une revue, quel cadre! il n'en existe pas qui permette plus de fantaisie avec plus de réalité. Résumer dans une action aussi chimérique qu'on voudra la somme des inventions et des renouvellements d'une année; formuler, en les rectifiant au besoin, l'irritation et la reconnaissance nationales, flétrir sans peur le mal et, courage plus rare, louer sans peur le bien, et placer ce solennel jugement dans cette région idéale et supérieure où les individus s'effacent pour laisser voir les types; — tel est le but glorieux vers lequel devraient tendre les faiseurs de revues. Puisqu'il reste un genre de pièces auquel le public permet tout ce qu'il défend aux autres, la hardiesse, la témérité, l'extravagance, le pêle-mêle, le chant et la parole, la strophe et le calembour, la charge à outrance et l'acclamation enthousiaste, la féerie et la critique, le coup d'aile et le coup de pied, pourquoi les poëtes laisseraient-

ils cette forme aux vaudevillistes? Quelle forme aux
mains d'un vrai grand poëte, d'un de ces maîtres complets
qui ont en même temps la critique pour voir le vrai et
l'inspiration pour faire le beau; qui, comme Aristophane,
par exemple, possèdent la satire et possèdent l'ode; qui
savent chanter et qui savent aboyer; et dont la figure flam-
boie des deux côtés, reflétant d'une joue les tisons de l'enfer, et de l'autre les astres du ciel!

1847.

XVII

Clarisse Harlowe est un livre unique : ôtez-en l'ennui, vous en ôtez l'intérêt.

Dites-le franchement, ces personnages vous assomment. Ils ne peuvent faire un pas sans traîner derrière eux des queues de lettres trop longues qui leur embarrassent les pieds et qui ramassent toute la poussière du cœur. Passe pour Clarisse, qui, en sa qualité de négation, n'a qu'à se tenir sur la défensive ; elle ne bouge pas, elle n'agit pas, elle a toute sa journée pour écrire ; mais Lovelace, l'assiégeant, le loup qui rôde, pourquoi est-il si épistolaire ? On n'ose pas se dire cela au premier volume, mais au second, et au troisième, et au quatrième, on commence à trouver que le siége n'avance guère, — et pourtant on continue. C'est que, par degrés, et sans qu'on s'en soit aperçu, on s'est accoutumé à vivre dans cette atmosphère et parmi ces figures. A défaut des qualités saisissantes qui vous empoignent à la première vue, Richardson a toutes sortes de qualités intimes et délicates qui ont besoin, pour se révéler, du calme et du loisir, et qu'étoufferait une action plus énergique. Toutes ces lettres qui vous ont importuné l'une après l'autre, tous ces détails microscopiques, toutes ces fines remarques, toutes ces analyses déliées, tous ces cheveux coupés en quatre, vous ont sourdement enveloppé comme dans un réseau d'où vous ne pouvez plus sortir. Le roman vous tient désormais dans une trame mince et multiple qui ne suffirait pas, sans doute, à arrêter la grosse curiosité des lecteurs épais, mais où se sentent pris pour longtemps les chercheurs littéraires.

Richardson est un poëte-araignée.

Et maintenant, tragédie, fais tes abstractions : voilà l'ennui qui est l'intérêt ! — Et voici l'orgueil qui est l'humilité :

Richardson a voulu faire le plus orgueilleux des hommes, et il en a fait le plus humble. Pauvre orgueil que celui de Lovelace! Cet homme a besoin d'être admiré; sa beauté, sa jeunesse et son bonheur n'existent pour lui que s'ils existent pour les autres. Il dépend de l'effet qu'il produit, et sa satisfaction est de satisfaire son public. Il n'a pas l'orgueil solitaire et jaloux qui se suffit à soi-même et qui ne trouve pas même les hommes dignes d'être ses sujets. Il est orgueilleux comme le roi Candaule est amoureux, et il faut que Gygès voie sa fortune toute nue. — De sorte que ce dominateur est, en réalité, le plus misérable esclave qui soit. Le moindre passant n'a qu'à lever les épaules, voilà l'édifice de sa vie qui s'écroule. Lovelace en arrive, à force de fierté, à être le reflet de son reflet.

Pour être envié, il ne reculera devant rien; le bien lui sera aussi facile que le mal; il fera, sans héroïsme, les actions les plus sublimes, et, sans bonté, les plus généreuses. Il est aussi capable de doter une fille que de la déshonorer, et il aura des galeries de tableaux comme il brûlerait le temple d'Éphèse. Il sera égoïste jusqu'au dévouement; il commettra tout, il subira tout, il ira jusqu'à la lâcheté, jusqu'à l'humilité, jusqu'au plat-ventre, par orgueil.

Il va sans dire que la principale occupation de cet homme sera de se faire aimer des femmes : dans quel miroir se voit-on plus en beau que dans ces tendres cœurs qu'un regard fond en larmes? Il ira surtout aux plus difficiles, il les voudra, il les forcera, il tordra leur amour jusqu'à la dernière goutte, — non pas, comme don Juan, pour le boire, mais pour s'y contempler. Il n'aime pas les femmes, il aime leur amour. Au rebours de don Juan, qui cesse d'aimer dès la possession, c'est à la possession que commence l'amour de Lovelace. Jusque-là, une femme est pour lui une rebelle qui rit de son autorité, une ennemie, un démenti, une insulte; il la hait, jusqu'au moment où la révoltée se soumet. Alors il a pour elle cette espèce de tendresse d'un roi pour une de ses villes.

Clarisse ne hait pas Lovelace; elle l'aime, et ne voudrait pas d'autre mari; mais le mariage ne fait pas le compte de Lovelace. Belle difficulté pour lui, pair d'Angleterre, d'obtenir l'alliance d'un hobereau de campagne! Beau triomphe à proclamer devant sa cour d'oisifs et de débauchés! Non, la victoire ne sera digne de Lovelace que si Clarisse lui sacrifie sa réputation, sa famille et sa vertu.

— Mais Clarisse ne cédera pas.

Clarisse Harlowe est l'expression excellente d'une idée pour laquelle nous n'avons qu'une sympathie limitée. Nous estimons par-dessus tout les natures dévouées qui s'oublient dès qu'elles aiment, et qui paieraient de leur honneur et de leur paradis la joie de l'amant. Il nous semble, en outre, que c'est avoir un certain mépris de l'âme que d'attacher tant d'importance à un corps dont

l'âme est donnée ; l'amour platonique, qui a prétendu glorifier l'âme, nous a toujours paru ne glorifier que la matière. Nous estimerions modérément Clarisse Harlowe dans
la vie, — ce qui ne nous empêche pas de l'admirer dans le
roman de Richardson.

Rien n'entamera le marbre de sa chasteté ; vainement
tout ce qui l'entoure sera contre elle. Comme si ce n'était
pas assez de la fascination de Lovelace, cette stupide famille des Harlowe y ajoute son aigreur et ses mauvais
traitements. A l'exception de la mère, cœur ployé dès longtemps à l'obéissance passive, et qui n'a même plus l'énergie de défendre sa fille, tous s'accordent à rendre à Clarisse
la maison insupportable. Le seul être qui la protégerait,
son tuteur, le colonel Morden, est justement absent. Son
père ne lui parle qu'avec dureté, l'enferme dans une
chambre comme dans une prison, et veut la marier à un
usurier qu'elle abhorre. Tout contribue donc à jeter Clarisse au précipice : Lovelace l'y tire, sa famille l'y pousse.
Eh bien ! c'est en vain. C'est même en vain qu'épouvantée
de son père, et craignant d'être mariée malgré elle, elle se
laisse enlever et suit Lovelace, qui, sous prétexte de la
conduire chez une tante, l'enferme dans une maison de
débauche ! L'innocence de Clarisse est plus forte que tout.
Sa chasteté sera vaincue, non soumise. On sent, dès qu'on
la voit, que la pudeur est l'air qu'elle respire, et qu'elle ne
survivra pas au déshonneur. Ce n'est pas une femme, c'est
une hermine : elle meurt d'une tache. Elle est plus Lucrèce que Lucrèce, car elle aime Sextus.

Au reste, si bizarre que cela paraisse au premier abord,
il y a plus d'un rapport entre Clarisse et Lovelace, et l'a-
mour de l'une est de la même famille que l'orgueil de
l'autre. Aucun des deux ne se sacrifiera. Elle est aussi
incapable de renoncer à la chasteté pour lui, qu'il est inca-

pable de renoncer à l'amour-propre pour elle. Clarisse ne
sera pas plus la maîtresse de Lovelace, que Lovelace ne
sera le mari de Clarisse. Lequel des deux est le plus
égoïste ? Elle a besoin de se respecter, il a besoin de s'a-
dorer.

Lovelace comprend bientôt l'impossibilité de convaincre
Clarisse. Alors, quelle exaspération ! Lovelace n'est pas de
ceux qui rebroussent chemin devant la difficulté. Au contraire, il ne commence à vouloir une chose que lorsqu'on
la lui refuse. Puis, ses amis sont là, qui l'attendent, et
avec lesquels il a parié que Clarisse lui appartiendrait.
Comme ils vont rire de lui si elle lui échappe ! — Rire de
Lovelace ! Clarisse est perdue. Rien ne la sauverait ; mais,
avec l'aveugle raideur de la vertu, elle trouve encore
moyen de hâter le dénouement. Pour un baiser que Lovelace veut lui prendre, elle lui crache à la figure ce mot
mortel à tous deux : — Je te méprise ! Elle lui dirait : —
Viole-moi ! qu'elle ne le lui demanderait pas plus claire-
ment.

La mer passerait dans l'âme de Lovelace sans effacer
une syllabe de ce mot terrible. Il existe au monde un être
qui méprise Lovelace, et qui le dit, et qui le lui dit ! Une
petite prude soufflette de son dédain cet empereur des femmes ! Il n'y a que toutes les larmes de Clarisse qui puissent laver une telle parole. Il est nécessaire qu'elle expie
son injure, et qu'elle s'humilie, et qu'elle demande grâce,
et qu'elle ne garde rien de sa blancheur insultante. Il importe à la foi de Lovelace en lui-même qu'elle tombe si
bas que tout son espoir consiste dans la pitié de celui
qu'elle outrage à présent. Lovelace ne redeviendra Lovelace que lorsqu'elle lui demandera l'honneur comme une
aumône. Pour l'y contraindre, tout lui sera bon, même le
narcotique et la violence.

Cependant, quoi de plus contraire à l'orgueil que le viol? quoi de plus vil dans tous les sens, quoi de plus infâme et de plus humble? Triste possession que la possession d'une femme endormie! quelle victoire qu'un guet-apens! quel don Juan qu'un Tartufe brutal! quel plus complet aveu d'impuissance, quelle plus entière abdication de force et de fierté que de se reconnaître pour toute séduction et pour toute beauté — une fiole d'opium!

Lovelace, c'est l'envers de l'orgueil, — c'est la modestie de Satan.

Paris, août 1846.

XVIII

LES SUJETS COMIQUES

Deux vaudevilles nous ont été donnés cette semaine.

Le premier, c'est cet éternel sujet de comédie et de gaieté, une veuve qui se remarie. Quoi de plus comique, en effet, que cette incapacité humaine d'être fidèle, même aux morts? — Tromper les vivants, ce n'est rien; d'abord, ils peuvent se venger, et le péril atténue un peu la trahison; d'ailleurs, quoi qu'on leur prenne, on ne leur prend pas tout, il leur reste la vie, le mouvement des choses, le courant des événements qui les retrempe; mais abandonner les pauvres morts, qui ne sont pas là pour se défendre, qui ne peuvent pas se relever de terre et venir vous cracher vos serments à la figure, souffler sur ces tristes mémoires éteintes de toutes parts et qui ne brillent plus un peu qu'en vous, compléter la fosse par l'oubli, c'est les retuer, c'est lâche et impie comme de mutiler un cadavre!

Mais on n'a pas besoin de mourir pour cesser d'être

aimé; on n'a qu'à aimer. — Le second vaudeville raille et bafoue et insulte et châtie un mari qui commet cette monstruosité d'aimer sa femme. Haro sur ce misérable qui s'enferme dans sa femme et qui méprise les plaisirs des autres, qui néglige ses affaires, qui ne va plus au club, qui ne soupe plus, qui ne joue plus aux cartes ! Comme on le crible de quolibets ! comme on se moque de lui tout haut, quitte à l'envier tout bas ! comme on le hait ! car ce que les hommes pardonnent le moins, c'est qu'on puisse se passer d'eux. — D'abord, la femme n'est pas de l'avis du vaudeville. C'est une pauvre niaise qui est heureuse d'être aimée, et presque aussi fière de remplir à elle seule une pensée et de faire le bonheur d'un honnête homme qu'une autre le serait d'un bal et des galanteries d'une demi-douzaine de crétins. Mais on aura pitié d'elle; on ne la laissera pas dans ces puérilités. Hélas ! il ne faudra pas grand effort pour l'en tirer. Une plaisanterie d'un ami, un sourire d'un passant, un mot d'une servante, ce sera le grain de plomb dans l'aile de l'alouette. Le jour où elle se sentira ridicule, tout sera dit. Elle en voudra à son mari de l'aimer, elle l'en détestera, elle le trahira, elle se cherchera un amant qui la batte et qui la trompe avec toutes les filles de toutes les rues, elle fera tout pour prouver aux passants qu'elle n'est pas complice de cet admirable dévouement, elle se jettera dans la boue pour regagner l'estime de monsieur son concierge. — Oui, ce vaudeville a raison, les choses seront ainsi. Et cependant, connaissez-vous sous le ciel un plus désolant témoignage de l'infirmité humaine? Corneille brûlant le manuscrit du *Cid* à cause des injures de Scudéry offrirait-il un spectacle plus déplorable qu'une femme honteuse d'être adorée, humiliée de son auréole, et baissant la tête avec confusion lorsqu'un imbécile lui dit : Pouah, l'ange !

. Et voilà les sujets de comédie. Il n'en existe pas d'autres. Creusez un peu la plus joyeuse comédie, vous trouverez des pleurs au fond. Il est vrai qu'en revanche il y a des tragédies lugubres qui font rire. C'est que la tragédie, forme de convention et d'abstraction, est faite à l'image de la cervelle de l'auteur, laquelle a le droit d'être aussi grotesque qu'elle veut; tandis que la comédie, jaillissant de la réalité visible et des mœurs habituelles, reproduit la vie, qui n'a rien de prodigieusement gai.

XIX

Sur notre instante prière, il ouvrit le beau secrétaire chinois, et, comme ce millionnaire d'idées était en humeur de prodigalité, il nous dit de choisir ce que nous voulions, ode, roman ou drame. Les trente tiroirs du charmant meuble débordaient de manuscrits accumulés, le bois faisait des efforts inouïs pour en posséder des quantités impossibles, le laque s'écaillait et laissait tomber par endroits sa peinture superbe, lâchant un oiseau d'or pour retenir une strophe.

Nous hésitions entre ces étages de merveilles, malheureux à force de bonheur comme une femme entre des dentelles et des perles. *Notre-Dame de Paris* nous disait : choisis le roman, et *les Voix intérieures :* choisis les vers; mais *Marie Tudor* nous criait : prends le drame. Ne pouvant nous décider, nous fermâmes les yeux, et nous touchâmes du doigt un tiroir au hasard. Le hasard fut pour le roman.

Donc, nous l'entendîmes, le commencement de cette épopée des *Misérables* qui dépassera, nous le prédisons sans peur, la fortune miraculeuse de *Notre-Dame de Paris.* Et les heures passèrent, et la nuit se consuma, et de minces raies de jour firent pâlir la lampe, et notre émotion fut telle qu'aujourd'hui, après deux mois, nous ne pensons pas à ces pages sacrées sans nous sentir troublé à un point indicible. Nous ne reprendrons parfaitement nos sens que quand la publication de ce poëme unique nous permettra d'en parler et de répandre au dehors l'admiration qui nous étreint la gorge.

Qu'il soit donc terminé vite, et publié aussitôt, ce livre sombre et rayonnant, si impitoyable et si tendre ! Et si celui-là n'est prêt que demain, il nous faut aujourd'hui les autres, les drames, les vers, tout ce qui est achevé, tout ce qui n'a pas d'excuse pour nous faire attendre. Chose étrange à penser, qu'il existe des Ruy-Blas ignorés, vivants, debout, entiers, la chair sur les os, le style sur l'idée, immenses inconnus.

Rien n'annonce à l'univers l'éclosion de ces drames et de ces poëmes qui tiendront cependant tant de place dans son plaisir et dans sa rêverie. Nul ne pourrait nommer l'heure exacte où sont venus au monde *Prométhée* et *le Misanthrope.* Cette réflexion nous a toujours profondément attristé, et nous ne songeons pas sans un serrement de cœur à l'isolement et à l'obscurité dans lesquels ont été créés ces amis éternels qui consolent l'humanité en pleurant avec elle. Pendant qu'ils naissaient, les hommes étaient probablement occupés de quelque distraction stupide, et rien ne les a avértis d'un évéhement si important pour eux. La nature elle-même n'a pas eu l'air de s'en apercevoir. Cela vaudrait pourtant bien la peine que quelque chose bougeât; à l'instant où Hamlet daigne honorer notre globe de sa présence, tout devrait s'émouvoir, il devrait jaillir du sol des fleurs extraordinaires, l'air devrait s'emplir de musiques célestes, les étoiles devraient se rapprocher pour voir, les comètes devraient accourir effarées! Mais la nature n'est pas plus attentive que les hommes à ces glorieuses époques. Desdémone et la Esméralda sont nées peut-être par un temps pluvieux, par le froid, par la bise, à l'angle d'une rue déserte ou sur une falaise désolée. De sorte qu'après le premier moment d'enivrement et d'extase, leurs poëtes ont pu les considérer avec un amer sentiment d'anxiété et mettre en doute la divinité d'une idée dont l'apparition était si indifférente au monde.

Est-ce donc ce doute qui fait que les manuscrits se cramponnent aux secrétaires et refusent d'en sortir? car voici longtemps que notre poëte n'a rien publié, et que les libraires et les directeurs de théâtre usent inutilement les marches de son escalier. Est-ce manque de foi en lui-même? Mais non; le génie sait qu'il est le génie; il peut avoir un instant de trouble, mais il ne tarde pas à se reconnaître. Sans cette conviction fortifiante, les plus robustes reculeraient dès le premier jour devant les inimitiés embusquées, devant les injures, devant les éponges de fiel, devant toutes les bêtes rampantes, et lutte plus redoutable, devant la pensée. Milon de Crotone est mort pour avoir tenté d'ouvrir un arbre; mais ouvrir le cœur humain, quelle autre tentative! Nous ne partageons pas le préjugé vulgaire qui attribue aux hommes supérieurs une modestie puérile et niaise; nous sommes persuadé, au contraire, que la première condition du génie est un orgueil sans bornes. Il faut croire à la solidité de ses reins pour mettre l'humanité dessus.

L'œuvre étant grande, elle appartient au monde. Les

maîtres modernes, si pénétrés des misères sociales, n'ont
pas besoin qu'on leur apprenne que les poëtes sont des civilisateurs et des guérisseurs. Eh bien, ceux en qui Dieu
a mis cette puissante source de vie, ont-ils le droit de la
murer en eux? N'est-ce pas leur plus impérieux devoir de
la faire couler à travers les intelligences? En retenant et en
dérobant, pendant des années entières, les sublimes effusions qui feraient germer dès aujourd'hui tant de bons
sentiments, ne commettent-ils pas le délit de boucher une
fontaine publique? Et les hommes qui meurent durant ces
années avares! Ils meurent sans avoir connu le livre duquel dépendait peut-être leur transformation. Qui répondra de l'état de leur âme, sinon les penseurs qui pouvaient
la modifier, et qui ont négligé de le faire? Pour notre part,
nous déclarons aux poëtes qui s'endorment dans l'indifférence que nous avons absolument besoin de leurs leçons,
que nous ne nous sentons civilisé qu'à moitié, que nous
ne sommes encore qu'un barbare mal dégrossi, et que, s'ils
nous laissent mourir dans cette situation, nous les dénon-
cerons formellement au juge suprême.

Septembre 1847.

XX

SUJETS DE PIÈCES

L'infériorité de la supériorité. Un poëte chez une fille.
L'oiseau dans le bourbier. Ce n'est pas le poëte qui a
honte de la fille, c'est la fille qui a honte du poëte. Elle
s'est amusée de lui quelque temps comme d'une bête
étrange qu'il lui a plu d'apprivoiser, mais maintenant il
l'ennuie. Il a beau se rapetisser et s'abrutir, il ne peut aller
jusqu'à elle, et elle le méprise pour sa gaucherie dans le
vice, pour son âme mal salie, pour les taches de lumière
qui lui restent au front. La corruption rougit de la vertu.

La vertu qui rougit d'elle-même. Un hypocrite à rebours. Le meilleur garçon du monde ; mais une sorte de
pudeur morale le retient de laisser voir ses bonnes qualités ; il tâche de se faire désagréable ; il se venge de sa
bonté sur lui-même et sur les autres ; quand il s'attendrit,
il se fâche ; quand il aime, il injurie. Cordial butor, va !

Deux cousines. Toutes deux sont jolies, toutes deux sont intelligentes, la nature les a faites égales.

Il n'y a entre elles qu'une différence sociale, mais cette différence suffit à rompre l'équilibre naturel : l'une est riche et l'autre est pauvre. Ces beaux arbres sous lesquels elles ont joué dans leur enfance, et sous lesquels elles causent maintenant, sont à l'une des cousines, qui pourrait dire à l'autre : Va-t'en ! Si elle la laisse respirer les roses, rêver dans les allées, épanouir à la tombée du jour ces délicates fleurs du cœur dont la lune est le soleil, c'est pure charité de sa part. Elle lui prête son bois, son lac, ses oiseaux et son ciel ; mais elle est libre de les lui retirer dès qu'elle voudra.

Alors, la cousine pauvre les hait, ces fleurs qui sont à l'une plutôt qu'à l'autre, ces arbres injustes ! Et elle hait cette cousine qui lui fait de l'air qu'elle respire une aumône. Elle se vengera.

Un jeune homme se présente, beau, spirituel, un comte ; il va sans dire que ce n'est pas la pauvre qu'il épouse. N'importe ! elle le veut, elle l'aura, elle l'arrachera à sa cousine, elle défera ce ménage insolent. Le mariage est une chose sociale, et elle n'était pas assez riche pour être épousée ; mais l'amour est une chose naturelle, et elle est assez belle pour être aimée.

Et les voilà qui luttent, la nature et la société. La nature est la plus forte. La pauvre se fait aimer, elle se fait adorer, elle s'installe dans la maison sous prétexte de faire l'éducation de l'enfant. A partir de ce moment, la comtesse n'est plus chez elle. C'est la maîtresse, et non la femme, qui commande, c'est à elle qu'on obéit, c'est elle qui est la comtesse, et l'autre comtesse n'est pas même opprimée, elle est oubliée ; moins qu'une servante, un meuble. Pour avoir eu tout, elle n'a plus rien, — ni ses domestiques, ni son mari, ni son enfant.

Revanche terrible de l'égalité sur le privilége, de l'amour sur le mariage, de la nature sur la société.

Il y a dans ce moment à Londres un homme qui est membre de la Chambre des Communes depuis trois ans, et qui n'est pas membre de la Chambre des Communes.

Les électeurs ont nommé M. de Rothschild, mais une élection n'est valide qu'après que l'élu a juré fidélité à la constitution et à la reine.

M. de Rothschild, qui est juif, veut jurer sur le Vieux Testament; la Chambre veut qu'il jure sur le Nouveau.

Généralement, lorsqu'on demande un serment à un homme, c'est pour engager sa conscience. Alors, on prend la chose qu'on suppose lui être la plus sacrée, et on lui dit de jurer dessus.

Ici, c'est tout le contraire. La Chambre des Communes, voulant lier à jamais M. de Rothschild, prend la chose à laquelle il tient le moins, un livre qui est pour lui une fable, une superstition dont il se moque, et lui dit : Jurez-moi par tout ce que vous avez de moins sacré.

Et l'obstination de M. de Rothschild n'est pas moins divertissante. Le serment qu'on lui demande est quelque chose comme un serment sur le cordon de son soulier, sur le bouton de son gilet, sur la fumée de son cigare, un serment pour rire. Au lieu de le faire en riant et en raillant la Chambre, il résiste fièrement, il ne se trouve pas assez lié, il aime mieux rester à la porte à perpétuité que de n'être pas plus garroté que cela.

Les enfants ont une manière d'escamoter leur parole d'honneur, lorsqu'ils promettent une chose qu'ils ne veulent pas tenir. Au lieu de dire : ma parole d'honneur, ils prononcent : ma parole d'*onze heures*.

A Londres, c'est le même jeu d'enfants, mais renversé. C'est M. de Rothschild qui veut donner sa parole d'honneur, et c'est la Chambre des Communes qui veut qu'il donne sa parole d'*onze heures*.

Un prisonnier jaloux. Drame lugubre.

Prendre un civilisateur, et le faire tourmenter, non par l'argousin ou par le bourreau, — il n'est vulnérable qu'au cœur, — mais par une femme.

Elle vient le voir dans sa prison souvent; mais combien d'heures, le matin, le soir, la nuit, où il n'est pas avec elle, où il ne sait pas ce qu'elle fait, avec qui elle est !

Elle lui raconte ses soirées. On est bien bon pour elle. On ne la laisse pas seule. Il devra surtout remercier M. un tel, contre qui il avait des préventions.

Il remarque qu'elle est bien habillée, qu'elle a une robe neuve. Martyre ignoble, ce grand esprit torturé par un ruban !

Ça va encore pendant les premiers mois; mais la prison, ce n'est pas amusant pour une femme; il n'en finira donc jamais? Pourquoi s'est-il fait condamner à deux ans? Hier, il avait le bruit, le journal, les loges de théâtre, c'était un homme, elle se vantait de lui, on le lui enviait; mais à présent, il est vaincu, désarmé, oublié, et ses meilleurs amis trouvent qu'il aurait pu être plus adroit. Au fond, elle le méprise. — Brute !

Eh bien! il ne se repent pas d'avoir fait ce qu'il a fait; il recommencerait; il recommencera. Il n'en veut même pas à cette femme, il sait qu'elle n'est que l'instrument passif du sort, éternel ennemi des grandes âmes; elle lui fait plutôt pitié. C'est à peine s'il en veut au sort lui-même., et la conscience du bien qu'il a tenté lui inspire plutôt du mépris que de la haine pour cette loi envieuse qui le punit d'avoir voulu améliorer la condition des hommes.

Ce Prométhée dédaigne Jupiter et plaint le vautour.

XXI

Nous nous croyons appelé à donner au monde le spectacle unique et monstrueux d'un critique de théâtre qui croit au théâtre.

Montaigne aimait Paris jusque dans ses verrues ; nous aimons le théâtre jusque dans ses vaudevilles.

Bien d'autres que nous aiment le théâtre ; seulement, la plupart l'aiment mieux de loin, par exemple, à deux cents ans de distance. Ils admirent les morts, ce qui est la plus honnête façon de ne pas admirer les vivants. Ils acceptent les morts-vivants, Eschyle, Shakspeare, Molière, mais ils préfèrent les autres. Plus une littérature est expirée, enterrée, anéantie, plus elle leur va. Leur suprême régal est le cadavre des vieilles formes en putréfaction. Ils grouillent dans la tragédie.

Nous ne faisons pas comme eux. Nous n'attendons pas que le temps ait achevé le piédestal des poëtes pour venir leur offrir notre pierre. Nous parlons des génies vivants

avec le même respect que s'ils étaient morts depuis quarante mille ans.

Nous ne sommes importuné d'aucune gloire, humilié
d'aucune grandeur, sombre d'aucun rayonnement. C'est
peut-être de l'orgueil, mais tout le monde n'a pas assez
de modestie pour être envieux.

D'autres critiques s'indignent de cette perpétuelle pré-
férence accordée aux morts et défendent les vivants comme
ceci :

— Laissez-nous tranquilles avec vos morts ! Ils ont eu
leur mérite dans leur temps, mais tout progresse. Ne
voyez-vous pas comme marchent et grandissent la science,
l'industrie, la médecine, la navigation, tout ? De tous
côtés, hier est dépassé par aujourd'hui, qui sera dépassé
par demain. Les grands poëtes de maintenant sont aux
grands poëtes d'autrefois ce que l'imprimerie est au manuscrit, ce que le wagon est à la patache, ce que l'hélice
est à la rame, — comme ceux du siècle prochain seront à
ceux d'à-présent ce que le ballon sera au wagon !

Cette glorification des vivants est médiocre. Ceux qui
n'aiment que le passé aiment encore mieux le présent que
ceux qui n'aiment que le présent; car le présent n'est le
présent que pour quelques années, et ensuite il sera le
passé éternellement.

Ces amis mortels des vivants se trompent. Eschyle n'a
pas de rides. La gloire n'est pas la décrépitude. Les seuls
grands poëtes ne sont pas les poëtes au maillot.

Rien ne meurt, même sur terre; mais il y a deux manières de survivre.

Les inventeurs, les industriels, les savants, les conquérants, les législateurs, les philosophes, les dieux survivent
dans le progrès qu'ils ont fait faire au bien-être général,
dans la civilisation qu'ils ont mise au monde. Leur créa-

tion, c'est la société. Création variable, perfectible, toujours améliorée, jamais bonne. Le conquérant défait le conquérant, le naturaliste redresse le naturaliste, l'inventeur absorbe l'inventeur, l'apôtre dévore l'apôtre, la nouveauté du jour est la vieillerie du lendemain, la science devient l'ignorance, l'impiété devient la superstition, Pline fait hausser les épaules à Cuvier, le vétérinaire de mon village en remontre à Esculape, les mâts de Colomb se moquent des colonnes d'Hercule, le fil électrique rit du télégraphe, le collodion méprise Daguerre, le ballon regarde le chemin de fer de haut en bas, le Sinaï est dominé par le Calvaire, qui est dominé par la tribune de la Constituante. Ces faiseurs de progrès disparaissent dans leur progrès même. Il reste d'eux leur nom, et l'humanité. Quant à leur trace personnelle et distincte, quant à leur procédé, quant à leur code, quant à leur dogme, quant à l'outil avec lequel ils ont travaillé, quant à la législation de Lycurgue, quant à l'astronomie de Ptolémée, quant à la mécanique d'Archimède, quant au catéchisme de Calvin, ce sont des objets de curiosité qui ont leur importance pour les archéologues, et qu'on peut conserver sous étiquette dans un musée d'antiquités entre la canne de Voltaire et la tabatière de Louis XVIII.

L'art seul dure sous les deux formes : d'abord comme tous les civilisateurs, dans le résultat qu'il produit, dans le service qu'il rend, dans ce qui sort de ses entrailles; il vit dans son lendemain, comme le père dans son fils; — et puis, il reste en personne, il a sa vie propre. Il laisse deux créations : l'une, mobile, sans cesse modifiée, corrigée, complétée, — les mœurs ; l'autre, fixe, immuable, définitive, imperfectible parce qu'elle est parfaite, — les chefs-d'œuvre.

Ici, le lendemain ne dépasse pas la veille. Ce qui est fait

est fait pour l'éternité. Dante né rature pas Homère. Michel-Ange ne retouche pas Phidias. Les générations remuent respectueusement les décombres de Rome et d'Athènes et fouillent l'énorme gisement du passé pour tâcher de trouver quelque figure sans bras, quelque tête de cheval à demi rongée, quelque bout de draperie.

L'art a une telle immortalité personnelle qu'il survit à sa propre philosophie. On bafoue le dieu, on adore l'autel. L'Iliade survit à l'Olympe, la Bible au Sinaï, la Divine Comédie à l'enfer.

Tout progresse, excepté l'art. Les grands poëtes sont égaux dans des civilisations inégales.

Ils frappent la médaille de leur temps. Que leur temps soit ce qu'il voudra, hideux ou superbe, féroce ou clément, tigre ou martyr, qu'importe à la médaille? Le profil humain, d'époque en époque, s'épure et s'améliore; mais la médaille de Thersite vaut celle d'Hélène. Le sculpteur de bêtes vaut le statuaire de héros. Barye vaut David. Une croupe vaut un torse.

Il n'y a pas de monstres en art, il n'y a que des chefs-d'œuvre. L'art, c'est la beauté, la beauté de tout, la beauté de la laideur! Les chefs-d'œuvre sont les exemplaires radieux des siècles.

L'art, c'est la splendeur de l'histoire.

Marine-Terrace, octobre 1855.

XXII

L'AVENIR

Si nous étions marié et que notre femme fût grosse, notre joie ne viendrait pas de l'espérance d'avoir un enfant à deux têtes.

Notre enfant eût-il une bouche, eût-il deux yeux, eût-il deux jambes, nous ne nous croirions pas moins père pour cela.

Nous avouons cette infirmité de notre esprit aux critiques pour qui un drame n'existe pas s'ils y retrouvent les membres des drames antérieurs.

Encore la jalousie ! encore la fatalité ! encore un meurtre ! encore une courtisane ! Et ils condamnent la pièce. Et comme, à moins d'être un monstre, il est impossible qu'un enfant ou une pièce n'ait rien de commun avec les autres pièces ou avec les autres enfants, ils déclarent le présent et l'avenir plagiaires, et leur défendent de continuer à faire des drames,—ils n'osent pas encore ajouter : ni des enfants. Ils n'ont pas assez de mépris pour l'horrible vulgarité de ces pièces qui croient avoir une figure à elles sans avoir au moins une queue au lieu de nez ou une branche au lieu d'oreille.

Donc, le dix-neuvième siècle vient trop tard. Les grands poëtes sont des chevaux de course, le prix est au premier arrivé. Eschyle n'existe pas par son génie, mais par sa date. La gloire, c'est le droit d'aînesse.

Un petit fait qui dérange ces agréables affirmations, c'est que, jusqu'au dix-neuvième siècle justement, les poëtes qui ont commencé les théâtres n'ont guère traité que des sujets déjà connus. Le créateur de la comédie en France ne s'est pas plus gêné pour « prendre son bien » chez Plaute et partout, que le créateur du drame en Angleterre pour emprunter aux nouvellistes l'action d'*Hamlet*, de *Roméo et Juliette* et d'*Othello*. Eschyle, Sophocle et Euripide ont dramatisé tous trois les mêmes événements, extraits des légendes nationales. Et c'est seulement de notre temps que les poëtes dramatiques ont commencé à ne plus vouloir que des actions vierges.

De sorte que ce seraient précisément les poëtes primitifs qui seraient les plagiaires.

Que les poëtes le veuillent ou non, ce qu'ils font a toujours d'intimes rapports avec ce qui s'est fait et avec ce qui se fera.

Un drame qui n'aurait rien de commun avec le passé et l'avenir du théâtre n'aurait rien de commun avec le passé et l'avenir de l'humanité, c'est-à-dire avec l'humanité, dont le passé, l'avenir et le présent sont solidaires.

Il est aussi nécessaire à un chef-d'œuvre de ressembler aux autres chefs-d'œuvre que d'en différer, d'être le même que d'être un autre, d'être tous que d'être lui.

L'unité dans la variété, voilà la loi. — L'unité n'est pas seulement la liaison des parties de l'œuvre entre elles; ce n'est là que l'unité intérieure et étroite. La vraie et grande unité, c'est la parenté de l'œuvre avec toutes les œuvres présentes, passées et futures.

Cette parenté n'empêche pas plus la personnalité du poëte que le frère n'empêche l'individualité du frère.

L'unité n'est pas l'uniformité.

L'univers se répète incessamment. Toujours le même décor, de l'eau, de la terre et des astres ; toujours le même acteur, l'homme ; toujours les mêmes figurants, les animaux. L'automne après l'été, l'hiver avant le printemps; l'année ne paraît pas éprouver le besoin de s'ajouter une cinquième saison. Ni les choses ni les bêtes ne se mettent un beau matin à rebrousser leur inclination pour se changer un peu. Les pêchers donnent à la même époque les mêmes fleurs et les mêmes fruits. Les hirondelles s'avisent rarement d'essayer à vivre sous l'eau, et les éperlans ne s'élèvent guère dans l'air. Il n'y a rien de nouveau sous le soleil, disait déjà le royal ennuyé. Et le soleil lui-même n'était pas nouveau.

Nous n'avons remarqué dans aucune des villes ni dans aucun des villages traversés par nous, que les habitants eussent l'originalité de marcher sur la tête. Voilà bien longtemps que les hommes aiment les femmes, et nous ne nous apercevons pas qu'ils les aiment moins que le premier jour. L'amour maternel était déjà vieux au commencement du monde et sera encore jeune à la fin.

La nature, toujours la même, se renouvelle à chaque instant. La Seine est toujours la Seine, et pourtant sa source n'est pas son embouchure. La Seine à Chanceaux est un verre d'eau, à Romilly un ruisseau, à Saint-Denis un canal, à Villequier un fleuve, à Honfleur un océan.

L'homme va s'élargissant de siècle en siècle comme les rivières de ville en ville.

Le renouvellement de l'homme fait le renouvellement du drame. Si tu veux arrêter l'art, arrête la civilisation.

Et non-seulement chaque siècle a sa manière propre d'éprouver les mêmes sentiments et les mêmes passions, mais dans chaque siècle chaque homme. Il y a des différences profondes entre un ambitieux et un ambitieux, entre un avare et un avare, entre un catholique et un catholique, entre une mère qui adore sa fille et une mère qui adore sa fille.

Il n'est pas même nécessaire, pour trouver la variété, d'aller d'un avare à un autre, ni d'aller de Villequier à Honfleur. Rien que dans le bout de Seine qui est devant Villequier, dans ce flot, agité comme la mer à l'heure de la marée, limpide comme un miroir quand le flux redescend, frissonnant de soleil à midi, mélancoliquement étoilé le soir, dans ce tronçon de fleuve, que de fleuves ! Et que d'hommes dans chaque homme ! quels abîmes entre un homme et lui-même ! quelles modifications, quelles contradictions dans l'humeur et dans le caractère pour une perte d'argent, pour une contrariété, pour un nuage qui passe, pour un verre de vin de trop, pour une piqûre à la vanité, pour un geste de dédain d'une fille !

L'humanité ne changerait pas à l'infini, que le changement de poëte suffirait. L'art, ce n'est pas seulement la réalité, c'est la réalité et le poëte, c'est la réalité vue par quelqu'un, c'est la forme qu'elle a pour toi ou que tu lui donnes. C'est par la forme surtout que le poëte crée.

Vingt peintres devant le même modèle en feront vingt portraits dissemblables — et ressemblants.

Tout portrait est le portrait de deux personnes : du modèle et du peintre.

C'est pourquoi les poëtes qui viendront dans dix mille siècles seront tout juste aussi originaux et aussi primitifs que ceux qui sont venus le premier jour de la poésie.

Les poëtes du premier jour n'ont pas inventé le sujet du poëme, qui est l'homme. Oreste existait avant Eschyle, Troie avant Homère. Et Homère n'est pas le premier rapsode qui ait raconté la chute de Troie, et Eschyle n'est pas le premier poëte dramatique qui ait montré la chute d'Oreste.

Personne n'est seul, ni dans l'art ni dans la vie. Personne ne commence et personne n'achève. Personne n'est le premier ni le dernier. Les grands livres se touchent et se pénètrent. La Bible et l'Iliade sont pleines l'une de l'autre. Vulcain est précipité du ciel comme Lucifer. Agamemnon et Jephté sacrifient leur fille. Diomède se bat avèc Mars comme Jacob avec l'ange. Le cheval d'Achille parle comme l'ânesse de Balaam. Et ces rencontres sont dans l'art parce qu'elles sont dans la vie. Les grands livres se répètent comme les grandes figures. Le Calvaire n'est pas la première montagne qui ait vu un dieu percé de clous pour son dévouement aux hommes. Et qui donc se vantera d'être le premier, si le Christ est le plagiaire de Prométhée?

Oui, Hamlet, c'est Oreste ; oui, Didier chez Marion Delorme, c'est Alceste chez Célimène ; oui, Chrysale avec Philaminte, c'est Sancho avec don Quichotte ; et c'est cette identité qui fait qu'Hamlet, Oreste, Marion Delorme, Célimène, Chrysale, Sancho, sont éternels. C'est ce qui fait· que, dans le Grec d'avant Socrate et dans l'Anglais d'avant Cromwell, dans la coquette dont Molière désespère et dans la courtisane que Hugo relève, dans le bourgeois de Paris et dans le paysan de la Manche, on retrouve l'homme.

Il n'y a et il n'y aura jamais qu'un seul drame, fait en collaboration par tous les poëtes qui ont été, qui sont et qui seront. Quand Eschyle a fait sa part, à toi, Sophocle ; à toi, Aristophane ; Shakspeare fait son acte, Calderon le sien, Corneille le sien, Molière le sien, Goëthe le sien, Hugo le sien. Et le drame d'Eschyle n'est pas terminé, et il ne le sera jamais, et c'est pour cela qu'il intéresse toujours. C'est parce que la pièce n'est pas finie que le public y reste.

C'est toujours le même drame, mais c'est toujours un autre acte. C'est toujours le même homme, mais toujours à un autre âge de l'homme, dans un autre milieu, différent de lui-même, contraire à lui-même. Hamlet, qui est Oreste, ne ressemble pas plus à Oreste que le doute ne ressemble à la fatalité, et le brouillard d'Elseneur au soleil d'Athènes.

Tous les chefs-d'œuvre se pénètrent sans se confondre, et s'affirment en se contredisant. La double condition du génie est d'être personnel en étant universel, de prendre possession du fond commun par la forme unique.

Le poëte souverain est celui qui frappe à son effigie la plus grande somme d'humanité.

Hauteville-House, janvier 1856.

XXIII

L'amour du fils contrariant la haine du père, le suicide du fils sur le cadavre qu'il aime, le père abjurant et maudissant sa haine sur le cadavre de son enfant, — est-ce *Antigone*, ou bien *Roméo et Juliette ?*

Un prêtre, le devin Tirésias, essaie d'apaiser Créon, comme un prêtre, le frère Laurence, essaie de réconcilier les Montagus et les Capulets ; Hémon et Antigone sont fiancés, comme Roméo et Juliette sont mariés ; Juliette et Antigone sont toutes deux enterrées vives ; Roméo se tue dans le tombeau de Juliette, comme Hémon dans le tombeau d'Antigone ; la mère de Roméo meurt de douleur, comme la mère d'Hémon se tue ; Montagu se repent et s'accuse, comme Créon.

Jamais deux pièces n'ont été autant la même pièce ; c'est le même fait et c'est la même idée ; toutes deux donnent cette grande leçon, la haine punie par l'amour ; la même âme dans le même corps.

Et ces deux pièces qui sont la même sont absolument différentes. Ces deux drames qui ont la même forme et le même fond ne se ressemblent ni par le fond ni par la forme.

————————

Shakspeare entremêle, d'un bout à l'autre de son drame, l'amour des enfants et la haine des familles. Tybalt et Benvolio se battent ; aussitôt Juliette et Roméo se mettent à s'aimer. Roméo se marie avec Juliette ; aussitôt il faut qu'il se batte avec Tybalt. L'affection et l'hostilité se côtoient et se traversent ; les bouches s'embrassent pendant que les épées se croisent, et le doux balcon est plus cruel que la rue sanglante ; on voit sortir, scène à scène, de toute cette inimitié, une tendresse terrible ; on sent que l'amour va se venger de tant de haine ; le mal se transforme par degrés en malheur, et la faute en châtiment.

Sophocle, au contraire, montre d'abord la faute toute seule. Il laisse Créon commettre tout ce qu'il veut, faire sa loi hideuse et l'exécuter ; pour avoir enterré un mort, Antigone est enterrée vivante, talion horrible où la peine imite la vertu. Le mal est maître, et règne, et triomphe ; rien n'annonce qu'en frappant Antigone, Créon frappe son fils ; une seule fois, la sœur d'Antigone, pour essayer d'apitoyer Créon, lui rappelle qu'Hémon et Antigone sont fiancés, mais fiancé n'est pas amoureux ; Hémon défend bien Antigone, jusqu'à se quereller violemment avec son père ; mais, son père lui reprochant de « défendre une femme, » il nie énergiquement ; c'est la justice seule qu'il défend, et non Antigone ; il y a loin de là à mourir pour elle ; Tirésias ne fait à Créon que des menaces vagues ; la faute se consomme ; — alors, le châtiment éclate ! alors, il se précipite, frappe, redouble ; les coups de tonnerre se pressent ; le sang pleut à verse ; le fils se tue ; la mère se tue ; c'est la contagion de la mort ; c'est le vertige du sépulcre !

Shakspeare met le mal et la punition l'un dans l'autre, Sophocle les met l'un après l'autre. Rien que dans cette différence, il y a deux arts.

L'art grec, c'est la simplicité. L'esprit de l'homme n'embrasse pas encore l'ensemble des choses. Le peuple ne les comprend et le poëte ne les rend qu'une à une. Sophocle embrouillerait son public et s'embrouillerait dans ces confusions de l'effet et de la cause, de l'acte et des conséquences ; il les sépare, il achève la cause avant de commencer l'effet. De là, ces actions successives du théâtre grec, si contraires à la concentration du théâtre moderne. La mort du principal personnage ne termine pas la pièce. Ajax meurt au milieu d'*Ajax*. Eschyle ne termine pas *les Sept devant Thèbes* au double fratricide ; il s'occupe ensuite de l'enterrement de Polynice. Dans *Antigone*, il y a deux drames bout à bout, le dévouement d'Antigone et le châtiment de Créon. Comme les actions, les figures passent une à une ; Tirésias n'a qu'une scène ; Hémon n'a qu'une scène ; Eurydice, dont personne n'a parlé jusque-là, sort du palais en entendant dire que son fils est mort et rentre aussitôt pour mourir ; Antigone elle-même disparaît au milieu de la pièce ; Créon seul reste tout le temps et rattache ensemble ces scènes isolées ; tous les autres personnages défilent devant lui.

Sophocle sépare, Shakspeare compare. Ce que l'harmonie est à la mélodie, ce que la cathédrale gothique est au temple grec, ce que le groupe est au bas-relief, Shakspeare l'est à Sophocle. Ça finit par ne plus les amuser, ces actions et ces figures, de marcher toujours ainsi l'une derrière l'autre, sans jamais se rejoindre, sans se regarder, sans se parler; il y a deux mille ans que cette procession dure, c'est assez, — Shakspeare rompt les rangs ! Il lâche pêle-mêle les personnages et les événements, et les entre-choque.

Sophocle est une file, Shakspeare est une foule.

———

Hémon et Antigone ne se rencontrent pas une seule fois en scène. Dans ce drame où un homme se tue par amour, il n'y a pas une seule fois le mot amour. Antigone ne prononce pas le nom d'Hémon ; elle se sacrifie et meurt sans se souvenir qu'il existe. Hémon ne dit pas une seule fois qu'il aime Antigone ; quand son père l'en accuse, il s'en défend comme d'une honte. L'amour en est là. — Eh bien, cette humiliation est un progrès.

Dans Eschyle, l'amour n'existe pas. Ce rude combattant de Salamine et de *l'Orestie*, qui tient tête à Xerxès et à Jupiter, qui chasse les Perses du territoire et les dieux de la conscience, ce dur soldat méprise les lèvres des femmes. Silence, les femmes ! laissez les hommes combattre, et allez prier ! c'est le cri d'Étéocle dans *les Sept devant Thèbes*, et d'Eschyle partout. Ce farouche défenseur du sol natal tout entier, de la patrie et de la terre, est importuné de la plainte des femmes et les renvoie dédaigneusement à leurs dieux.

Dans Sophocle, les deux ennemis sont vaincus ; la Perse est frappée au cœur, et attend qu'Alexandre l'achève ; l'Olympe va être achevé par Socrate. La bataille finie, les femmes commencent. Dans cette même Thèbes où Étéocle hier dédaignait si brutalement les femmes, Hémon aime une femme, — mais il n'ose pas le dire ; il a peur qu'Étéocle n'entende et ne se lève de terre. Il ne le dit pas même à son père pour la sauver, pas même à elle. Commencement misérable, cette femme reniée même par celui qui meurt pour elle! Et cette femme-là, Antigone, la grande fille et la grande sœur, celle qui a été fidèle à l'exil et fidèle au cadavre, celle qui a guidé son père aveugle et suivi son frère mort!

Ah! comme Roméo la venge! Il ne rougit pas de l'aimer, lui; il ne la renie pas, il ne se tait pas. Ici, le théâtre est amoureux, et le dit, et s'en vante, et le répète, et le crie, et le sanglote. Ici, l'amour n'hésite pas, il n'attend pas, il a hâte de dire : C'est moi! A peine Roméo a-t-il entrevu Juliette. « C'est une Capulet? O compte effrayant! je dois ma vie, et j'ai mon ennemie pour créancier! » Et Juliette ne donne pas même à Roméo le temps d'ôter son masque : « Nourrice, quel est ce gentilhomme qui n'a pas voulu danser? Va t'informer de son nom; s'il est marié, mon cercueil pourrait bien être mon lit de noce. » Et, la même nuit, dans le jardin, Roméo : « Il y a plus de péril pour moi dans un de tes regards que dans vingt de leurs épées; si tu ne m'aimes pas, qu'ils me trouvent ici; j'aime mieux ma vie finie par leur haine que ma mort prolongée sans ton amour. » Juliette : « Je t'ai donné mon cœur avant que tu me l'aies demandé, et je voudrais pouvoir te le reprendre — pour avoir encore à te le donner. » Il faut que le moine les marie le jour même; et, dès qu'ils sont mariés, avec quelle impatience, avec quelle sincérité, Juliette appelle la nuit qui va la faire femme : « Viens, gentille nuit; viens, chère nuit noire; donne-moi mon Roméo; et, lorsqu'il sera mort, prends-le et coupe-le en petites étoiles, et il fera la face du ciel si belle que tout l'univers sera amoureux de la nuit et cessera d'adorer l'aveuglant soleil. » Ceux-là se rencontrent! Quand il faut se quitter, quelle douleur! Elle : « Roméo banni! il n'y a ni fin ni terme ni borne ni limite à ce mot qui tue. » Lui :

« N'avais-tu donc sous la main ni poison subtil, ni lame affilée, nul moyen de mort soudaine, n'importe quel moyen? N'avais-tu absolument pour me tüer que le mot exil? Ce mot, mon père, les damnés le disent en enfer. » Ils ne peuvent s'arracher l'un de l'autre. Juliette : « C'était le rossignol, et non l'alouette, dont le chant a fait peur à ton oreille. » Roméo : « Tu as raison, ce n'est pas l'alouette qui, là-haut, sur nos têtes, frappe de ses notes vibrantes la voûte du ciel. J'ai plus envie de rester que de partir! Viens, mort, et sois la bienvenue ! Je fais ce que veut Juliette. Qu'en dis-tu, ma bien-aimée? Causons, il n'est pas encore jour. » Et ils ne se quittent un moment que pour se rejoindre vite dans la tombe; et ce n'est pas Roméo seulement qui meurt pour Juliette ; Juliette aussi meurt pour Roméo. C'est ainsi que Shakspeare console l'amour du mépris de Sophocle.

Ils avaient tant de choses à se dire, Hémon et Antigone, après ce silence de tant de siècles ! Ils se sont enfin parlé dans Shakspeare. Roméo, c'est tout ce qu'Hémon avait dans le cœur.

Octobre 1844.

XXIV

Hoffmann et Molière ont tous deux fait don Juan. Non pas deux don Juan, sous deux noms différents, dans des civilisations différentes, — mais le même don Juan, s'appelant pour tous deux don Juan, faisant la même chose dans le même siècle, tuant le Commandeur et soupant avec sa statue.

Le don Juan de Molière est uniquement un incrédule. Son inconstance en amour n'est qu'un détail. Le fond de son caractère est l'athéisme; il insulte Dieu au point de se faire dévot. Alors, ne redoutant ni ciel ni enfer, il se permet tout; il se marie tous les mois comme il fait des dettes, et il renvoie ses femmes comme il éconduit ses créanciers. M. Dimanche est aussi important pour lui que Charlotte, et sa vivace querelle n'est pas avec Elvire, qui veut qu'il aime, mais avec Sganarelle, qui veut qu'il croie.

Le don Juan qu'Hoffmann a entrevu à travers la vapeur de sa pipe et de Mozart est tout le contraire : c'est précisé-

ment le plus grand croyant qui ait existé! Il croit aux
femmes et il croit en lui; il poursuit un idéal qu'il veut
atteindre, et qu'il atteindra. Chaque femme dont la robe
bruit à son oreille est peut-être celle qu'il cherche; il court
après elle et la regarde; non, il ne la reconnaît pas. Mais il
n'est pas homme à se décourager pour une épreuve, ni
pour mille épreuves, ni pour dix mille. La persistance
aveugle, la foi têtue, l'espérance désespérée, voilà ce qu'il
est; et il renouvelle ses tentatives acharnées jusqu'au jour
où la dernière maîtresse de tout le monde le reçoit dans le
seul lit qu'on ne trahisse pas. Et il se couche dans la tombe
avec confiance, certain que toute aspiration doit être satisfaite, ici ou ailleurs, et que tout besoin de l'homme est une
dette de Dieu.

Et voilà comme le même homme change et se contredit
selon l'esprit et le siècle qui le regardent, et comme l'œil
créateur du poëte transfigure le personnage jusqu'à faire
du débiteur insouciant de M. Dimanche l'âpre créancier de
Dieu.

XXV

LA CAPITALE DU DRAME

Toute pensée traduite en personnages et en action est drame, dans le sens large du mot.

Il y a des romans et des odes qui sont des drames. Le livre de Job est un drame; la parabole du bon Samaritain est un drame. L'Iliade, le Romancero et la Divine Comédie, tas de drames. Cervantes et Rabelais sont des poëtes dramatiques. *Notre-Dame de Paris* est un drame. Balzac est plus dramatique dans les *Treize* que dans *Quinola*.

Toutes les formes sont du domaine du drame, — mais le théâtre est sa capitale.

———————

Tous les succès de lecture aboutissent au théâtre, comme tous les poëtes de France viennent vivre à Paris.

Pas un roman illustre n'a pu échapper à la représentation, ni *Clarisse Harlowe*, ni *Werther*, ni *Don Quichotte*, ni *Notre-Dame de Paris*.

Il n'a pas suffi que Balzac racontât Vautrin, les lecteurs ont voulu le voir de leurs yeux. George Sand avait fait *François le Champi* roman ; le succès l'a fait drame. Tous les romans d'Alexandre Dumas ont mis du blanc et du rouge.

Prenez toutes les jeunes réputations du théâtre : la *Vie de Bohême* d'Henri Murger, la *Dame aux Camélias* d'Alexandre Dumas fils, le *Benvenuto Cellini* de Paul Meurice, étaient dans les rayons des bibliothèques avant d'être sur les planches de la scène.

Et la foule accourt à ces romans dramatisés, et encourage les auteurs à faire coup double à chaque idée, et ne se lasse pas de revoir, en chair et en os, les figures qu'elle n'avait que vaguement entrevues dans l'impalpable monde du livre.

Il n'y a de journaux qu'à Paris ; — il n'y a de feuilletons que pour le théâtre.

Chaque lundi, le rez-de-chaussée de tous les journaux sans exception appartient aux productions scéniques de la semaine, si insignifiantes et si nulles qu'elles soient. Pas un seul acte qui n'entre, immédiatement, sans frapper. Et le pauvre jeune poëte qui aura ciselé son amour en sonnets étincelants, le critique qui aura proposé une nouvelle explication de l'art, le philosophe qui aura questionné hardiment la mort, tous les rêveurs profonds qui ne seront pas précédés d'un nom célèbre, attendront six mois une audience qui ne viendra jamais.

Cette iniquité qui révolte les écrivains des livres, ce privilége inouï accordé par toute la presse aux moindres créations du théâtre, et sanctionné par le public, rédacteur en chef de tous les journaux, exprime, d'une façon exces-

sive et brutale, mais juste au fond, l'excellence et la domination du drame.

Le drame est parmi les formes littéraires ce que l'homme
est parmi les êtres terrestres : l'équilibre de l'idée et du
fait, de l'âme et du corps.

Or, il y a des enfants qui viennent rachitiques, goî-
treux, sourds, muets, aveugles; et il y a de fiers et vigoureux oiseaux qui vivent dans les montagnes et dans les
tempêtes; superbes, causant avec le tonnerre, souf/letant
l'orage à coups d'aile, et faisant baisser les yeux au soleil.

Et néanmoins, entre ces deux œuvres de Dieu, celle qui
plane glorieusement dans les rayons et celle qui rampe
misérablement dans la boue, quelle est celle dont on se
préoccupe, quelle est celle qu'on soigne et qu'on respecte,
quelle est celle dont la vie et la liberté sont sacrées?

Si difforme qu'il soit, si grossier de corps et si pauvre
d'âme que l'ait fait le céleste auteur, l'enfant est d'une
race plus haute que l'oiseau.

Une ode est un aigle; un vaudeville est un cul-de-jatte.

XXVI

Nous lisons dans un journal belge la phrase suivante, imitée de tous les réquisitoires :

« Peu après, il épousa mademoiselle Lydie Fougnies, de Péruwels, jeune femme d'une imagination ardente et romanesque, *instruite et spirituelle,* MAIS *nourrie de la lecture des romans de l'école moderne et de toutes les œuvres* si dévergondées de notre époque. »

C'est-à-dire, — premièrement, que le comble de l'instruction et de l'esprit est d'ignorer la littérature de son temps, — et deuxièmement, que mademoiselle Fougnies a été pervertie par la lecture des livres modernes.

C'est-à-dire que, jusqu'au dix-neuvième siècle, les passions criminelles n'avaient jamais été exploitées par les poëtes ; que c'est Alexandre Dumas qui a fait *Iphigénie en Aulide,* où un père égorge sa fille pour un vent ; que c'est Balzac qui est l'auteur de *Rodogune,* où une mère empoisonne son fils ; et que c'est Victor Hugo qui a inventé *Phèdre,* où l'adultère se tempère par l'inceste.

C'est-à-dire encore qu'avant les romantiques il n'y avait jamais eu un seul crime sur la terre; que tous les hommes sans exception étaient des saints; que le faux, le vol, la trahison, la scélératesse, l'assassinat étaient inconnus avant *Notre-Dame de Paris;* que Judas, Tibère et le pape Alexandre VI n'ont jamais existé; et que c'est hier soir que Caïn a tué Abel.

Nous lisons dans un rapport fait par M. Saint-Marc Girardin, au nom d'une commission chargée de juger les candidats aux chaires d'histoire :

« Le bureau a remarqué avec peine que le mauvais goût s'était introduit dans quelques-unes des compositions. Les candidats croient exprimer une idée quand ils ont trouvé une image, et ils ne choisissent pas leurs images avec assez de goût; car *elles sont tantôt pompeuses et tantôt triviales, ce qui fait un contraste choquant,* et ce qui répugne essentiellement à la *grave simplicité du style historique.* »

Nous supposons une commission d'ânes chargés de juger un concours de chevaux arabes.

O mauvais goût! s'écrierait le rapport. Au lieu de marcher posément et doctoralement, ces chevaux piaffent, se cabrent, jettent leur crinière au vent, étincellent des pieds et puis vont au pas, s'emportent et s'arrêtent, galopent et se couchent, « ce qui fait un contraste choquant, et ce qui répugne à la grave simplicité du style » des ânes.

Des images! quelle dépravation! Et des images « tantôt pompeuses, tantôt triviales, » c'est-à-dire un style qui n'est pas toujours le même, qui se prête à toutes les exigences du récit, qui peut être familier et qui peut être élevé, qui est capable de réalité et capable d'idéal. Quand il pourrait se maintenir dans cette noble et sévère monotonie « du style historique » de M. Saint-Marc! Méchante phrase accidentée, qui monte et qui descend, et qui ignore les admirables charmes du beau style plat.

La critique faite par les poëtes a, tout d'abord, un caractère particulier : c'est qu'on peut la lire. Des hommes qui se prétendent sérieux écrivent sur l'art des livres savants et qu'on trouverait sans aucun doute fort beaux, si l'on en pouvait lire une ligne ; ces gens-là vous apportent un coffre qui contient, nous en sommes convaincu rien qu'à son poids, toutes sortes de choses excellentes, mais qui, par malheur, est fermé ; car il n'y a pas d'autre clé des livres que le style.

Ainsi, M. Hippolyte Rolle est, très-probablement, un critique prodigieux, mais comment saisir son mérite impénétrablement clos par des phrases à secret comme celle-ci :

« Un agréable *peloton de scènes ingénieusement dévidées*, des mots spirituels, etc., tel est l'*assaisonnement* de cette jolie petite comédie ; »

Laquelle phrase semble indiquer vaguement un étrange ragoût, et fait de M. Rolle l'inventeur d'une bonne sauce au fil ;

Ou comme cette autre phrase :

« Les *traits* si péniblement lancés contre les Corneilles et les Shakspeares du boulevard du Temple *sentent par trop le renard qui vient de perdre sa queue*; »

De laquelle il paraîtrait résulter qu'il existe pour ledit M. Rolle des renards qui lancent des flèches, que ces flèches ont l'odeur du renard qui les lance, et que cette odeur est plus ou moins forte selon que le renard a ou n'a pas sa queue, et selon le temps depuis lequel il ne l'a plus.

Une des maladies de la critique, c'est de ne vouloir d'un poëte que les qualités qu'il n'a pas. Que de critiques se désolent de ne pas pouvoir cueillir le raisin aux pêchers !

———

Les critiques haïssent la fécondité. Ils ne vous permettent de faire des chefs-d'œuvre qu'à la condition que vous en ferez très-peu. La qualité, selon eux, est toujours en raison inverse de la quantité. Ils ne reconnaissent de vraiment beaux cheveux qu'aux chauves.

———

En France, on admire éperdument les morts; on les déclare sublimes depuis la racine de leurs cheveux jusqu'aux clous de leurs souliers, et l'on ne perd pas une occasion de les jeter à la tête des vivants; — en même temps, on ne se gêne aucunement pour les corriger, pour les rogner, pour leur couper leurs développements les plus nécessaires, pour leur infliger les amputations les plus humiliantes. On joue le *Cid* sans le rôle de l'infante, et *Cinna* sans le rôle de l'impératrice; quant à Molière, on a violemment arraché de son œuvre touffue toutes les plantes bizarrement grimpantes de la fantaisie, les intermèdes, les ballets, et tous ces caprices de danse et de bergerie qui traversent son théâtre comme la rêverie traverse la pensée. Corneille et Molière ont subi un outrage plus grave: retrancher, c'est cent fois trop; mais refaire, c'est le comble. Le Théâtre-Français du dix-septième siècle a fait récrire par Thomas Corneille le *Don Juan* de Molière, et le Théâtre-Français du dix-neuvième siècle a fait récrire par M. Planat le *Don Sanche* de Corneille. Et les seules voix qui aient protesté contre ces faux intellectuels sont celles des romantiques ! Les classiques trouvaient le procédé très-normal. Cette contradiction entre l'enthousiasme qu'on affecte pour les morts et le calme avec lequel on les laisse mutiler prouve ce que nous avons toujours soutenu : que ceux qui n'aiment que les morts n'aiment pas même les morts.

Nous connaissons des critiques qui, lorsqu'un poëte dramatique introduit dans son action un personnage qui a existé, ne manquent pas de courir à leur bibliothèque et de demander à *la Biographie universelle* si la pièce est bonne.

Nous serions curieux de savoir comment ces critiques-là s'y prennent pour admirer les portraits de Titien et de Rembrandt, qu'il leur serait difficile, nous supposons, de confronter à leurs modèles.

Nous serions curieux de savoir comment ils s'y prennent pour admirer les *Noces* de Paul Véronèse.

La ressemblance n'est, en art, qu'une question secondaire. Si vos personnages ressemblent, tant mieux ; mais l'essentiel est qu'ils vivent. Vous pouvez modifier les faits, pourvu que vous en fassiez des idées. Vous pouvez ôter à la réalité sa physionomie, pourvu que vous lui donniez la vôtre.

Défigurez, mais transfigurez.

Mais quoi ! on pourra donc faire de François Ier un lâche, de Messaline une vierge, de Jeanne d'Arc une prostituée, et ce sera beau ? Oui. Aristophane a fait de Socrate un sophiste, — et *les Nuées* sont un chef-d'œuvre.

Chef-d'œuvre abominable, soit. Si nous avions été au théâtre d'Athènes le jour de la première représentation des *Nuées*, nous aurions protesté de toute notre indignation contre cette calomnie splendide, contre ce faux du génie.

9

Mais Aristophane n'aurait eu, pour nous apaiser, qu'à faire un petit changement insignifiant, — à changer, non une scène, ni un vers, ni un mot de sa comédie, mais tout simplement le nom de son sophiste, et à l'appeler Gorgias ou Lamachus.

Un admirable critique, c'est Juliette. Écoutez ce qu'elle dit à Roméo :

> Ton nom seul est mon ennemi.
> Malgré lui, tu es toi-même et non un Montagu.
> Qu'est-ce qu'un Montagu? Ce n'est ni une main, ni un pied,
> Ni un bras, ni un visage, ni rien
> Qui appartienne à un homme. Oh! sois un autre nom!
> Qu'y a-t-il dans un nom? Ce que nous appelons rose
> Sous un autre nom aurait le même parfum.

Le nom n'est pas le personnage ; l'étiquette n'est pas le vin. Quand même le sommelier se serait trompé en cachetant la bouteille, nous ne sommes pas de ceux qui jugent le vin sur le cachet. Ah çà, est-ce donc le bouchon qu'ils boivent?

Le Socrate d'Aristophane n'est pas le nôtre, c'est évident; eh bien, c'en est un autre. Ce n'est pas un portrait; qu'importe, pourvu que ce soit un homme?

Socrate n'est pas Socrate? Eh bien, Tartufe non plus n'est pas Socrate!

Selon la critique classique, il y a eu, depuis le commencement du monde, trois grands siècles littéraires, en dehors desquels tout est barbarie ou décadence : le siècle de Périclès, le siècle d'Auguste et le siècle de Louis XIV.

Ce qui rejette de la cime lumineuse : la Bible, Homère, Dante et Shakspeare.

Sans compter Tacite, Juvénal, Rabelais, Montaigne, le Romancero, Cervantes, Rousseau, Voltaire, etc.

Les œuvres des grands hommes sont moins protégées que leurs statues. Il y a des lois qui défendent aux passants de faire des immondices au bas de la Fontaine-Molière, il n'y a pas de loi qui interdise à M. Veuillot de faire sa critique au bas du *Misanthrope*.

Voici quelques phrases lâchées par M. Veuillot le long de Molière :

« Si le bonhomme Poquelin, voyant son fils sur le seuil de cette vie vagabonde, avait obtenu *une lettre de cachet*, il aurait pu priver la littérature française de cinq ou six chefs-d'œuvre, mais, en somme, il aurait fait ce que font tous les jours beaucoup de pères de famille, *qu'on loue de veiller sur l'honneur de leur nom et sur l'avenir de leurs enfants...*

« L'hôtel de Rambouillet l'a emporté sur le *tréteau* de Molière... *Sganarelle*, dont on connaît le second titre, vint après *les Précieuses;* ensuite parut *Don Garcie de Navarre*, pièce en cinq actes, qui tomba misérablement. Molière avait une plaie au fond de l'âme. Malgré le grand succès des *Précieuses* et de *Sganarelle*, il n'était content qu'à moitié de son double rôle d'écrivain et d'acteur comique. Il aspirait au genre noble, où il était mince; c'est le rêve et la punition de tous les railleurs. Un sentiment amer les avertit durement qu'ils ne font pas en eux-mêmes à l'espèce humaine tout l'honneur qu'elle peut recevoir; ils sont tristes; ils ont longtemps, quelquefois toujours, la prétention d'être sérieux; et lorsqu'enfin, *vaincus par cette nature inférieure qui les condamne au rire et à la parodie*, ils prennent le parti de n'être que des bouffons, il n'y a point d'oreille un peu délicate qui s'y trompe; le bouffon est un misanthrope, c'est-à-dire un *envieux*...

« Certes, il fallait que Louis XIV aimât Molière pour tolérer cet *Impromptu de Versailles*, qui est encore brutal aujourd'hui, et qui ne dut point paraître amusant, même alors! Molière était accusé, *non sans motif*, d'avoir con-tracté un mariage *incestueux*...

« Molière est vainqueur de tous ses ennemis et de tous ses critiques. Les *complicités* qui l'ont soutenu le protégent encore et le protégeront toujours. Il a eu pour le mal des complaisances sincères, il n'a rendu au bien que des hommages empoisonnés, et c'est pourquoi *ce grand diffamateur, ce grand cynique*, restera dans son auréole de courage, de franchise et de haute vertu.

« Sa mémoire n'a rien à redouter de l'imprudence de ses admirateurs; vainement leur zèle indiscret soulèvera le voile qui recouvre *les monstruosités de sa vie et de ses œuvres*. Il peut impunément apparaître dans cette *fange*, entre sa femme *incestueuse* et ses deux concubines, trois fois couronné du malheur de Georges Dandin, te *s'en faisant une habitude*, et irritable, et *menteur*, et ser-vile... »

On ne répond pas à de telles paroles, on les cite. Quand un sacristain manqué, qui n'a pas pu digérer *Tartufe*, ne retient pas de tels articles, on lui fait ce qu'on fait aux chats qui ne savent pas la propreté : on lui met le nez dans sa prose, et on le laisse se débarbouiller.

Tenez, catholiques, voulez-vous un conseil? Toutes les fois qu'il sera question de Molière, taisez-vous !

C'est là une mémoire que nous ne vous engageons pas à remuer. Tout ce qui a une idée au front a déjà bien assez de peine à oublier, sans que vous la lui rappeliez, la manière dont votre Église s'est conduite avec Molière. La pensée vivante ne s'empresse pas déjà tant à cette porte que vous avez fermée à Molière mort.

Vous avez refusé à Molière les pelletées de terre, — ne lui jetez pas les pelletées d'ordure !

La poésie contemporaine n'avait pas, il y a quinze ou vingt ans, d'adversaire plus violent et plus hautain que M. Gustave Planche. Nulle révolte n'entassait plus superbement des Pélion de haine sur des Ossa d'envie. Aucun Ajax, envahi déjà sur son rocher par les vagues inévitables, ne montrait un poing plus furieux à Jupiter. — A quoi bon ? L'idée a continué de monter flot à flot sans même s'apercevoir de ces pauvres menaces, et, si vous êtes curieux de M. Planche, — plongez.

Pourquoi parlons-nous aujourd'hui de cet ex-critique dont personne ne parle plus ? Précisément parce que personne n'en parle plus. Il est utile de montrer où tombent ceux qui veulent empêcher l'ascension de l'art.

La critique de M. Planche, c'était l'outrecuidance. Pour lui, le critique n'avait pas seulement droit de vie et de mort sur le poëte, il n'était pas seulement le juge, — il était le père.

Pour lui, le critique précédait le poëte, le faisait, le gouvernait, lui indiquait les idées, lui donnait les instructions, lui traçait le plan. M. Planche était l'architecte de l'art, et les poëtes étaient ses maçons. Il acceptait Victor Hugo pour gâcheur.

Les tailleurs en renom se contentent de couper les habits et les font coudre par des apprentis quelconques. C'est ainsi que M. Planche se rêvait. Une sorte de *coupeur* de la littérature.

Un Christophe Colomb paresseux, qui dédaignait la

gloire et faisait cadeau de son monde à Améric Vespuce.

M. Gustave Planche se trompait. Il intervertissait les rôles. Les poétiques ne produisent pas les poésies, ce sont les poésies qui produisent les poétiques. M. Planche commettait l'erreur absurde d'un cordonnier qui entrerait chez vous avec la première paire de souliers venue et qui vous dirait : — Faites-moi un enfant qui ait ce pied-là. — On fait le soulier sur le pied, et non le pied sur le soulier.

On ne vous donne pas du style en vous conseillant d'en avoir. On a beau dire aux bœufs : volez! ils ne volent pas; et, quant aux hirondelles, elles n'ont pas besoin qu'on le leur dise. Le conseil est donc inutile à tous : aux uns, parce qu'ils ont des ailes; aux autres, parce qu'ils n'en ont pas.

Et quelle plaisanterie! les poëtes auraient besoin d'apprendre à faire des livres, et qui est-ce qui leur donnerait des leçons? ceux qui ne savent pas en faire! Ils diraient aux critiques : — votre prose est médiocre, enseignez-nous votre secret! — Ils leur demanderaient leur manière de ne pas faire des vers.

Oui, quand on prendra les culs-de-jatte pour maîtres de danse.

Les critiques précèdent la foule, mais ils suivent les poëtes. Ils sont apôtres, non précurseurs.

Il n'y a que les auteurs de quatorzième ordre qui aient besoin qu'on leur apprête les théories qu'ils essaieront de réaliser. Les vrais poëtes ne s'allument pas l'imagination avec une botte de petits procédés bien taillés et bien préparés; ils ont les éclairs et la foudre. Ces voleurs de tonnerres n'ont pas besoin des fabricants d'allumettes chimiques.

Quand M. Planche vit que les poëtes ne consentaient pas à travailler sur ses plans et à exécuter ses commandes, la fureur le prit, et il se mit à nier les poëtes. Autre démence. Par excès de vanité, il s'annula.

Car, d'abord, il nia des poëtes qui étaient visibles pour tout le monde. Alors le public pensa que, s'il ne les voyait pas, c'est qu'il était aveugle, et le plaignit, mais le planta là, pour s'adresser à des critiques qui eussent des yeux. C'est ainsi que M. Planche punit les poëtes : il se jeta dans le faux, il prit magistralement le blanc pour le noir, il fit exprès de la mauvaise critique. Il se vengea en étant stupide.

Et M. Planche n'aurait pas eu tort contre la littérature moderne, que c'eût encore été tant pis pour lui. Qu'est-ce que le critique d'une littérature qui n'existe pas? Un critique qui aurait pour principale occupation de détruire des œuvres éphémères et imperceptibles serait à peu près aussi important qu'un homme qui passerait sa vie à taquiner des puces.

En prenant la négation pour le fond de la critique, en affectant vis-à-vis de l'art cette attitude dominatrice et supérieure, en faisant de la critique un réquisitoire contre le crime de poésie, M. Planche croyait rehausser la critique, — il la supprimait. La critique n'est pas grande par ce qu'elle renverse, mais par ce qu'elle élève.

L'affirmation est tellement l'essence de la critique, que l'exagération même de l'enthousiasme lui profite, et qu'Hoffmann ne sera peut-être immortel que pour avoir vu le *don Juan* de Mozart plus beau qu'il n'est. — Et qu'on nous cite une seule négation célèbre. Qui remue les tas d'ordures vidés au bas du *Cid*, du *Misanthrope*, d'*Hamlet*, de *Ruy-Blas?* Même quand la négation a raison, ou plutôt, surtout quand elle a raison, elle est prédestinée à disparaître vite. Excellent moyen de se faire écouter, que de prétendre que les choses dont on parle sont insignifiantes au dernier point! Que penserait M. Planche d'un homme qui rassemblerait les passants à son de trompe, et qui, les chandelles et la curiosité allumées, leur dirait : Rien de nouveau! La critique de négation se nie elle-même toute la première. . .

Une journée ainsi racontée : — Je ne me suis pas levé à dix heures et demie, à déjeuner je n'ai pas mangé de côtelettes, à midi je ne suis pas parti pour la Chine, à une heure un quart le sultan ne m'a pas envoyé douze chevaux arabes, à sept heures trente-six minutes un vieux célibataire mourant ne m'a pas légué cinquante mille livres de rentes, etc... — aurait l'intérêt palpitant de la critique de négation.

Nous n'avons jamais pu entendre les doléances des feuilletons sur la mort irrémédiable du théâtre sans nous demander pourquoi ils continuaient à lui tâter le pouls.

Ce que M. Planche essayait de faire contre l'idée vivante, c'était contre lui-même qu'il le faisait. Le reflet tâchait d'éteindre le rayon.

La critique de négation, c'est le cicerone qui brûle son palais.

On ferait une vaste bibliothèque rien qu'avec les injures prodiguées aux hommes de génie. Quelles fureurs! le monde n'a pas assez d'insultes et de sarcasmes pour ces misérables qui viennent lui apporter de la lumière et des jouissances. On ne regarde pas où l'on les frappe. La calomnie est trop bonne pour eux. S'ils ne boivent que de l'eau, on les appelle ivrognes. S'ils sont contre la guillotine, on les appelle buveurs de sang.

O bons envieux, courage! Injuriez, raillez, mentez, épuisez vos projectiles, tirez à balles et à boulets. Le génie

étant immortel de sa nature, toutes ces véhémentes décharges ne peuvent lui faire de mal,—et alors elles lui font
du bien. Elles avertissent la terre que c'est lui qui passe.

Pour le génie, toute canonnade est une salve.

⁴ Quel poëte a été jamais plus attaqué, plus criblé, plus
tué, que Victor Hugo? Voici le compte de la vente de ses
livres depuis cinq ans :

Trois éditions complètes se vendent simultanément: l'é-
dition-Furne, qui est grand in-8°, l'édition-Michaud, qui
est in-8° ordinaire, et l'édition-Charpentier, qui est in-18.

En cinq ans, — depuis le 1ᵉʳ juillet 1841, jusqu'au
1ᵉʳ août 1846, — il s'est vendu, de l'édition-
Michaud. . . . .   17,073 vol.

De l'édition-Charpentier . . . .   74,600 —

L'édition-Furne ne date que de février 1843. De février 1843 à août 1846,
en trois ans et demi, il s'en est vendu. .   57,745 —

En 1845, on a ajouté à ces trois éditions
une quatrième édition à deux colonnes,
spéciale au théâtre. En un an, il s'en est
vendu. . . . .   8,500 pièc.

Enfin, il faut ajouter l'édition illustrée
de *Notre-Dame de Paris*, qui a paru en
1844. En deux ans, il s'en est vendu. . .   6,000 vol.
                                              ————
Total des volumes vendus en cinq ans : 160,918 vol.

Ce chiffre de *cent soixante mille neuf cent dix-huit* volumes a été obtenu par cinq éditions, dont deux seulement
ont duré cinq ans; une n'a duré que trois ans, une autre
que deux ans, la dernière qu'un an. Prenons la moyenne,
et admettons que toutes aient quatre ans de date. *Cent*

9.

soixante mille neuf cent dix-huit volumes en quatre ans, cela fait par an plus de *quarante mille* volumes.

Maintenant, ajoutez la contre-façon, belge, prussienne, genevoise, etc. Ajoutez les traductions en toutes les langues, — et étonnez-vous que la littérature française ait la domination universelle !

Et étonnez-vous que les poëtes sourient à leurs envieux et disent à toutes ces colères : merci !

L'envie se démène, grince, bave, mord, souffre. Et puis? Tout à coup, ces mêmes penseurs que, la veille encore, vous avez vus envahis, éclaboussés, foulés, écrasés, surgissent. Une étrange métamorphose s'est opérée : les calomnies qu'on leur a jetées à la tête se sont mises à resplendir, et la boue est leur auréole.

Un jour, un chimiste littéraire décomposera un grand nom quelconque, et nous dira de combien de huées, d'outrages et d'ordures se compose la gloire.

Paris, 1844-1850.

XXVII

Mais ce tas de critiques n'est pas la critique. On ne devrait même pas leur prostituer le nom de critiques à ces insulteurs qui crachent de l'encre sur le génie.

Ce siècle en a des critiques, — de bons serviteurs de la poésie, loyaux, dévoués, fiers de la célébrité des autres, admirant tous les talents, même les plus obscurs, même les plus glorieux.

L'admiration, chose admirable! Ceux qui applaudissent, je les applaudis.

Ils sont fidèles à l'art, dans ses luttes et dans ses périls. Ils lui rendent témoignage, eux qui passent, à lui qui reste. Comme le soleil dans la vitre, son éternité resplendit dans leur minute.

Ils proclament les poëtes et ils les expliquent, ils les multiplient dans des milliers d'intelligences, ils donnent les chefs-d'œuvre à la foule et la foule aux chefs-d'œuvre, ils couronnent et ils éclairent, ils sont la gloire du génie et la lumière du peuple.

Ils sont le bruit, ils sont la fanfare, ils sont les clairons et les tambours des littératures qui entrent triomphalement dans les idées.

Ils sont la musique du combat. Ils sont la charge qui sonne, le cuivre qui chante, la force et la persévérance des soldats de l'idéal.

Ils remontent le poëte dans ses moments de défaillance; ils sont derrière lui pendant qu'il écrit; ils ramassent sa plume à terre et la lui remettent dans les doigts.

Figures sublimés; collaborateurs des chefs-d'œuvre, faiseurs de talents, auteurs de poëtes.

Jamais l'homme n'est plus grand que lorsqu'il admire.

Il y a des heures d'immense charité où cette chétive créature, faite de boue et de nuit, donne la gloire; où cet éphémère, qui n'a pas une minute à lui, donne les siècles.

Depuis quatre mille ans, pas une génération n'a manqué de donner au grand mendiant Homère.

Il s'appelait Paul-Aimé Garnier. Nous n'avons pas vu de tête plus vaste, de cheveux plus puissants, de front plus haut, d'yeux plus profonds.

Sa critique était cordiale, non banale. Accepter tout, c'est une autre façon de nier tout.

Il y a deux manières de ne pas admirer les grands poëtes : la première est de ne pas les admirer, la seconde est d'admirer les poëtes médiocres.

Lui, il avait deux manières d'admirer Shakspeare : il l'admirait, et il n'admirait pas Racine.

Toute réputation non méritée est volée au génie. Donc,

s'il voyait passer un de ces voleurs de leur nom, il le prenait au collet, et lui faisait rendre la gloire; mais ce qu'il reprenait à *Phèdre,* il le rapportait à *Hamlet.* Ses spoliations étaient des restitutions. Il n'avait de haine que celle qui aime, et de négation que celle qui affirme. Ses hostilités les plus furieuses étaient faites d'enthousiasme.

Il était brave d'idée et de style, provocant, agressif, tapageur. Il n'avait pas, non, la douceur de l'aveugle qui, le plus tranquillement du monde, vous soutient à midi qu'il est nuit puisqu'il ne voit pas le soleil, et qui veut que le jour n'arrive aux autres qu'à travers sa taie; il était bruyant et brusque comme le canon du Palais-Royal qui, dès que le rayon le frappe, sonne midi de sa voix la plus joyeuse et la plus hautaine, au risque de réveiller en sursaut les vieux sur leur chaise et d'écorcher une douzaine d'oreilles.

C'était le temps où la tragédie et l'envie se coalisèrent une dernière fois pour tenter un suprême assaut contre ce grand drame moderne dont la hauteur les noyait d'ombre. Exaspérées par sa solidité inébranlable, tout leur était excellent pour le battre en brèche, pour forcer la porte, et elles ne choisissaient pas la poutre qui leur tombait sous la main. La poutre alors était bien fière, elle était bien précieuse, elle avait l'importance de ce qu'elle menaçait! Elle n'avait pas besoin d'être sculptée, ni dorée, ni d'avoir la moindre valeur intrinsèque pour être brandie avec enthousiasme; au contraire. L'indigence et la nudité, loin de nuire à ces sortes de succès, en sont la condition nécessaire. En fait de bélier, un pieu est préférable à un arbre : les branches et les feuilles gêneraient.

Aujourd'hui, ces tragédies sont moins superbes. Elles gisent dans le fossé, épointées, aplaties, écrasées, humiliées, tâchant de pourrir vite. Et quelle ciselure de *Ruy-Blas* ont-elles entamée?

Il n'y avait pas dans la garnison de *Ruy-Blas* un plus alerte et le plus ferme soldat que Paul-Aimé Garnier. Il était à toutes les portes, à toutes les meurtrières, tirant de partout, abattant tout, pièces et feuilletons.

Il tirait sur le public, mais moins impitoyablement, sans viser presque. Il lui parlait du haut du rempart, il lui expliquait la question, il le traitait comme un écolier plutôt bête que méchant, il le remettait aux éléments, il essayait de lui faire comprendre que chaque siècle a sa littérature, que le dix-neuvième siècle ne refait pas celle du dix-septième, que se proposer pour idéal l'imitation c'est se proposer le néant, que, si deux formes étaient pareilles, une des deux serait inutile, que la gloire n'a pas de ménechmes.

Il était plus rude avec les meneurs de ce mouvement à reculons, avec les chiens de ce troupeau. Les critiques ont une existence par trop commode; ils attaquent les poëtes, qui ont mieux à faire que de leur répondre; ils n'ont pas de représailles à craindre; ils injurient des muets. Pourquoi personne ne fait-il au feuilleton ce que le feuilleton fait à tout le monde? Paul-Aimé s'était dit cela, et, chaque semaine, il faisait la critique de la critique; il passait la revue de tous les feuilletons, acclamant les bons et souffletant les envieux. Personne n'était plus redoutable aux souteneurs de la néo-tragédie. Ce qu'il éprouvait pour eux, c'était d'abord de la colère, ensuite du mépris, au fond de la pitié. Il savait bien qu'ils n'aimaient rien, et que leur amour de la tragédie n'était que leur haine du drame. Il les plaignait. D'autant plus que le drame était assez vivant et assez robuste pour s'inquiéter peu de leurs gestes. Ces coups de pied ne sont tristes que lorsque le lion est mourant.

Après les critiques, vrais auteurs de la tragédie remise à neuf, il empoignait les auteurs prétendus. Ah! tas de reflets! Tout a sa lumière propre, la vague a son phosphore, le caillou a son étincelle, le suif éclaire, la buche flambe, le ver luit; eux, ils reflètent! Et ils reflètent qui? Racine, un reflet. Ils copient cette copie! ils empruntent à ce pauvre! Paul Garnier les criblait, ces imitateurs d'un imitateur; il les bousculait, et leur Racine avec eux, l'imitation et le modèle pêle-mêle, les contrefacteurs et le contrefait, la vieille tragédie avec la nouvelle, le cadavre avec l'embryon! Il les fracassait, ces rimeurs serviles qu'on opposait aux poëtes libres, ces sujets des règles, ces poëtes mécaniques, ces inspirés à ressorts!

Il est mort, à vingt-cinq ans, plein de promesses, débordé de séve, tout couvert de fleurs qui allaient être des fruits. Hélas! il n'a pas eu le temps. Il est mort plus qu'un autre! ce n'est pas une trentaine d'années qu'il a perdu, c'est peut-être l'immortalité. Il ne lui a peut-être manqué que de vivre encore dix ans pour vivre toujours.

———

Jamais la critique n'a été plus généreuse et plus intelligente que dans ce siècle.

Du haut de 1789, la critique a vu un plus large horizon. Elle ne demande plus au drame ce qu'il est selon les règles, mais ce qu'il est selon la nature et selon l'humanité. Elle ne procède plus d'Aristote, mais de Dieu. Plus de poétique qui s'interpose entre le poëte et l'inspiration. Les œuvres n'ont plus de code, elles ont une conscience.

Ce siècle, dont la littérature est si vivante, si remuante, si ardente, si passionnée, ce siècle de l'ode et du drame, est en même temps le siècle de la critique. Nul autre n'a eu plus d'entraînement, et nul autre n'a eu plus réde-

flexion. Le vent est dans sa voile et le pilote à son gou-
vernail.

Et sur ce point encore il donne un démenti carré aux
faiseurs de compartiments.

Ils disaient d'un siècle : âge de poésie, et d'un autre :
âge de critique. Ils ne permettaient jamais à la critique et
à la poésie de se rencontrer dans le même siècle.

Pour eux, la poésie n'était possible que dans les époques
primitives, brutales, ignorantes, crépusculaires. On n'é-
tait grand qu'à tâtons. Les faiseurs de chefs-d'œuvre ne
savaient ce qu'ils faisaient. Les faiseurs de lumière étaient
faits de ténèbres. Les soleils étaient aveugles.

Et en revanche, les époques de clarté étaient des époques
d'impuissance. Du moment qu'on voyait la route, on était
incapable d'y faire un pas. Si tu as des jambes, tu n'auras
pas d'yeux; si tu as des yeux, tu n'auras pas de jambes.
Aveugle ou cul-de-jatte, choisis.

Comme si les poëtes les plus primitifs n'avaient pas eu
leur idéal, c'est-à-dire leur critique !

Comme s'il n'y avait pas au fond des imaginations les plus
échevelées un système, et un squelette dans les bacchantes !

Tout homme est double. Dans nos moments les plus
passionnés, nous avons en nous un monsieur tranquille
qui donne froidement son avis sur ce que nous faisons.
Nous sommes à la fois l'acteur et le public. Quand nous
nous tordons bien sous l'étreinte de la douleur, nous nous
applaudissons. Nous disons : *bien rugi, lion!* au désespoir
qui a les griffes dans notre poitrine.

En apprenant tout à coup la mort de son père, Talma
poussa un cri si poignant qu'il lui vint immédiatement
l'idée de l'employer au théâtre.

Le dix-neuvième siècle a des critiques qui sont des poëtes
et des poëtes qui sont des critiques.

Ses poëtes les plus émus sont les plus précis. Dans les coups de vent de l'action, dans les flamboiements du style, ils réfléchissent; — tourbillons pensifs, salamandres de l'art.

Au fond, critique et poésie, c'est la même chose. Les cerveaux bien organisés résolvent la méditation en inspiration, comme les estomacs bien portants résolvent la nourriture en sang.

Toute poésie est une critique en action.

C'est parce que le dix-neuvième siècle regarde son idée fixement qu'il y va droit. C'est parce qu'il a les yeux de l'aigle, qu'il en a les ailes.

La portée des esprits est en raison directe de leur précision. La flèche va d'autant plus loin que l'arc est plus tendu.

Plus d'une bataille a pu être gagnée par quelque absurde charge de cavalerie contraire à toute stratégie et à toute idée; mais Murat n'est pas Annibal.

La volonté touche un plus grand but que le hasard. Mazeppa rencontre un trône, Colomb trouve un monde.

Guernesey, février 1856.

XXVIII

L'acteur aussi est un critique. Il fait de la critique en action. Il commente le poëte avec ses gestes, avec ses yeux, avec sa voix. Il prouve le mouvement du drame en marchant. Il fait mieux que de raconter la pièce, il la réalise; il fait mieux que d'analyser le personnage, il l'est.

Une première représentation, moment redoutable. Qu'est-ce que le peuple va penser, et comment va-t-il accueillir cette idée inconnue qui a l'audace de faire venir de tous les bouts de Paris deux mille personnes pour leur dire : me voilà, regardez-moi? Comment va-t-il se faire, en deux heures, en une heure, en un quart d'heure, à toutes ces figures étrangères? y mettra-t-il de la complaisance? aura-t-il la patience d'écouter leurs explications avant de les juger? se prêtera-t-il à leurs fantaisies? entrera-t-il dans leur caractère? — Questions inquiétantes qui se dressent à la porte des théâtres les soirs de pièces nouvelles et qui parlent tout bas à l'oreille des poëtes avec une petite voix aigre pareille à un bruit de sifflet.

Si la salle se fâche, le poëte est dans la coulisse, hors du combat; le comédien, lui, est en scène, visible, offert aux coups, atteint au cœur. Il se bat pour le poëte et le couvre de sa poitrine. Noble courage !

Vous croyez qu'on l'en remercie et qu'on l'en estime ? — On l'en méprise.

Ha! ce misérable qui expose sa personne en public, et qu'on peut siffler, insulter, conspuer, lapider de gros sous! — Pourquoi ne reprochez-vous pas au soldat les balles qui le criblent?

Oui, j'en ai vu, sur des théâtres de province, à l'époque des débuts annuels, des comédiens qu'on brutalisait, qu'on injuriait, des créatures humaines qu'on raillait de leur nez ou de leurs genoux, des femmes que d'honorables pères de famille faisaient siffler parce qu'elles n'avaient pas voulu être leurs maîtresses; j'en ai vu, de malheureux acteurs qui, pour avoir laissé échapper, à force d'outrages, un mot de colère et de menace, pour avoir oublié un instant qu'ils n'étaient pas des hommes, étaient obligés de faire des excuses au public; et moi, ce n'était pas l'acteur que je trouvais lâche.

Moi, je vous aime et je vous honore, comédiens, les grands et les petits, braves traducteurs des poëtes, semeurs d'art ! Le vieux maître d'école à qui les enfants font cette bonne plaisanterie de crever sa barrique de cidre, le pauvre jeune « chien de cour » dont les collégiens déchirent l'unique habit, ne m'inspirent pas plus de pitié que l'humble jocrisse bombardé de pommes crues par le parterre de Carpentras, et le journaliste qui va en prison pour ses idées ne m'inspire pas plus de respect.

La Grèce glorifiait les comédiens. L'acteur Callipide commandait en habit de théâtre les rameurs du navire triomphal sur lequel Alcibiade rentra de son exil. Thessalus, qui allait donner des représentations en Asie, fut chargé de négocier le mariage d'Alexandre avec la fille d'un satrape de Carie. Eschyle était comédien ! Le caractère religieux du théâtre antique faisait de l'acteur un prêtre. Le chœur chantait des hymnes aux dieux ; il y avait un autel sur la scène ; le comédien était le sacrificateur terrible qui immolait Œdipe, Clytemnestre, Prométhée, victimes énormes.

Ce prêtre, le catholicisme le damna. Mais les grands poëtes protestèrent. Si Eschyle est damné, je veux l'être aussi, dit Shakspeare. Et moi, je veux être damné avec Shakspeare, dit Molière. Ni l'excommunication ni les crachements de sang ne purent empêcher Molière d'être comédien jusqu'au dernier souffle. Il mourut en scène et ne voulut pour linceul que la robe de chambre d'Argan. Lorsque Boileau lui demanda ce qui le retenait sur les planches, malade et mourant, il répondit : L'honneur. Boileau ne comprit pas. L'honneur de se salir le visage de blanc et de rouge ? d'être jugé de haut par les clercs de procureurs ? d'être bâtonné par Scapin ? d'être méprisé ? Oui, Boileau, l'honneur d'être méprisé, l'honneur de souffrir pour son idée, l'honneur de lui donner tout, son corps avec son esprit, sa dignité avec sa pensée, l'honneur d'être bâtonné en scène et humilié dehors, l'honneur de n'être qu'un comédien pour sa femme, l'honneur d'être un baladin pour les valets, qui refusent de manger avec ce génie, l'honneur d'être rejeté, vivant, du monde, et, mort, de la terre !

Quand la Champmeslé fut près de mourir, les prêtres lui refusèrent l'absolution si elle ne renonçait pas à la comédie ; elle aima mieux être damnée ! Martyre sublime, cette femme qui, plutôt que de renier sa foi, accepte d'être

brûlée éternellement, qui dévoue plus que sa vie, qui dévoue son âme; martyre unique, qui attend pour récompense et pour paradis l'enfer!

Malgré ces grands témoignages, la réprobation persiste.
A présent encore, l'acteur n'est pas un homme. Aucun
gouvernement n'aurait le courage de donner la croix à
Frédérick-Lemaître. La Révolution de 1848 elle-même
n'a pas osé nommer un seul comédien représentant du
peuple.

Les poëtes protestent toujours. Ils ne sont plus comédiens, j'ai dit pourquoi dans les premières pages de ce
livre; au théâtre, maintenant, leur idée se suffit; mais
partout où elle a besoin d'eux, elle les trouve. Depuis que
les poëtes ne sont plus acteurs, ils sont orateurs. La scène
ou la tribune, qu'importe? c'est toujours le théâtre. C'est
toujours l'homme qui se prodigue tout entier. C'est toujours la chair qui veut exister aussi, qui fait sa part de la
besogne sacrée, qui donne à l'idée l'évidence de son geste,
la lumière de ses yeux et, s'il le faut, le sang de ses veines,
qui dit à l'esprit : Rayonne, moi je souffrirai !

Tous les vrais penseurs ont joué leur drame. Molière a
joué le sien au théâtre, Socrate en prison, Dante en exil,
Jean Huss sur le bûcher, le Christ sur la croix.

Hauteville-House, février 1856.

XXIX

*

MADEMOISELLE RACHEL

L'exaspération des rabâcheurs de tragédie contre *Hernani* était telle que Victor Hugo recevait des lettres qui le menaçaient du couteau s'il ne retirait pas sa pièce, et que deux de ses amis avaient exigé qu'il ne rentrât jamais seul du théâtre et, chaque soir, l'accompagnaient malgré lui de la rue Richelieu à la rue Notre-Dame-des-Champs, puis revenaient coucher au boulevard Montmartre. Les choses en étant là dehors, on juge où elles devaient arriver dans la salle, en face de l'œuvre-monstre. De la coulisse, on entendait les cris, les vociférations, la mêlée. Qui donc osera s'aventurer dans ce drame redoutable? qui donc ira s'y faire hacher de sifflets, mitrailler d'éclats de rire? — Mlle Mars y allait !

Elle, la marquise de Sédaine; elle, la Silvia de Marivaux; elle, Célimène ! Et elle y allait bravement, tout entière, sans ménager ses dentelles, les yeux sur les yeux du public, fière de ces injures. Elle prêtait au drame sa grande renommée, son autorité reconnue, et les plus imbéciles hésitaient en voyant cette fille de Molière du côté de Victor Hugo.

Ah ! l'art n'aura jamais trop de reconnaissance pour ces généreux comédiens qui ont travaillé à l'avénement de l'idée nouvelle, et ces cinq noms, Mlle Mars, Mme Dorval, Mlle Georges, Bocage et Frédérick-Lemaître, doivent être inscrits sur l'arc-de-triomphe du drame moderne.

Mlle Rachel ne joue pas les drames discutés ; elle joue les tragédies consacrées. Elle n'est pas la vaillante prêtresse des églises militantes, elle est l'alliée prudente des batailles gagnées ; elle aide ceux qui ont réussi, elle est très-utile à ceux qui n'ont plus besoin d'elle, elle s'offre héroïquement à tous les triomphes, elle se hasarde, après deux cents ans, à nous faire connaître le *Cid*, qu'elle n'aurait pas joué du vivant de Corneille.

C'est un talent lâche. Elle a besoin d'être rassurée contre ses rôles. Elle a besoin qu'ils soient connus et aimés du public, que deux siècles lui en répondent.

Il faut, lorsqu'elle est en scène, que les grandes actrices tragiques, Mlle Champmeslé, Mlle Clairon, Mlle Duchesnois, Mlle Georges, soient derrière elle, lui disant que le rôle est beau, qu'elles y ont été applaudies, l'encourageant, la soufflant, ne la laissant jamais seule. Ça gênerait un talent volontaire et libre d'avoir autour de soi tous ces spectres, et Frédérick dirait à Talma : Tu m'embêtes !

Miss Faucitt vient à Paris et joue excellemment Virginie ; alors Mlle Rachel joue Virginie, et y est excellente. Mlle Rose Chéri meurt admirablement dans *Clarisse Harlowe;* alors Mlle Rachel meurt admirablement dans *Adrienne Lecouvreur.*

Le sculpteur Clésinger expose au même salon deux bustes de Mlle Rachel : ici, les bras libres, les coudes mous, les cheveux mêlés de pampres, une lueur flottant sur tout le visage, — là, sombre, coudes repliés, sourcils froncés, des yeux qui vous trouent le cœur comme des balles, sinistre, inévitable. Alors Mlle Rachel joue deux rôles dans *Valéria* et répète cette antithèse de marbre. Le modèle tâche de ressembler au portrait.

Elle a joué un rôle d'Alexandre Dumas, Mlle de Belle-Isle, — après Mlle Mars. Elle a joué un rôle de Victor Hugo, la Tisbé, — après Mlle Mars et Mme Dorval ; pour celui-ci, il lui a fallu deux cautions.

Il lui manque l'initiative, la spontanéité, l'originalité. Elle n'est pas de ces génies jaloux qui veulent des pièces que personne n'ait touchées. Elle disait à nous ne savons plus quel auteur tragique qui lui offrait un rôle : Faites-le jouer par Mlle Judith, je le reprendrai. Elle aime ses rôles à la manière de ces amoureux qui, éperdus d'une jeune fille, et n'osant le lui dire, prient un ami de s'en faire aimer afin qu'elle leur soit plus facile après.

Une pièce ne se donne pas au public pour la première fois sans un étrange battement de cœur. Quand on lève la toile, une pièce nouvelle tremble comme une vierge dont on lève la jupe.

Mlle Rachel préfère les pièces publiques dont trois générations ont levé la toile.

––––––––––

Lorsque Mlle Rachel va jouer une nouvelle pièce, — ce qui ne veut pas dire une pièce nouvelle, — elle se trouble. Sa terreur va jusqu'à la superstition. Ses sœurs, son portier, son habilleuse en profitent pour se faire promettre toutes sortes de cadeaux, une bague, une robe, de l'argent ;

sinon, elle jouera mal. Le dernier acte à peine fini, le portier, les sœurs et l'habilleuse accourent, et l'ont toujours trouvée prodigieuse. Mais Mlle Rachel est modeste.

En scène, son effroi redouble. Si elle n'est pas très-applaudie tout de suite, si le public ne se livre pas dès les premiers mots, elle doute, elle se démonte, elle renonce. Dans *Mademoiselle de Belle-Isle*, Mlle Augustine Brohan, qui faisait madame de Prie, était mieux habillée qu'elle ; c'en fut assez pour qu'elle perdît courage ; elle lâcha le rôle et laissa tomber la pièce. Et voilà de quoi dépend le talent de Mlle Rachel : de la robe de Mlle Brohan !

Mme Dorval faisait le succès ; elle, c'est le succès qui la fait. Dans *Angelo*, Tisbé est de la première scène ; il s'agissait de commencer ! Elle fut médiocre pendant tout le premier acte ; mais, au second, sa sœur Rébecca eut, dans Catarina, une telle effusion, elle fut si vraie, elle fut si jeune, elle aima si réellement Rodolfo, que le public, ce singe des acteurs sincères, se mit à aimer avec elle, et qu'elle passionna la salle. Cet enthousiasme excita Mlle Rachel ; elle n'eut plus peur de ce drame qui faisait cette ovation à sa petite sœur, et elle eut peur de cette petite sœur qui devenait la grande. Elle se décida, elle s'emporta, elle fut terrible, elle fut splendide, et tous ceux qui étaient là se rappellent avec quelle colère, avec quelles dents serrées, avec quelles narines flairant le sang, avec quelles ténèbres sur le front, avec quels éclairs dans les yeux, elle entra chez sa rivale, et de quelle double indignation elle la foudroya, cette Catarina qui lui prenait son amant, cette Rébecca qui lui prenait son public !

Ainsi, elle tâtonne, elle hésite, elle attend que le spectateur se prononce. Ses représentations ne sont que des répétitions publiques. Elle indique plus qu'elle ne réalise ;

si un effet ne prend pas, elle le retire ; elle consulte l'auditoire ; elle lui demande si c'est comme cela qu'il la veut.
Elle verse son cœur comme les domestiques versent à
boire, s'arrêtant quand on dit : assez.

Elle ne s'impose jamais, elle se propose. Elle n'a pas
ces brusques étreintes qui saisissent le public et qui l'é-
pousent de force. Elle craint de le toucher, elle ménage sa
pudeur. Les talents puissants ont d'autres façons. Lorsqu'un poëte leur a mis une passion au cœur, il fait beau
voir que le public leur résiste! Ils s'arrêtent peu aux
scrupules de ces salles qui font les chastes avec les poëtes
après s'être abandonnées à tous les passants du vaudeville!
Ils la respectent peu cette foule, cette prude, cette prostituée! Ils se ruent sur elle, ils la chiffonnent, ils la ren-
versent, ils la possèdent! Nous avons assisté plus d'une
fois à ces viols d'une multitude par Frédérick.

———

Ce tâtonnement est ce qui a fait le succès de Mlle Rachel.

Les acteurs d'inspiration et de premier jet sont faits surtout pour la première représentation. Ce jour-là, la salle
craquant de foule, tout le Paris artiste, toute la critique,
l'émotion de la lutte, la virginité du rôle, la curiosité du
public secouée par une action neuve, tout les éperonne,
ils se donnent corps et âme, ils se prodiguent, ils s'accumulent. Aux représentations qui suivent, la question
de succès est résolue, le dénouement a été divulgué par
tous les journaux, ce n'est plus le public artiste et frissonnant, il y a des vides dans la salle, et puis, comme on
n'a pas ces fièvres dans le talent sans les avoir dans le caractère, ces acteurs sont amoureux, ils ont un rendez-
vous à minuit, cette sacrée pièce n'en finit pas, ils sont

irascibles, ils ont des ennuis, leur maîtresse les a quit-
tés ce matin, ils ont donné leur malédiction à leur fille,
espérez-le qu'ils vont s'éreinter pour un tas de bourgeois qui digèrent dans les stalles ! Quand Mme Dorval
avait un souper, elle mangeait la moitié de son rôle.
Les honnêtes bourgeois, à qui leur journal avait pro-
mis une actrice fulgurante, tombaient sur une femme
terne, froide, à côté de son rôle, quelconque. Bien des
gens ont vu Mme Dorval vingt fois, et ne l'ont jamais
vue.

Au lieu que Mlle Rachel, disons ses bons côtés après avoir
dit ses mauvais, ne trompe jamais l'espérance des bourgeois. La première représentation n'est pour elle qu'une
ébauche qu'elle retouche, qu'elle termine de jour en jour,
selon le goût de son public. Chacune de ses représentations est un progrès sur la précédente. Le notaire qui va la
voir à la vingtième trouve que son journal ne l'a pas
assez loùée. C'est une actrice économe qui ne se dépense
pas en une fois, qui garde ce qu'elle a et qui y ajoute, à
qui tous les jours rapportent, qui ramasse un effet comme
une fille d'ordre ramasse une épingle, et qui finit par en
avoir une jolie pelote.

De là, son succès dans la tragédie; de là, son impuissance dans le drame.

La première représentation importe peu à la tragédie.
Phèdre est connue; si l'actrice manque la scène essen-
tielle, elle l'attrapera la prochaine fois; en attendant, on
sait que la scène existe, la pièce reste ce qu'elle est. Mais
une pièce nouvelle est ce que l'actrice la fait. Le spectateur voit le drame comme on le lui montre. Le souffleur
ne passe pas la tête hors de son trou pour dire que le manuscrit est furieux contre l'actrice. Mlle Rachel sera superbe à la cinquième représentation, mais la critique ne

reviendra pas, les feuilletons seront faits, la pièce sera condamnée, il n'y aura personne dans la salle, et le drame réussira près des banquettes et fera l'admiration des rebords de loge.

———

C'est pourquoi, quand on conseille à Mlle Rachel de jouer le drame, elle trouve que c'est facile à conseiller.

Jouez le drame! Elle voudrait bien! Elle a essayé.

Après tout, on est de son temps. Être vouée à perpétuité à cette tragédie abstraite et raide qui réduit l'âme à une seule attitude, être une figure pétrifiée sur la tombe d'un art expiré, au bout de quinze ans ça vous ennuie. Bien souvent, le sang se révolte dans ses veines, elle veut vivre, remuer, aller, agir, dénouer ses cheveux, tomber à genoux; elle maudit ce répertoire de pierre où elle est prise, elle se débat contre ses rôles, elle s'en arrache, voulez-vous bien la lâcher! Et c'est alors qu'elle est belle.

C'est quand elle met dans les œuvres du passé l'âme contemporaine. C'est quand la tragédienne se substitue à la tragédie, et la dément, et lui fait dire ce qu'elle ne disait pas, et le contraire de ce qu'elle disait. Elle est admirable dans les tragédies, quand elle les joue mal.

Mais plutôt que de dépenser tant de force à vaincre le rôle et à le faire obéir, ne vaudrait-il pas mieux aller avec toute sa force à un rôle qu'on n'aurait pas besoin de contraindre, et qui presserait l'inspiration au lieu de la retenir? Pourquoi dramatiser la tragédie lorsque le drame existe? Mlle Rachel s'est dit cela, et elle a regardé le drame, et elle s'en est approchée, ô terreur! et elle a essayé de toucher la crinière du lion.

Pas tout de suite. Elle y est venue peu à peu, par des

transitions insensibles. Elle s'est adressée d'abord à des
bêtes moins farouches. Elle a commencé par *le Moineau de
Lesbie*, presque rien, un tout petit acte, deux scènes, un
sourire et une larme, — le temps de passer, jolie, gaie,
railleuse, couronnée de fleurs, des perles au cou et aux
lèvres, des diamants aux doigts et aux yeux, et ç'a été là
toute sa comédie, — et encore l'occasion de dire, avec cette
bouche habituée aux vers épiques, les moindres détails du
moineau trouvé et perdu, le nid de crin dans le buisson,
les premiers cris de l'oiseau, l'aile qui s'essaie, son histoire à elle, et ç'a été là toute sa tragédie. Mais, même
dans ces minutes rapides, elle n'était déjà plus statue, elle
n'était pas encore tout à fait femme; elle touchait encore à
la sculpture par le milieu romain, par les noms des personnages, par les désinences latines ; elle tenait encore au
piédestal par la draperie.

Et puis, ce nid, ce n'était pas la fosse aux lions. Ciel!
pénétrer dans cet antre, aller réellement au grand drame
fauve, chose effrayante. Pour s'habituer à cette idée, elle
se fit faire un drame en carton. Elle le commanda exprès
à M. Scribe, fabricant breveté de passions-joujoux et de
lions pour les enfants. M. Scribe lui fit *Adrienne Lecouvreur*.

Pour ce que ça voulait être, c'était un chef-d'œuvre.
Tout l'extérieur d'un drame. Afin de rompre plus ouver-
tement avec la tragédie, c'était en prose. On aurait juré
que ça vivait. Il y avait, au cinquième acte, une imitation
d'empoisonnement très-bien faite. — Et en même temps
que ça ressemblait à un drame, ça n'en était pas un. Ça
remuait, et ça ne vivait pas. C'était empaillé de tragédies!

O habileté exquise ! Mlle Rachel ne jouait pas une tragédie, — mais elle jouait une tragédienne !

Si bien que sa première entrée, de laquelle toute la pièce allait dépendre, sa première rencontre avec le drame, elle pouvait l'escamoter. Elle paraissait d'abord dans le foyer des comédiens du Théâtre-Français, au moment de jouer Roxane, costumée, répétant son rôle, et la première prose qu'elle disait, c'était des vers de Racine. — Puis, elle était jalouse d'une princesse, et, dans la principale scène de la pièce, elle lui crachait au visage les dix vers de Racine les plus désagréables qu'elle pût trouver dans sa mémoire. — Puis, la princesse l'ayant fait empoisonner, elle avait en mourant un délire traversé de vers de Racine.

• Et, lorsque M. Scribe lui eut livré ce drame fait avec des lambeaux de tragédie, lorsqu'elle eut chez elle ce lion d'étrennes, elle en eut peur. Elle le renvoya. Elle demanda une consultation de critiques. L'examen fut solennel; les critiques déclarèrent que Mlle Rachel pouvait et devait reprendre le rôle. Mlle Rachel le reprit, puis le renvoya encore, et ce va-et-vient dura plusieurs années. Au bout de deux ou trois ans, nouvelle consultation des mêmes critiques, qui persuadèrent enfin à Mlle Rachel que cette bête féroce en carton ne pouvait pas lui faire de mal.

N'ayant pas été mordue, elle s'enhardit. Un jour de coup de tête, elle ouvrit la grille de la ménagerie, et entra dans la cage d'*Angelo*.

Mais quand elle fut en présence du lion, quand elle vit Hugo dresser ses crins et fixer sur elle ses prunelles profondes, le vertige la prit. Nous la voyons encore, au premier acte, pâle sous son fard, effrayée, consternée, s'efforçant de sourire. Elle eut beau se remettre ensuite, se retrouver, se dépasser, dépasser Mlle Mars, atteindre Mme Dorval; elle n'aima jamais ce rôle qui avait failli la dévorer. Elle resta huit jours sans donner la seconde représentation, en donna une vingtaine de loin en loin, puis cessa tout à fait.

N'importe, ce fut un émouvant et rare spectacle, ce premier acte, cette tragédienne qui entrait dans le drame, cette morte qui voulait vivre, ce marbre qui s'avançait vers les hommes et vers les femmes. Ce fut quelque chose de l'entrée du Commandeur au souper de don Juan; — seulement, ici, c'était la statue qui avait peur.

Elle a été funeste à tout, d'abord, au Théâtre-Français; mais c'est bien fait. Elle l'a ruiné en ayant l'air de l'enrichir. Elle faisait de l'argent, mais à la condition de jouer très-peu. Elle a eu l'habileté de comprendre que son succès n'était pas un de ces courants intarissables qui coulent largement sans crainte de diminuer; elle restait six mois sans y puiser, elle lui donnait le temps de se refaire, elle le laissait s'amasser goutte à goutte dans son réservoir artificiel.

Or, quand un théâtre a une actrice supérieure et culminante, toute pièce dont elle n'est pas est décapitée. Le public n'allait plus à la Comédie-Française que les soirs où Mlle Rachel était sur l'affiche. Mlle Rachel, lorsqu'elle n'était pas malade, jouait six mois par an, et deux ou trois fois par semaine. De sorte que, pour engraisser une soixantaine de représentations, Mlle Rachel en amaigrissait trois cents. Le Théâtre-Français ne jouait plus que soixante fois par an.

Puis, comme les poëtes n'étaient pas très-disposés à ramasser les miettes de Mlle Rachel, ils s'en allaient autre part, et dès lors la question littéraire a été à la Porte-Saint-Martin, à l'Odéon, au Théâtre-Historique, à la Gaieté, au Gymnase, aux Variétés, partout, excepté au

Théâtre-Français. Toute nouveauté a disparu. Le Théâtre-Français est devenu à jamais la boutique du vieux, la friperie vénérable, l'asile auguste du retapage et du ressemelage, le magasin des habits qui n'ont été portés qu'un mois ou deux, le Temple de la littérature.

Que Mlle Rachel ait ruiné, matériellement et moralement, le Théâtre-Français, nous nous en consolons ; c'est un théâtre de moins, mais il y en a d'autres. Mais elle a nui à l'art. Qu'elle l'ait voulu ou non, que ç'ait été par goût ou par impuissance, elle a été mauvaise au drame ; elle a été l'amie de ses ennemis ; ils n'avaient pas de drapeau, elle leur a prêté un linceul ! Dans ce moment, elle est en Amérique ; qu'elle y reste ! qu'elle y réussisse, qu'elle y soit écrasée de dollars, qu'elle s'y plaise, qu'elle y aime Racine, qu'elle l'y épouse et qu'ils y aient beaucoup de tragédies !

Elle a été aimée de tous ceux qui n'aiment pas, elle a été l'adoration de toutes les haines, l'admiration des envieux, la religion des athées !

Interpréter la pensée des maîtres anciens, faire revivre Corneille, lui rendre le bruit et la foule, c'est là sans doute un acte de piété filiale que l'art ne pourrait contester sans aveuglement et sans ingratitude. Si Mlle Rachel avait fait comme Talma qui cherchait Corneille dans le sépulcre et Shakspeare dans Ducis, — comme Mlle Georges qui ressuscitait Cléopâtre et Cornélie, mais qui créait Marie Tudor et Lucrèce Borgia, — comme Mlle Mars qui ressuscitait Araminte et Célimène, mais qui créait doña Sol et Tisbé, — nous lui battrions des mains. Mais quel grand rôle a-t-elle créé ? Pour quel poëte discuté, menacé, visé, criblé, a-t-elle combattu ? Elle a aidé la mort contre la vie. Ses morts étaient hostiles et ne ressuscitaient que pour tuer. Ah ! le respect qu'on doit au passé n'est pas le sacrifice de l'avenir. L'art est comme l'homme, qui n'a pas le droit de préférer ses parents ensevelis à ses enfants vivants. Il y a quelque chose de plus sacré encore que le tombeau : le berceau.

Hauteville-House, décembre 1855.

XXX

Il s'est passé hier un fait incroyable : Mlle Georges et Mlle Rachel ont été sifflées toutes deux.

C'était la représentation de retraite de Mlle Georges. Mardi, on enterrait Mme Dorval ; dans la même semaine, Mlle Georges se retire ; autre mort. La retraite est la première tombe des comédiennes. Lorsqu'elles ne sont plus là, tous les soirs, sous le regard de la foule qu'elles passionnent, émues, applaudies, illuminées par la rampe et par la poésie, mêlant à leur âme accrue le génie et le peuple, elles ne sont plus qu'une ombre d'elles-mêmes, elles n'existent plus, elles s'évanouissent. Leur monde réel, c'est le monde du rêve, c'est l'idéale région où passent les immortels fantômes des poëtes ; c'est là qu'elles respirent à pleins poumons. Le néant commence pour elles à la réalité, à la rue, au ménage, aux arbres, aux sources ; leur nuit, au soleil. La vie est leur mort.

Mlle Rachel n'était pas venue à l'enterrement de Mme Dor

val. Elle n'avait pas daigné reconduire cette bohémienne,
cette échevelée, cette inspirée, cette insolente. Mais
Mlle Georges, elle, avant de jouer le drame, a joué la tragédie ; Athalie a obtenu la grâce de Marie Tudor.

Elles allaient donc se trouver en présence pour la première et la dernière fois, les deux seules tragédiennes qui
restent, — le couchant et le midi, la tragédie tout entière,
passé et présent ; il y manquait l'avenir, mais la tragédie
n'en a pas.

Tout ce qu'elle a, elle le donnait. Mlle Georges, Mlle Rachel, — et Racine ! car la fête n'eût pas été complète avec
Corneille. La conjonction des deux étoiles tragiques avait
lieu dans *Iphigénie*. On voyait les vieux de l'orchestre
du Théâtre-Français s'attendrir dans les rues devant l'affiche et se charbonner les yeux de tabac en essuyant une
larme avec leur mouchoir.

Ce jour prodigieux est arrivé. Le théâtre ne s'est pas
abîmé dans un tremblement de terre. Les portes se sont
ouvertes. Le rideau s'est levé.

Mlle Rachel, qui jouait Ériphile, a paru la première et
a été honoralement applaudie à son entrée. Elle a dit avec
beaucoup de justesse et de délicatesse le récit de la prise
de Lesbos, sa haine d'Achille avant de l'avoir vu, et la
fonte de sa colère au premier regard de ce « héros aimable. » Çà et là, des battements de mains.

Mais quand Mlle Georges est entrée, le vacarme a été
tout autre. Une triple salve a fait trembler la salle ; puis,
pendant toute la scène, les transports ont continué, et
tous les vers ont été ponctués de bravos.

Les amis de Mlle Rachel ont été piqués de cette inégalité
dans la distribution des applaudissements. Ils se sont dit
que Mlle Georges était en quelque sorte chez elle ; que,
la représentation étant à son bénéfice, le public devait

être principalement composé de ses amis ; et qu'un accueil si modéré fait à l'étrangère, en face du triomphe décerné à la maîtresse de la maison, surtout lorsque l'étrangère venait pour rendre service, offensait tout ensemble l'hospitalité et la reconnaissance.

L'exaspération les a pris, si bien qu'au troisième acte, quand Mlle Georges a reparu, un violent coup de sifflet s'est fait entendre.

Tumulte, cris de fureur, tempête d'acclamations, grêle de bouquets. Un ami habile n'aurait pas mieux imaginé pour faire une ovation à Mlle Georges.

Si ce maladroit sifflet n'avait produit qu'une multiplication de succès pour la regrettable actrice à qui l'on disait adieu, à merveille ; malheureusement, la réplique a été plus loin. Le parti de Mlle Georges a usé de représailles à la seconde entrée de Mlle Rachel, et Ériphile a reçu en plein cœur un coup de sifflet non moins aigu que celui de Clytemnestre.

Quelques applaudissements ont protesté ; mais la tribu de Mlle Rachel n'était pas en nombre ; de sorte que Mlle Rachel a perdu un peu contenance et n'a plus joué la fin du rôle comme le commencement. Tandis que Mlle Georges, escortée par la sympathie générale, s'épanouissait de plus en plus dans l'ampleur de sa beauté et de son talent, Mlle Rachel, abandonnée, irritée, seule, se rétrécissait et disparaissait. Et ainsi s'est réalisé le mot que disait Mlle Rachel elle-même, lorsque Victor Hugo donna *les Burgraves* au Théâtre-Français, et qu'il fut question un moment d'engager Mlle Georges pour jouer Guanhumara. Mlle Rachel s'opposa à l'engagement, et dit à cette occasion cette parole intelligente : — Le jour où Mlle Georges sera au Théâtre-Français, je ne serai plus qu'une statuette.

Les vieux de la tragédie pleuraient sous leurs besicles. Nous, nous étions assez content.

Tout finit, même les tragédies. Le rideau baissé, on a rappelé les deux actrices; Mlle Rachel a refusé de reparaître.

Puis, Mme Viardot a prêté à des airs espagnols pleins d'originalité sa voix si puissante et si souple; puis, Mlle Plunkett a écrit du bout de ses pieds un ravissant petit poëme ; puis', on a attendu *le Moineau de Lesbie*, qui terminait l'affiche. — Mais, au lieu de la charmante maîtresse de Catulle, un monsieur noir s'est présenté, s'est avancé jusqu'à la rampe, et, après les trois saluts d'usage, a annoncé que Mlle Rachel se trouvait trop fatiguée pour jouer.

Mlle Rachel a dû être médiocrement flattée de l'effet produit par ce manque de parole de l'affiche. Personne n'a réclamé. Le monsieur noir ayant ajouté que Mme Viardot s'offrait à chanter encore un air pour remplacer *le Moineau de Lesbie*, les bravos ont éclaté comme si l'on gagnait au change, et quelqu'un même a dit : On ne nous devait qu'un moineau, et l'on nous donne un rossignol !

Et voilà comme il faut toujours que la comédie soit quelque part ! La tragédie lui dit : Va-t-en ! mais la comédie ne s'en va pas. Chassée de la scène, elle vient dans la salle, et le parterre complète l'auteur. Il y a la pièce, mais il y a la représentation ; il y a l'héroïne, mais il y a l'actrice. O Clytemnestre au profil terrible! ô Ériphile sinistre ! ô cabotines !

Mai 1849.

XXXI

Mai 1850.

Frédérick-Lemaître n'est pas un acteur, c'est un drame.
Drame gigantesque, inépuisable, réel, idéal, fantastique,
joyeux, sinistre, tendre, cruel. C'est lui qu'on va voir,
et non le prétexte quelconque que le premier gâcheur
venu a pu fournir à son inspiration. Nous avons eu souvent quelque peine à retenir un éclat de rire quand, après
une représentation du glorieux comédien, nous entendions nommer l'auteur. Auteur de quoi? de Frédérick?

Ce prodigieux artiste crée même dans les chefs-d'œuvre.
Il révèle aux poëtes des aspects de leur drame dont ils ne
s'étaient pas douté. D'un coup de son coude irrésistible,
il entr'ouvre dans les branchages de l'action des échappées
éblouissantes sur des horizons inattendus. Des scènes qui
étaient confuses dans l'esprit des auteurs acquièrent avec
lui un sens net et distinct; il leur apprend à eux-mêmes
leur intention.

Nous ne voudrions pas affecter un mépris exagéré pour *la Dame de Saint-Tropez*. Ce sont des choses qu'il ne faut pas juger absolument. Pourvu qu'il y ait là des scènes vraies, une situation franche, un malheur comme il peut nous en arriver à tous, des cris où nous nous retrouvions, qu'exiger de plus,—si ce n'est Frédérick ? Mais du moment que vous avez Frédérick, laissez-le faire de la pièce ce qu'il veut, laissez-le faire la pièce. Il s'y met, et alors tout y est, intérêt, grandeur, style. Un geste de la main, un éclair de l'œil, et voilà l'œuvre qui resplendit. M. Dennery se range, et Shakspeare passe au fond.

On dit à Frédérick : — Vous aimerez votre femme, et vous croirez qu'elle ne vous aime pas. — C'est assez. L'auteur peut s'en aller ; le drame est fait : voilà Othello! Frédérick se charge du reste. Et voyez quelle tendresse, quelle douleur, quelles larmes! Non, disons-le tout haut, car, dans ce temps d'envie, il y a des heures où ceux qui ont encore quelque générosité éprouvent le besoin de crier leur admiration, disons-le comme nous le pensons, jamais rien de semblable n'a paru sur aucun théâtre ; jamais une plus large et plus palpitante humanité n'a tressailli devant une multitude plus troublée ; jamais le souffle d'un homme-tempête n'a remué plus puissamment une mer d'intelligences!

Frédérick-Lemaître a deux choses que personne n'a jamais eues au même degré : l'émotion et l'imprévu. Il est si pénétré lui-même de sa passion, qu'il vous force à vous y intéresser et à vous y mêler ; et, tout à coup, si vous résistez, une secousse brusque, venue on ne sait d'où, vous pousse et vous jette en plein drame.

Frédérick, c'est le drame. Il est comique et tragique, il fait rire et il fait frissonner, il va de Macbeth à Falstaff.
— Frédérick, c'est le peuple. Avant lui, le théâtre n'avait

de pitié que pour les rois. Tout ce qui n'était pas roi, ou
pour le moins prince, était livré à la comédie, c'est-à-dire
à la moquerie, au ridicule, à la chaise percée d'Argan,
aux seringues de M. de Pourceaugnac, aux coups de bâton
de Géronte. Jamais un acteur du genre sérieux ne serait
descendu à exprimer les souffrances d'un ouvrier. On admirait l'audace de Talma qui, une fois dans sa vie, avait
osé jouer un bourgeois! Le drame et Frédérick ont donné
un coup de pied dans ces barrières iniques. Tous les
hommes sont égaux devant eux. Frédérick ne dédaigne
personne, il est à tous ceux qui pleurent, il est aussi triste,
aussi grand, aussi idéal, aussi héroïque dans un chif-
fonnier que dans un duc.

De là, cet enthousiasme des blouses pour lui. Le principal acteur du drame est instinctivement remercié par
ces braves gens, dont les calamités ont été si longtemps
rejetées par la tragédie, comme indignes de la douleur.

Avril 1848.

Mais cependant, puisque la Californie existe, et puisque
là-bas on n'a qu'à se baisser pour ramasser autant d'or
qu'on en veut, qu'est-ce que font encore ici Robert-Macaire et Bertrand, suant misérablement pour le maigre
portefeuille de l'infortuné Germeuil ou pour la dot suspecte d'Eloa? Ils finiront par s'embarquer, soyez-en sûrs;
Frédérick le disait hier dans *l'Auberge des Adrets*; car,
chaque soir, il ajoute à la pièce des charges inouïes et des
mots sublimes qui la rajeunissent de trois cents représentations. Quand Robert-Macaire retrouve sa femme qu'il a
perdue de vue depuis vingt-cinq ans, Bertrand, étonné de
la profonde attention avec laquelle il examine une étran

gère pauvre, lui demande ce qu'il a, Robert-Macaire ne répond rien d'abord, puis on parle d'autre chose, puis, un quart d'heure après, Macaire se remet à examiner l'étrangère, et Bertrand recommence sa question. C'est à ce moment que Frédérick a dit hier ce mot mémorable : — Deux choses me préoccupent, la Californie et cette femme. — La Californie! imagination splendide! A quoi, en effet, Robert-Macaire peut-il songer maintenant, sinon à cette terre miraculeuse où l'on vient de trouver tant de mines d'or? Il ira, non pour fouiller la terre; lui travailler, jamais! mais il a son industrie. C'est là le fond de sa pensée, et les vulgaires intérêts de la vie vont et viennent sans déranger ce fond solide et persistant. L'arrivée des gendarmes dans l'auberge, retrouver sa femme après vingt-cinq ans, assassiner M. Germeuil, vils détails!

Robert-Macaire est peut-être la plus colossale création dont un comédien pourra jamais se vanter. Sous les guenilles du bandit, Frédérick a fait tenir la parodie de la vie tout entière. Dans cette œuvre étrange et vertigineuse qui débute par une valse et finit par un ballon, rien n'est pris au sérieux, ni la paternité, ni le vol, ni l'amour, ni l'assassinat, ni même l'argent. Robert-Macaire, élégant sous ses haillons, beau danseur, spirituel, intrépide, et comme l'âme du mal, se complète par Bertrand, qui en est la matière, et qui en a tous les côtés ignobles, la perfidie, la gloutonnerie et la lâcheté. Robert-Macaire est une espèce de don Quichotte à rebours qui entreprend une expédition aventureuse contre tout ce que le monde a de sacré; Bertrand, ce Sancho maigre, le suit en tremblant dans sa peau, partagé entre la peur et la convoitise, et le regarde, avec une admiration épouvantée, courir sus à toutes les croyances et à toutes les religions, et les étaler par terre, pas même à coups de lance, pas même toujours à coups de couteau, rien qu'en leur jetant des poignées de tabac aux yeux.

Juillet 1846,

Et, comme ce drame, *le Docteur noir*, veut vous apitoyer sur l'infériorité sociale des noirs, il prend une jeune fille, charmante, noble, riche à millions, aimée d'un tas de comtes, et il lui fait aimer — qui? — un mulâtre! Et Pauline épouse son mulâtre, et elle n'en rougit pas, et elle s'en vante, et elle arbore son contrat de mariage à la face de Paris, à la face du dix-huitième siècle! Au moins, expie-t-elle sa révolte contre la société? C'est sa révolte qui la sauve! Au septième acte, le dix-huitième siècle expire, la révolution arrive, Pauline est poursuivie comme noble par une foule furieuse qui va la tuer, — quand le mulâtre la disculpe d'aristocratie en l'appelant sa femme. Voici donc, selon la pièce, les inconvénients d'être noir ou d'aimer un noir : — Ne soyez pas noir, cela vous ferait préférer aux blancs; n'aimez pas un noir, cela vous sauverait la vie.

Mais qu'importe? est-ce donc cette fable mal solide qui fait affluer au théâtre de la Porte-Saint-Martin une foule frémissante, et qui a métamorphosé jeudi les critiques en claqueurs? Non, mais Frédérick-Lemaître est là. Il y a une scène entre autres où il devient fou, et il n'y aurait que cette scène-là qu'il y aurait tout un drame. Mais quels mots rendraient ces cris qui déchirent les entrailles comme des coups de couteau, ce râle de la raison, cette terreur de l'homme qui se sent rouler dans la brute, le vertige de ces gestes, l'abîme de ce regard, et puis, quand la raison a croulé, cette bestialité douce, entrecoupée de bonds terribles, ces sourires, ces sanglots, cette mobilité de rêves dans la nuit noire de la pensée, tant de vie dans tant de mort, ces joies idiotes dans cet écrasement sinistre, ces puérilités dans l'enfer?

1850.

Lorsque nous l'avons vu arriver hier, debout sur sa carriole de Paillasse, drapé dans sa toile à matelas, enluminé, bruyant, fantasque, hâbleur, nous avons retroussé le bout de nos moustaches pour laisser toute notre bouche libre aux grands éclats de rire. Mais cela n'a pas convenu à Frédérick. Il n'était pas en train de gaieté, et nous n'avons pas eu plus tôt une lueur de joie au bout des lèvres, qu'il nous l'a brusquement éteinte. Nos moustaches sont retombées en saule pleureur, et en une seconde l'acteur-miracle a retourné notre âme sens dessus dessous.

Non, certes, Paillasse n'est pas en humeur de rire : on veut lui prendre sa femme ! Il se trouve avoir épousé, sans le savoir, la petite-fille du duc de Montbazon, rien que cela. Le duc veut reprendre sa petite-fille, Paillasse ne veut pas la rendre ; on a beau lui offrir tout l'argent qu'il voudra, il ne veut pas être riche, ni sa femme non plus ; vite, le cheval, la carriole, et en route ! Ces pauvres gens fuient l'argent aussi avidement que d'autres en emporteraient, et c'est vraiment touchant cette évasion de voleurs à rebours. Et le duc les rattrape, et Paillasse perd sa femme, et il la retrouve, et il finit par la garder, car qui pourrait arracher sa femme à Frédérick ?

Ce que Frédérick a été dans cette nouvelle création comment le dire ? Sur le moment vous n'êtes pas embarrassé ; vos mains applaudissent d'elles-mêmes, un cri vous

vient à la bouche et une larme aux paupières sans que
vous vous en mêliez. Un bravo bien articulé en dit plus
long que toutes les phrases. Hier, nous avions des pleurs
dans les yeux; aujourd'hui, nous n'avons que de l'encre
dans notre encrier. Si nos lecteurs étaient là, nous leur
montrerions nos deux mains encore gonflées et rouges,
après une nuit, d'avoir applaudi pendant quatre heures,
et ce serait notre feuilleton. Il y a eu un instant où nous
nous sommes pris à désirer que Frédérick se refroidît de
sa verve au moins pendant une scène pour nous laisser un
peu de répit; mais il n'a pas eu cette clémence. Il ne
nous a pas fait grâce d'un seul éclair. Ce grand égoïste a
eu la cruauté d'être prodigieux à chaque mot.

Nous n'avons pas la prétention d'énumérer tous les endroits où il a remué la salle, toutes ses effusions, toutes
ses prodigalités; contentons-nous de noter les points où
il a été principalement admirable. Pour toucher d'a-
bord le point essentiel, Frédérick a surtout été admirable
partout.

Comme dans tous les chefs-d'œuvre, c'est l'ensemble
qui frappe dans cette composition splendide. Frédérick
n'est pas seulement un acteur d'un incroyable instinct,
l'homme du mot, de la spontanéité, de l'originalité, de
l'imprévu; c'est, en même temps, le comédien de la réflexion, de l'arrangement général et profond, de la pensée une et active circulant dans toutes les scènes du drame
comme le sang dans toutes les veines. Ici, d'un bout de la
pièce à l'autre, il a l'aisance, la souplesse, le mouvement
libre du saltimbanque. Du premier acte au dénouement,
à travers toutes ses chances, joyeux, triste, sous sa souque-
nille comme sous l'habit de cour, père, mari, il est toujours Paillasse. Il faut le voir déguisé en seigneur, ne pouvant tenir en place, toujours prêt à faire le saut de carpe,

et ayant un mal énorme à empêcher ses doigts de jongler avec son chapeau. On tremble toujours qu'il ne se mette à avaler son épée. De même, moralement, sa condition transparaît dans toutes ses impressions. Rien de tragique dans sa désolation; il la maintient toujours dans la mesure humble et d'autant plus douloureuse d'un pauvre homme qui soutient une lutte obscure avec la destinée.

Et ce comédien inouï, le plus grand peut-être qui ait jamais existé, celui dont la main, à votre gré, fait crier la tabatière de Robert-Macaire ou fait flamboyer l'épée d'archange de Ruy-Blas, quel a été son théâtre? Sans doute, il n'a eu qu'à choisir? Il y a un théâtre qui a la prétention d'être le premier du monde; sans doute, la principale scène a tout fait pour posséder le principal acteur? — Non, le Théâtre-Français a tout fait pour ne pas posséder Frédérick.

Le Théâtre-Français n'a pas eu un seul des quatre grands talents contemporains : Mlle Georges; Mme Dorval et Bocage n'ont pas pu y rester, Frédérick n'a pas pu y entrer. Il ne faut pas en vouloir au Théâtre-Français, il faut l'en plaindre; au fond, c'est de la modestie. Les sociétaires se rendent compte de ce que deviendrait leur mérite honnête et discret parmi ces talents tumultueux et sonores; leur filet de réputation a peur de l'avalanche.

Qu'est-il résulté de cet ostracisme? que les grands acteurs ont emporté le grand drame, et la foule, et le bruit. Mais l'amour-propre est plus fort que l'intérêt. Quand les Volsques tuent Coriolan, ils savent bien que c'est lui qui les fait vaincre, mais ils aiment mieux être vaincus que de lui devoir la victoire. Les sociétaires ont mieux aimé être vaincus par Frédérick que vainqueurs par Frédérick.

Elle a été dure, la punition de ce théâtre qui croyait exiler Frédérick et qui s'exilait de Frédérick. Les poëtes, ne voyant pas là d'interprètes à leur taille, se sont éloignés. Cette fière et souveraine Comédie, à laquelle les plus superbes poëtes devraient faire la cour, a eu grand'peine désormais à raccrocher par-ci par-là dans l'ombre un pauvre diable d'auteur nocturne. Cette veuve de Molière, cette Célimène du génie, en est devenue la Putiphar ! Elle a eu beau inviter et supplier le drame ; elle a eu beau proposer aux poëtes de leur rapetisser et de leur abrutir leurs rêves ; Circé a eu beau solliciter Ulysse ; il n'est plus débarqué un seul de ces ardents rameurs qui, à travers le vent et l'éclair, voguent vers leur patrie, l'immortalité.

Tant pis pour le Théâtre-Français, et tant mieux pour Frédérick. Car le Théâtre-Français est un mauvais milieu pour ces organisations puissantes ; toute nouveauté y est suspecte, toute indépendance haïe ; la tradition se tient dans la coulisse, une paire de ciseaux à la main, prête à rogner toute envergure un peu vaste. Nous connaissons un débutant qui fut éconduit pour avoir fait applaudir un mot du *Médecin malgré lui* qui jusqu'à lui n'avait jamais fait rire. Dans cette capitale de la routine, on ne peut rester qu'à la condition de s'effacer. Ce théâtre n'est pas un théâtre, c'est un éteignoir.

De plus, la rue Richelieu lui étant barrée, Frédérick s'est trouvé libre pour la Porte-Saint-Martin ; et la Porte-Saint-Martin, voilà le vrai pays de l'art moderne. C'est là le sol excellent de la floraison dramatique ; c'est là que les réputations et les gloires de ce siècle ont poussé leurs jets les plus vigoureux ; c'est le terrain de *Lucrèce Borgia* et de *Marie Tudor*. La situation de la Porte-Saint-Martin la destine d'une façon évidente à cette magnifique fonction de théâtre des vivants. Placée précisément au point d'intersection de ce qu'on appelle le peuple et de ce qu'on appelle le monde, son public mélange en soi l'intelligence des classes instruites et la sincérité de la foule dans la proportion nécessaire pour que, la pédanterie et la naïveté se corrigent l'une par l'autre. C'est la situation qui convient essentiellement au drame, cette combinaison du fait et de l'idée, cette émotion littéraire, cette poésie en chair et en os. Frédérick était donc l'acteur de la Porte-Saint-Martin; — oui, mais il n'en était pas le directeur. Alors, il arrivait que le directeur n'aimait pas le drame, ou faisait des féeries, ou aimait une danseuse, ou avait une fille qui chantait faux, ou avait une biche; et le drame faisait antichambre dans un chenil, et Frédérick devait attendre que la fille fût sifflée ou que le directeur commençât à reconnaître que la danseuse était maigre.

Frédérick s'en allait; il errait de scène en scène; l'Ambigu, la Gaieté, les Variétés, les Folies-Dramatiques, il a tout traversé. De sorte que l'art et le public ne savaient plus où le trouver. Il appartenait au hasard, à la rencontre, au raccroc, au mélodrame qui l'arrêtait au coin d'une rue, aux rôdeurs de nuit qui lui mettaient la main sur le collet. Dommage inestimable : ce magnifique réalisateur de l'idéal n'avait, pour modeler sa pensée, que des rôles inférieurs, que des pièces destinées à périr, et il périssait avec elles, car les comédiens ne durent qu'avec les pièces, et Frédérick ne jouant que des mélodrames, c'est Michel-Ange ne sculptant qu'en plâtre.

On essaya de le fixer. On fit un théâtre exprès pour lui, le théâtre de la Renaissance. Et, pour qu'une fois au moins Frédérick eût sculpté en marbre, Hugo lui donna Ruy-Blas. Enfin ! le drame va donc avoir un théâtre ! — Mais la porte n'était pas ouverte, que l'opéra-comique s'y

glissait, et avec lui la guerre civile. La musique, furieuse
de voir le drame faire plus d'argent qu'elle, prit le drame
en haine violente; ce fut une rage de tous les croque-notes,
depuis le ténor jusqu'au joueur de castagnettes. Chaque
fois qu'on donnait *Ruy-Blas*, l'opéra écumait et faisait
tout ce qui dépendait de lui pour nuire à l'effet de la représentation; l'orchestre accompagnait de travers; le fifre
sifflait, la clarinette ricanait, la basse ronflait. C'était à ce
point qu'un jour, au moment où Ruy-Blas s'empoisonne,
un joueur de violon se mit à jouer : *Malbrough s'en va-t-
en guerre !* — Frédérick, qui n'a jamais été très-patient de
sa nature, n'attendit pas que la toile fût baissée; tout
frémissant encore du meurtre de don Salluste, Ruy-Blas
tomba comme la foudre à travers l'orchestre, sauta sur le
musicien, lui arracha son instrument, et lui acheva son air
sur le dos avec son violon pour archet.

Mais les drames ne pouvaient pas s'arranger longtemps
de ces dénouements non prévus par les auteurs. De plus,
pour deux genres, opéra et drame, il fallait deux troupes;
donc, deux dépenses, et une seule recette. Sans compter
que le public s'embrouillait dans ces intermittences de
chant et de déclamation. Le public, qui est une bête lourde,
se fait de chaque théâtre une sorte de type arrêté dont il
n'aime pas sortir. On entre aux différents théâtres avec un
esprit différent; au Théâtre-Français, on pense à Molière
et à Corneille, et l'on dépose au vestibule des Variétés sa
rhétorique avec son parapluie. Le même mot qui fait rire
ici fait siffler là. Il faut donc qu'un théâtre soit conséquent
et donne ce qu'on attend de lui. Le public entendait dire
que Frédérick était à la Renaissance, il y accourait, et
tombait sur un chanteur; il venait pour un opéra, il trouvait un vaudeville; pour une idée, une roulade. Il avait
soif, on lui servait à manger; faim, à boire.

Pauvre brave Anténor Joly ! ne vois pas dans ceci un reproche pour toi ; ce n'est pas ta faute si tu étais trop pauvre pour être seul directeur de la Renaissance ; tu fus forcé de prendre un associé ; tu aurais peut-être pu le choisir moins musical, mais tu étais excusable d'adorer l'opéra-comique : tu étais sourd.

Et le théâtre de la Renaissance fut bientôt fermé. Et Frédérick se remit à errer de porte en porte, s'éparpillant aux quatre vents, gaspillant ce jour sans lendemain des acteurs. Et voilà ce que notre temps a fait du plus grand comédien de tous les temps, un admirable bohème, un splendide vagabond ! Au lieu d'un astre, on n'a eu qu'une comète. Au lieu de nouer solidement ses rayons en une gerbe unique qui aurait éclairé largement la façade du drame contemporain, Frédérick s'est dispersé çà et là en feux-follets, en flamboiements éphémères. L'étoile s'est pulvérisée en étincelles.

Donc, on n'aura eu que la monnaie de ce lingot de lumière. Cet irréparable capital de l'art moderne, qui, bien placé, eût été la richesse d'un siècle, s'est dépensé sou à sou, s'est perdu, s'est prodigué aux pièces nécessiteuses, s'est usé en aumônes aux pauvres d'esprit. Dans ce siècle où l'on ne laisse pas dormir un écu inutile, où les chemins de fer, les spéculations, les découvertes provoquent et violent toutes les bourses, on a négligé, on a oublié, on a laissé aux exploitations infimes cette immense fortune du théâtre, Frédérick !

On a cueilli à peine quelques épis de cette abondante moisson. Le reste, tout, est devenu ce qu'ont voulu la pluie et la tempête. Frédérick était à la Porte-Saint-Martin, et la Porte-Saint-Martin dansait des ballets. Choristes, machinistes, funambules, chiens savants, ménageries, toutes les bêtes passaient sur lui, piétinaient sur lui, fai-

saient leurs crottes sur lui. Une biche est restée là six
mois de rang. Ah! nous aimons les bêtes, et nous ne
voudrions rien dire de désobligeant à un animal, mais
c'est pourtant triste de penser que pendant six mois une
biche a brouté du génie!

Janvier 1856.

XXXII

MADAME DORVAL

1er janvier 1849.

Un fait contre lequel la critique sérieuse devrait protester en masse, c'est celui-ci : — Mᵐᵉ Dorval n'est engagée à aucun théâtre! Toutes les scènes sont fermées à l'immense actrice qui a joué Marion Delorme et Catarina, à celle qui est une part considérable de l'art dramatique du dix-neuvième siècle, à celle qui nous a passionnés de sa passion, à l'artiste inspirée qui a dérobé le feu céleste aux chefs-d'œuvre pour nous en allumer le cœur. Non! cela est intolérable, non, pas un de ceux qui ont encore le respect de la poésie et du drame ne peut se taire devant cette injure inexplicable, devant cet exil stupide d'un talent qui emmène avec lui la foule et le succès, devant cette imbécillité qui voudrait être de l'ingratitude!

Il y a, en somme, six théâtres qui ont la prétention de jouer parfois quelque chose qui ressemble de loin à du drame : le Théâtre-Français, la Porte-Saint-Martin, le Théâtre-Historique, l'Ambigu, l'Odéon et la Gaieté; comment se fait-il que Mᵐᵉ Dorval ne soit à aucun de ces théâtres? Auquel elle serait, cela nous est absolument égal; avec elle, nulle scène ne peut être secondaire. Qu'elle aille à l'Ambigu, et l'Ambigu sera le Théâtre-Français; qu'elle aille à l'Odéon, et le Théâtre-Français sera l'Odéon.

C'est commode, les priviléges de théâtre! Il dépend de cinq ou six individus qui ont fait leurs preuves de littérature aux Funambules ou nulle part de supprimer les grands acteurs et de mettre Paris à la diète du drame. Ah! on le leur arrachera, ce monopole inhospitalier à Mᵐᵉ Dorval!

S'il s'agissait d'un poëte, nous en prendrions notre parti. Que les théâtres appellent ou repoussent *Ruy-Blas* ou *Othello*, la chose n'a qu'une importance momentanée. A défaut du Théâtre-Français ou de la Porte-Saint-Martin, les grands poëtes ont des milliers de théâtres dans toutes les bibliothèques publiques et privées; chaque lecteur se les joue à soi-même, et ces représentations ont pour lustre l'imagination allumée. Les comédiens n'ont que le théâtre où ils jouent. Les poëtes peuvent attendre. Leur pensée dure et se maintient à travers les années, l'âge la rajeunit, la noire tombe est la rampe qui l'éclaire le mieux. Il n'en est malheureusement pas ainsi des comédiens. Ils s'en vont un peu chaque jour, et, ce qu'ils ne font pas aujourd'hui, ils ne le feront pas demain. Une fois enterrée, Mᵐᵉ Dorval ne soulèvera pas la pierre de son sépulcre pour venir reprendre les rôles dont elle aura été dépouillée par la malveillance ou par l'incapacité des directeurs. Toute semaine qu'elle perd est irrévocablement perdue pour elle et pour l'art. Perte inappréciable! qui la suppléera? qui pleurera, qui sanglotera, qui aimera, qui vivra comme elle? A quelle autre l'esprit moderne fera-t-il confidence de ses inquiétudes, de sa fièvre, de son agitation, de ses doutes

qu'un éclair traverse? Si elles n'ont plus Mme Dorval pour
les introduire, bien des œuvres, qui posaient déjà le pied
sur le seuil du théâtre, rebrousseront chemin avec découragement; bien des idées, qui entr'ouvraient déjà leurs
ailes au rebord du front, les replieront avec défiance dans
le néant brumeux du rêve.

Non! l'art ne peut pas rester muet lorsqu'on lui vole
ainsi les dernières années de Mme Dorval. Non! nous autres critiques, qui sommes les factionnaires de la littérature, nous ne laisserons pas étouffer sous nos yeux cette
admirable femme, sans jeter le cri d'alarme et sans courir
à son aide.

---

23 mai 1849.

Un irréparable malheur vient de frapper l'art dramatique: Mme Dorval est morte! De quelle maladie? De l'indifférence générale pour la gloire et le génie, de l'ingratitude publique, de votre maladie à vous.

Tout le monde va la pleurer maintenant. Il est bien
temps! Et quand on pouvait empêcher cette calamité éternellement déplorable, personne n'agissait. On laissait la
tristesse et le découragement s'emparer de cette grande
âme; cette grande créatrice, éclatante, populaire, familière
avec le triomphe, consacrée par la perpétuelle acclamation
de l'élite et de la foule, on la laissait mettre au ban de toutes
les scènes par la jalousie des tragédiennes et par l'ineptie des
directeurs; il ne s'est pas rencontré, à défaut d'un théâtre
qui eût l'intelligence de son intérêt, un théâtre subven-
tionné qui eût la conscience de son devoir, et qui se dît
que l'État ne dote pas apparemment les administrations
dramatiques pour qu'elles rejettent sur le pavé les principaux talents du drame! La mort de Mme Dorval est une

douleur pour les lettres et une honte pour le Théâtre-Français.

Ainsi repoussée de toutes les portes qui auraient dû lui être si largement ouvertes, Mme Dorval a senti le cœur lui manquer. Un tel avenir après un tel passé l'a navrée. Les ovations bruyantes et les multitudes enthousiastes ne l'a-vaient pas préparée à cet abandon et à ce silence. Sa santé s'est altérée. Elle n'a pas résisté à l'idée de se voir désormais sans engagement, et, disons-le, sans pain. Oui, au dix-neuvième siècle, à Paris, Mme Dorval est morte de misère, disons-le tout haut, car pourquoi les mots auraient-ils de la pudeur quand les faits n'en ont pas?

Lorsque nous accusons l'ingratitude et l'inintelligence générales, nous avons la joie et l'orgueil de pouvoir faire une exception. Il faut le proclamer à l'honneur de tout ce qui tient une plume en France, la littérature dramatique et la presse théâtrale ont noblement fait leur devoir. Il y a un mois, Mme Dorval, à bout d'espérance, est montée un matin chez le premier critique venu et lui a dit en deux mots la position où elle était. Le critique auquel la glorieuse comédienne avait daigné s'adresser n'a pas eu grand mérite à faire ce qu'il a fait, et tout autre en aurait fait autant à sa place : il a pris un morceau de papier et a écrit quatre lignes, lesquelles, du ton ferme et net qui convient quand c'est un droit qu'on réclame et non une faveur qu'on sollicite, demandaient l'engagement immédiat de Mme Dorval au Théâtre-Français; puis il a fait signer cela par tous ceux, poëtes ou journalistes, que le théâtre regarde. Une chose douce à constater, c'est l'empressement et la cordialité avec lesquels les signatures se sont offertes. Tous ont voulu s'associer à cette nécessaire réparation d'une injustice impossible; tous ont repoussé avec indignation la pensée qu'une telle artiste n'eût pas une existence assurée; tous ont dit que la France, pour laquelle le théâtre a tant fait, ne pouvait pas abandonner celle qui avait tant fait pour le théâtre; tous ont été heureux de contribuer, dans la mesure de leur influence, à rendre au théâtre une gloire et à ôter au pays un remords.

La pétition se signait encore et allait être remise au ministre de l'intérieur aussitôt après l'émotion des élections. Mais cela venait trop tard; le coup était porté depuis trop longtemps, et Mme Dorval est morte à la veille de la réussite.

Et voilà où nous en sommes! voilà le souci qu'on a de ces rares et précieuses natures qui entraînent le peuple aux nobles plaisirs spirituels! voilà comment on enseigne aux masses la religion des jouissances morales! Et l'on accuse le socialisme de jeter la multitude aux appétits brutaux! Et, pour arracher le peuple à la brutalité, on affecte une insouciance stupide pour tout ce qui est art, on méprise les émotions délicates de l'imagination, on laisse Antonin Moine se tuer et Mme Dorval mourir; pour empêcher le peuple d'être matérialiste, on lui retire l'âme!

———

Celle-là ne s'économisait pas! Elle se prodiguait, elle était toujours prête pour les drames nouveaux, elle n'en avait jamais assez, et, quand les poëtes ne lui en faisaient pas, elle s'en faisait! Elle prenait une pièce quelconque, pauvre, misérable, n'importe; elle dedans, le drame y était! Oui, elle aimait le drame jusque dans ses productions les plus chétives; elle n'en dédaignait rien; elle tâchait de faire circuler la vie d'un bout à l'autre du théâtre; elle usait son haleine, ses mains et ses lèvres à réchauffer les extrémités de l'art.

Et, pour que personne ne pût ignorer le drame, elle

l'emmenait avec elle de départements en départements, et
le faisait voir à toute la France. C'est ainsi que nous l'a-
vons connu.

Nous avions dans ce temps une quinzaine d'années, et,
au fond du lycée de province où nous faisions nos classes,
il ne nous arrivait qu'un écho bien affaibli de l'immense
tumulte littéraire qui se faisait à Paris.

Nous en étions toujours aux opinions de nos professeurs,
pour lesquels il n'y avait que trois poëtes dramatiques au
monde : Corneille, Racine et Voltaire ; pour Molière, nous
faisions des réserves. Hors de France, nous respections
encore Sophocle ; Eschyle et Aristophane étaient mis plus
bas ; quant à Shakspeare, à Calderon, à Lope de Véga, à
Goëthe et à Schiller, nous ne nous rappelons pas avoir entendu une seule fois prononcer leur nom. Nous avions
bien en nous de sourdes velléités de révolte et de vagues
pressentiments d'une critique plus haute ; mais comment
aurions-nous osé nous dresser seul en face de tant d'auto-
rités imposantes ? Nous courbions la tête, et nous étions
humilié de trouver *Zaïre* une pièce médiocre.

Nous vivions de la sorte, verrouillé dans ce passé tragique, au secret des aspirations modernes, les unités au pied.
Un seul soupirail aurait pu nous donner une bouffée d'air
libre, — le théâtre. Mais on sait ce qu'est le théâtre en province : vaudeville et opéra-comique. L'opéra-comique n'avait
rien à dire à notre littérature ; mais le vaudeville, lui, vrai
jusqu'à la grossièreté, terre-à-terre, bourgeois, boutiquier,
portier, cynique, quels soufflets il donnait à la tragédie !

Il la souffletait trop rudement. Sans doute, la tragédie
avait tort d'être guindée, de se tenir dans une convention
impossible, de flotter dans l'indéfini et de ne jamais poser
le pied sur le sol ; mais le vaudeville n'avait pas raison
d'être rampant, de n'aborder l'humanité que par la prose

et de se vautrer dans le ruisseau de la rue. Si bien que nous hésitions entre la tragédie sur ses échasses et le vaudeville à plat ventre, et qu'en somme nous finissions par préférer le mensonge superbe à la vérité infime. Le théâtre, donc, faisait cause commune avec le collége. Nous demandions pardon à Racine, nous tâchions de nous persuader que *Phèdre* nous remuait beaucoup, et nous admirions désespérément *Athalie*.

Mais, un soir, l'affiche s'étoila du nom de Mme Dorval.

Si éloigné que nous fussions du centre de l'agitation intellectuelle, nous n'étions pas sans avoir entendu parler de la fameuse actrice. C'était un jeudi, jour de congé. Nous fîmes queue deux heures, et nous entrâmes.

Quand elle parut, les bravos éclatèrent, puis un profond silence se fit. Au premier geste de ce corps brisé et souple tout ensemble, au premier mot de cette voix humide de larmes et déchirée de sanglots, nous nous sentîmes pris aux entrailles.

Une émotion inexprimable s'empara de nous. Cette voix harmonieusement fêlée d'où le cœur ruisselait à flots, cette tête irrésistiblement sympathique dont elle-même disait avec tant de grâce et de profondeur : — Je ne suis pas belle, mais je suis pire ! — cette effusion à pleins bords, cette sincérité, cette spontanéité, cette manière idéale de faire les choses de la réalité la plus vulgaire, de pleurer, de se tordre les mains, de dire bonjour, de demander l'heure, de chercher dans un tiroir un collier qu'on ne trouve pas, cette poésie dans cette prose, tout cela nous fut une révélation. Nous comprîmes alors qu'au-dessus du matérialisme du vaudeville et du spiritualisme de la tragédie, il y avait une troisième forme qui résumait les deux autres et qui complétait la matière par l'esprit. Nous vîmes distinctement la mission du drame, qui est

d'accoupler la chair à l'âme pour produire la vie. Le style
s'incarna. L'idéal et le réel se confondirent. Le ciel se ré-
concilia avec la terre.

Ayant vu Mme Dorval, nous ne manquâmes plus une
occasion de la revoir. Nous ne savons plus par quels
moyens, par quelle soumission plate à nos maîtres, par
quels prodiges de thèmes, par quels vers latins impossibles, nous obtînmes de sortir si souvent, mais nous assis-
tâmes à toutes les représentations de l'ardente comédienne.
Le drame nous apparut. Et dans quelles circonstances !
Lui qui ne s'était encore glissé jusqu'à nous qu'en contre-
bande, à travers des décharges de huées, et que nous n'a-
vions jamais accueilli sans un remords secret, il s'étalait
hardiment sur le théâtre, maître et tyran du public et as-
pirant le vent des applaudissements. Une foule immense
et une immense actrice le baptisaient de leur génie et de
leur enthousiasme. C'était comme un Sinaï dont l'actrice
était l'éclair et la foule le tonnerre.

Le service qu'elle nous a rendu, elle l'a rendu à toute
notre génération. Elle a parcouru la province dans tous
les sens, semant de ville en ville le verbe nouveau. Et
comment l'en a-t-on récompensée ? Personne plus qu'elle
n'a souffert de cet ostracisme infligé de tout temps aux
talents supérieurs.

Écartée par la jalousie des uns et par l'imbécillité des
autres, elle a vu les scènes la repousser une à une. Ce n'é-
tait pas certainement le talent qui l'abandonnait, ni le
public non plus ; mais, chose inexplicable pour ceux qui
ne regardent pas derrière les coulisses, plus elle était applaudie, plus elle était délaissée. A défaut de rivales, le
hasard s'en mêlait. Voyez. Elle joue *le Proscrit*, vous savez comment; aussitôt le théâtre de la Renaissance fait
faillite, et la voilà sur le pavé, et les directeurs disent

qu'elle est vieille, — elle n'avait pas quarante ans. — Si
bien qu'elle passe la Seine et va jusqu'à l'Odéon. Elle y
joue *la Main droite et la Main gauche,* et d'une telle façon
que la salle entière fond en larmes, et que la pièce a
soixante représentations, ce qui est, à l'Odéon, comme
trois cents ailleurs ; alors, on la déclare impossible, et il
lui faut deux ans pour effacer à son front cette lumineuse
soirée et pour reconquérir la rive droite. Enfin, elle entre,
nous ne savons par quelle surprise, à la Porte-Saint-Martin, et elle joue *Marie-Jeanne ;* non, elle joue *Marie-Dor-
val ;* elle verse dans cette prose grossière tout son cœur,
toute sa tendresse pour ses enfants, toute cette maternité
dont elle a donné de telles preuves depuis, elle fait de
cette méchante pièce le poëme de toutes les mères, et le
succès est énorme, et tout Paris accourt au cri qu'elle
pousse devant le tour des Enfants-Trouvés. — De ce jour,
ç'a été fini , il n'y a plus eu de revenir, elle a été condamnée. Elle ne s'est jamais relevée de ce triomphe.

A partir de ce moment, la vie de Mme Dorval n'a plus
été qu'un long martyre. Elle est apparue quelques soirs
au Théâtre-Historique, mais pour en sortir presque aussitôt, chassée par des persécutions inqualifiables. Devant
une telle persistance du sort, elle a cédé, elle s'est retirée
dans sa famille et elle s'est enfermée avec ses petits enfants. Mais ici une autre douleur l'attendait. Hélas ! la
scène, ce n'est pas seulement le bruit, la fanfare et le rayonnement; c'est aussi le pain. Cette existence tourmen-
tée et ballottée, qui n'avait pu se fixer nulle part, avait eu
trop de solutions de continuité pour retenir grand argent.
D'ailleurs, les aumônes et les charités de toutes sortes
avaient toujours vidé la bourse de Mme Dorval à peine em-
plie; elle n'avait jamais su fermer les mains. Le jour donc
où elle n'a plus rien gagné, elle n'a plus eu rien. Disons-

le bien haut pour que le public l'entende et en rougisse,
Mme Dorval a vu la misère en face. Ainsi, la mère ajoutait
des tortures à l'actrice. Cette grande nature, si bien organisée pour la scène et si bien organisée pour le foyer, était
repoussée de la scène par la haine des directeurs, et du
foyer par son amour pour ses enfants. Le théâtre et la
maison se la renvoyaient.

Ce qu'elle a dû éprouver comme mère et comme artiste,
ce qu'a dû lui inspirer cette ingrate et aveugle injustice
de tous ceux pour qui elle avait tant fait et pour qui elle
pouvait tant faire encore, ce qu'ont dû lui faire subir la
pensée d'un tel passé et celle d'un tel avenir, le fait le dit
mieux que toutes les phrases : elle en est morte.

Et comme il eût été facile d'épargner au front du pays
cette tache maintenant ineffaçable ! si l'on savait à quelles
humbles prétentions se bornait cette comédienne unique !
Elle ne demandait au Théâtre-Français que six mille
francs. Et, quant aux rôles, elle aurait joué tout ce qu'on
aurait voulu, les doublures, les utilités, les duègnes, le
rebut de mesdemoiselles les figurantes. Pourvu que ses
enfants eussent à manger, le reste lui était indifférent.
Elle en était venue à ne plus tenir beaucoup aux applaudissements. Malheureux que vous êtes ! vous lui aviez ôté
jusqu'à l'amour-propre !

Eh bien! cette ignoble somme de six mille francs, que
le Théâtre-Français eût si vite retrouvée au décuple dans
les drames que Mme Dorval lui aurait apportés, le Théâtre-
Français n'a pas voulu la donner. Il va sans dire qu'aucun
ministre n'est intervenu. Si Mme Dorval avait été une
confidente de tragédie, et si elle avait passé trente ans à
donner la réplique à Phèdre et à Clytemnestre, elle aurait
eu au bout de son labeur une pension de retraite. L'État
lui aurait dû son existence assurée. Mais qu'avait-elle fait

pour mériter que le gouvernement s'occupât d'elle? Elle avait tout au plus porté la pensée moderne d'une extrémité de la France à l'autre, elle avait été le commentaire éloquent de l'art nouveau, elle avait initié le public et inspiré les poëtes; beau mérite, et comme cela valait bien un morceau de pain !

Mais la littérature n'a pas été tout à fait du même avis que M. Léon Faucher. Lorsqu'elle a su que Mme Dorval en était là, elle s'est émue. Nous avons dit, l'autre jour, quelle pétition, ou plutôt quelle injonction, avait été signée par tout ce qui porte un nom dans les lettres. On attendait, pour mettre la pétition sous les yeux du ministre de l'intérieur, que l'agitation des élections fût passée et que la politique fût moins absorbante. Justement, Mme Dorval avait quelques représentations à donner à Caen. Elle partit un peu plus tranquille. Le matin de son départ, elle écrivait à celui qui s'était chargé de recueillir les signatures : « Vous avez mes intérêts les plus chers entre les mains, puisque la réussite de ceci rendra ma petite famille plus heureuse. Et puis, qui sait? nous pourrons peut-être retrouver une belle soirée, n'est-ce pas? » La mère étant moins troublée, l'artiste reparaissait.

Mais ce retour de joie était le dernier flamboiement de la lampe qui va s'éteindre. En route, Mme Dorval est tombée malade. Elle n'est arrivée à Caen que pour se coucher dans le drap qui a été son suaire. Se sentant finir, elle a voulu absolument revenir à Paris, de peur de mourir loin des siens. Nulle convulsion n'a manqué à son agonie : la voiture a versé. Elle n'a eu que le temps de se faire porter chez elle, d'embrasser son mari et ses enfants, et elle est morte.

Répétons-le aujourd'hui, et répétons-le demain, et répétons-le toujours, c'est l'âme de l'humanité qu'on dédaigne et qu'on laisse partir dans les grands artistes comme Mme Dorval. Assez de matérialisme comme cela !

La suppression de l'esprit eût pu se comprendre dans les civilisations anciennes, lorsque l'Olympe ou le Vatican se chargeaient de gérer les affaires des peuples, lorsque les événements et les consciences dépendaient, en Grèce, de la fatalité, et, au Moyen-Age, de l'Église. Cependant, la Grèce couronnait Eschyle, et le Moyen-Age portait Pétrarque en triomphe.

Et maintenant que la liberté est dans la croyance et dans le vote, maintenant que les multitudes n'ont plus d'autre direction que la leur, maintenant qu'elles ne s'en rapportent plus qu'à leur intelligence, c'est maintenant que vous faites fi des artistes, qui sont la splendeur de l'intelligence !

Qu'au moins ce malheur coupable soit le dernier ! Cela est bien dû à de telles souffrances d'une telle femme, qu'elles n'aient pas été stériles. Qu'au moins le martyre de celle-là sauve les autres ! Faites que, morte, elle serve encore l'art qu'elle a tant servi vivante, et qu'elle continue sa tâche jusque dans le cercueil. Ce sera une manière de faire revivre un peu celle que vous avez tuée.

Juin 1849.

XXXIII

PROSPÉRITÉ DES LETTRES

Parce qu'Alexandre Dumas gagne le traitement de deux ministres, à la petite condition de faire la besogne de quarante commis, on s'imagine que les écrivains ont tous cent mille livres de rentes, et le préjugé qui les représentait comme mourant à l'hôpital et se nourrissant essentiellement de clés, a été remplacé par un autre préjugé, selon lequel ils vivent dans des palais de marbre et ne soupent que de nids d'hirondelles. Hélas ! trois ou quatre exceptions riches ne prouvent pas la prospérité générale de la littérature, et surtout de la poésie.

La littérature n'a que trois soupiraux : la librairie, le journal et le théâtre.

La librairie. — C'est une vérité banale, que les éditeurs ne sont accessibles qu'aux noms connus, et que Victor Hugo, Balzac, etc., ont publié leur premier volume à leurs frais. Mais ce qu'on ne sait pas assez, c'est le chétif profit que les écrivains tirent de la réputation ; — nous ne disons pas de la gloire, qui se fait payer ce qu'elle veut. Un volume de trois cent cinquante pages à trente lignes la page s'achète de trois à cinq cents francs. Qu'on se figure la quantité de lignes qu'il faut pour joindre les deux bouts de l'année. La recette d'un mois ne suffit pas à la dépense d'une semaine. Il va sans dire que ceci ne s'adresse qu'à la prose ; — quant aux vers, les libraires n'en veulent pas pour rien.

Le journal. — D'abord, le journal ne supporte qu'une espèce de littérature, le roman, et qu'une espèce de roman, le roman à intrigue violente et à intérêt passionné. Nous ne disons pas que cette littérature-là soit inférieure aux autres ; au contraire. Les poëtes complets sont ceux qui réunissent toute la curiosité qu'il faut à la foule et toute la philosophie qu'il faut aux lettrés. Mais les philosophes purs, les moralistes, Pascal, La Rochefoucault, Montaigne, etc.? Et puis, là encore, la question de quantité est principale. Les *Maximes* de La Rochefoucault, si un journal daignait les accepter, feraient deux feuilletons, et, l'auteur étant duc, seraient payés deux cents francs. Des chefs-d'œuvre qui feront durer le nom dix siècles ne font pas subsister l'homme dix jours, et ce qui contient l'immortalité ne contient pas la vie.

Le théâtre. — Ici, la recette est plus abondante, et les poëtes peuvent en avoir quelques sous, à moins qu'ils ne fassent de la littérature. Sur trente théâtres, il y en a deux qui ont quelquefois la prétention d'être littéraires, la Comédie-Française et l'Odéon. L'Odéon est un théâtre sans public, bon pour les acteurs commençants qui sortent du Conservatoire et pour les auteurs en bas âge qui arrivent de la tragédie; c'est la crèche des talents tout petits, des pièces qui vagissent, des comédiens qui ne marchent pas encore, des comédies qui font leurs dents.

Les premières représentations y ont la splendeur des distributions de prix dans les pensionnats au moment où les lauréats récitent des fables. L'Odéon est une école, — le Théâtre-Français est un cimetière. Les morts sont là chez eux, numérotés, tragiques, comiques, importunés quand on les dérange, haïssant le bruit. On s'y fait une idée de ce que serait une pièce jouée par des spectres la nuit des trépassés. Lorsque les poëtes se hasardent de ce côté, on leur offre les restes de *Phèdre* et de Mlle Rachel. La Comédie-Française est la veuve inconsolable du passé. Elle porte dans une urne d'albâtre les cendres de feu Racine, et pleure dessus, c'est estimable, mais ça ne fait pas d'enfants.

Un matin, le public en se réveillant est tout surpris d'apprendre que l'Académie vient de donner à Alfred de Musset une aumône de quinze cents francs. Le public se demande ce que signifie cette maigre somme jetée à ce talent, et pense qu'il y a méprise. Les journaux aussi crient à la méprise, peut-être sans y croire autant que le public, mais n'importe; leur admiration éclate. Lui, Alfred de Musset, un tel poëte, recevoir une ignoble somme de quinze cents francs, allons donc! on s'est trompé de porte! il n'acceptera pas! avec quelle fierté justement indignée il va renvoyer l'argent à ces aveugles qui le prennent pour un autre! Et tant d'autres compliments, qu'Alfred de Musset n'a pas osé garder une somme qu'il avait demandée.

C'est là un des plus spirituels procédés des envieux, cette tyrannie de l'éloge : jucher le poëte sur un piédestal d'où il ne peut atteindre aux joies qui passent dans la rue; l'exiler sur sa colonne. Les Romains, pour récompenser le consul Duilius, lui avaient décerné deux'joueurs de flûte qui ne le quittaient ni jour ni nuit, de sorte que ses maîtresses ne voulaient plus de lui, de peur d'être compromises par ces fanfares. C'est toujours un peu comme cela qu'on récompense. Se venger de son admiration, c'est bien, mais faire de l'admiration même la vengeance, n'est-ce pas le comble?

Si nous nous appelions Alfred de Musset, et si nous en étions réduit à tendre la main, nous n'en serions pas honteux, nous en serions fier. Quand on porte un des dix noms célèbres de l'art actuel et qu'on est pauvre, c'est qu'on n'a pas trafiqué de sa pensée; c'est qu'on n'a pas loué son inspiration, comme un cheval de fiacre, à tous les libraires qui passent. Et si la nation oublie le poëte, dont elle héritera, si elle ne comprend pas qu'il l'enrichit en s'économisant, si elle trouve que beaucoup de gloire ne mérite pas un peu de pain, à qui la honte? A la place d'Alfred de Musset, nous aurions eu le courage de déclarer que nous avions demandé les quinze cents francs. Ce n'était pas une aumône, c'était une dette. La pauvreté d'Alfred de Musset, c'est l'avarice de la France.

Il n'a pas osé. Que faire pourtant? Il ne pouvait rendre à l'Académie un don qu'il avait sollicité. Il a pris un moyen terme : il a donné la somme aux blessés de juin.

Tout cela est triste. Mais ce qui l'est plus que tout, c'est qu'Alfred de Musset en soit à demander quinze cents francs, c'est que les lettres en soient là, dans ce temps, à Paris.

Savez-vous ce que sont les poëtes? ce sont les ambassadeurs de leur siècle près de l'avenir!

Quand vous envoyez un monsieur quelconque à Naples ou à Turin, vous vous préoccupez de la mine qu'il y fera, la France serait humiliée s'il n'y paraissait pas dans un

équipage digne d'elle, il n'y a pas si piètre cour devant
laquelle le pays souffrît d'être représenté pauvrement ; —
et l'équipage ne signifie plus rien, la libéralité est inutile, la dignité de la France disparaît, quand il s'agit de
vous représenter devant les siècles !

———

L'autre semaine, on a nommé une commission chargée
de préparer la réorganisation des théâtres.

D'ordinaire, lorsqu'on forme une commission, on prend
les hommes les plus compétents dans les matières dont
elle doit s'occuper ; s'il s'agit d'industrie, on prend des
industriels ; si de marine, des marins ; si de banque, des
banquiers, etc. Sans doute alors la commission théâtrale
se compose de ceux qui connaissent le mieux les théâtres,
c'est-à-dire des principaux poëtes dramatiques, des principaux critiques et des principaux comédiens ? Nous lisons la liste, et nous y voyons des avocats, des conseillers
d'État, des procureurs généraux, sept représentants ; —
en fait de critiques, personne ; de comédiens, personne ;
d'auteurs dramatiques, personne.

Nous savons ce qu'on objecte contre les auteurs dramatiques. Ils ont leurs intérêts privés dans les questions
théâtrales, et résoudraient tout à leur profit personnel.
Mais est-ce que les ingénieurs ne sont pas aussi directement intéressés aux chemins de fer que les auteurs aux
théâtres ? et est-ce qu'il y a jamais eu une commission
de chemins de fer sans ingénieurs ? Pourquoi la spécialité,
qui est un titre pour tout le monde, n'est-elle une objection que contre les auteurs ?

Et puis, nous voyons bien les commissions d'où la littérature fait exclure les littérateurs ; mais nous ne voyons
pas les commissions où la littérature les fait admettre.

Pour toutes les questions de théâtre, on va chercher les avocats et les procureurs généraux ; pour quelle question de barreau vient-on chercher les poëtes ? L'intelligence, expulsée de chez elle, n'est pas reçue autre part. Tout écrivain est un ennemi à écarter de tout, à supprimer autant qu'on peut. Chez ce peuple français, qui a gagné plus de batailles avec ses livres qu'avec ses victoires, la pensée est une déchéance et le génie est une lèpre.

Louis-Philippe, qui a cet honneur d'avoir voulu la paix, ne comprenait pas que la paix a une âme, et que cette âme c'est la pensée. Sa paix, à lui, était le développement du commerce, l'épanouissement de l'industrie, la circulation des capitaux, le bien-être matériel. Certes, nous ne nions pas l'importance des améliorations matérielles, et tant que nous aurons un souffle sur les lèvres, nous l'userons à appeler la civilisation au secours des misères. Mais quand même toutes les bouches auraient leur morceau de pain et toutes les poitrines leur morceau de drap, notre généreuse France n'est pas une nation qui ne vive que par les sens. La paix qu'elle veut n'est pas une paix sans splendeur, satisfaite, béate, charnelle, obèse. La paix sans les lettres, c'est le bœuf gras.

Février 1848 est venu ; et nous avons eu d'abord le gouvernement provisoire, dont était Lamartine ; et nous avons maintenant le pouvoir exécutif de M. Cavaignac. Et, littérairement, ç'a toujours été la même chose. Louis-Philippe était littéraire comme un bourgeois, Lamartine l'a été comme un cygne, M. Cavaignac l'est comme un sabre.

Il existe des écrivains assez candides pour demander aux gouvernements de protéger les lettres ! Protéger les lettres ! Quel est ce mot absurde et antédiluvien? Il avait un sens avant les grandes eaux de 1792.

On regardait alors les écrivains comme des oisifs, comme des bouffons propres à distraire un moment les hommes sérieux dans les entr'actes de leurs graves labeurs. Et voilà que le bouffon Voltaire a jeté bas les hommes sérieux, avec leur monarchie et leur religion.

Cet écroulement n'a pas suffi. Les hommes pratiques se sont remis à traiter les écrivains de songe-creux. Craindre ces gens-là, les compter, leur permettre de dire leur avis sur leurs propres affaires, écouter ce qu'ils pouvaient rêver, allons donc ! M. Thiers n'aurait pas voulu de Chateaubriand pour secrétaire. Alors il est arrivé ceci : — Les poëtes rêvaient, mais, un détail auquel on a fini par faire attention, c'est que ce qu'ils rêvaient, le fait le réalisait. Sous la Restauration, Chateaubriand a rêvé la caducité de la compression, la crue irrésistible de la liberté, la majorité des générations nouvelles : Charles X s'est réveillé par delà l'océan. Sous la monarchie de juillet, Lamartine a recommencé le rêve de Chateaubriand : Louis-Philippe a recommencé le réveil de Charles X.

Il y a souvent, dans ce siècle orageux, des jours où les misères accumulées n'attendent plus qu'un mot pour tout envahir, et l'on a remarqué que ce mot, c'est généralement un poëte qui le prononce.

Ces coups répétés ont ouvert les yeux de tous ceux qui ont des yeux. Il est devenu difficile de continuer à voir des fous amusants dans ces hommes qui, par le théâtre, par les livres, par les journaux, parlent à toutes les imaginations et à toutes les consciences.

C'est pourquoi il ne faut plus demander aux gouvernements de protéger les lettres. Ils savent maintenant ce qu'est la littérature, et la littérature aussi sait ce qu'elle est, et les dispense de lui venir en aide. Elle aspire à leur indifférence, mais elle ne l'espère pas.

———

Et cependant, poëtes, votre jour est proche.

L'abolition du droit d'aînesse et le morcellement des héritages, en raréfiant la richesse, ont multiplié l'aisance ; les professions libérales écrèment incessamment les métiers inférieurs, et c'est une intarissable émigration des fils de laboureurs et de marchands vers le barreau, la médecine et la littérature. A chaque instant, du fond de ces masses si longtemps condamnées au travail des mains, des milliers de jeunes gens surgissent à la vie intellectuelle.

Tout pousse l'homme dans cette voie. Toutes les inventions de l'industrie, toutes les nouvelles machines, tous ces ressorts d'acier et de fer qui viennent se substituer aux bras, pourquoi relaient-ils l'humanité, et pourquoi se fatiguent-ils à sa place, sinon pour qu'elle ait du loisir, et pour qu'ayant de moins en moins à s'inquiéter de vivre, elle puisse de plus en plus s'inquiéter de penser ? Voir dans les rails et dans les usines le triomphant épanouissement de la matière, c'est voir l'apparence et non le fond. Ne calomniez pas les chaudières. Toutes ces admirables découvertes, données à ceux qui exploitent par ceux qui songent, viennent de la pensée et retournent à la pensée. Le repos du bras, c'est l'activité de l'esprit. Quand le corps sera plus tranquille, l'homme sentira son âme. Alors, ô poëtes, il vous appartiendra, il sera heureux de vous rencontrer, il vous cherchera, vous qui êtes les seuls parents des âmes.

Chaque jour, l'homme rejette de plus en plus loin de lui le labeur immédiat et aveugle. La besogne matérielle, faite d'abord par des hommes, ne sera bientôt plus faite même par des bêtes. Nous avons déjà dételé les chevaux de nos voitures pour y atteler la vapeur. Après l'esclave, la brute s'affranchit et se décharge sur la chose.

1846-1849.

XXXIV

Depuis quelque temps, la mode est contre l'enseignement littéraire. A quoi ça sert-il, Homère? Où ça se parle-
t-il, le latin de Juvénal? Quand ils sortent du collége, ces
lauréats, fêtés, acclamés, écrasés de couronnes, ruisselant
des baisers en sueur du ministre, crevant de versions,
empaillés de thèmes, l'État ne sait qu'en faire. Ils ne sont
bons à être ni mécaniciens ni industriels. Ils n'ont domicile dans aucune profession qu'on puisse numéroter et ali-
gner sur rue. Ces vagabonds vont et viennent sur le pavé
tumultueux des grandes villes, vanités affamées, touchant
à tout et ne laissant pas la société tranquille. C'est une
souffrance pour tout le monde, à commencer par leurs
pères, qui, sans fortune souvent, laboureurs ou bouti-
quiers, s'épuisent et se sacrifient pour faire participer leurs
fils à la vie intellectuelle. Leurs fils les méprisent, et font
bien. Imbéciles, qui veulent que leurs enfants leur soient
supérieurs! Malédiction sur cette ascension laborieuse de

l'humanité, sur ces générations qui achètent de leurs privations et de leur gêne l'intelligence des générations futures! Que nul n'émerge de sa condition native, que l'arrière-petit-fils du portier soit encore portier, que l'avenir soit la pétrification du passé.

Nous ne nions pas les dangers de l'éducation littéraire, — pas plus que nous ne nions les dangers de l'eau ou du feu, dont nous ne demandons pas pourtant la suppression à cause des inondations ou des incendies qu'ils commettent tous les jours. Si de ces foules qui se pressent aux portes des lycées il résulte des inconvénients partiels, si les pères ne mesurent pas leur ambition à leurs ressources, si les fils, après être montés jusqu'à la contemplation de l'esprit, souffrent de redescendre au travail de la main, si des désordres sont produits dans la famille et dans la cité par la disproportion de la capacité et de la destinée, — ce sont des malaises dont il faut chercher le remède dans une plus équitable répartition du bien-être et du pouvoir, et non dans l'extinction de l'intelligence.

Nous ne disons pas non plus que l'enseignement des colléges soit parfait; nous ne défendons pas l'Université, Dieu nous en préserve! Il serait, certes, possible de mieux concilier la littérature et la vie. Nous voudrions que tout collégien fût tenu d'apprendre un métier. Mais ce que nous refusons d'admettre, c'est que le positif et l'utile soient l'essentiel de l'instruction; c'est qu'il faille murer les cervelles humaines dans quelque spécialité étroite; c'est que, pour être un bon mécanicien, il soit indispensable d'être une brute; c'est qu'on ne doive rien apprendre à une créature de Dieu que les moyens de gagner son pain; c'est qu'il n'existe pas autre chose que le corps; c'est qu'avant de lâcher un homme dans les réalités grossières de la vie, il soit mauvais de l'avertir qu'il a une àme.

13

L'éducation littéraire, qu'on trouve trop largement ouverte, est l'unique soupirail par où il entre un peu d'idéal
dans le crâne des multitudes. L'étude de ces langues mortes, qu'on ne parle pas, qui ne font pas un attaché d'ambassade ni même un interprète, est précisément le seul labeur désintéressé que la société accepte. Laissez les enfants
commencer par l'idéal et le désintéressement; les hommes
auront toujours le temps d'être égoïstes et sensuels !

Louis-Philippe est tombé pour n'avoir pas voulu ajouter aux listes électorales les médecins, les avocats et les
gens de lettres. Il s'est laissé renverser plutôt que de convenir qu'on pût contribuer au trésor public autrement
qu'en payant deux cents francs d'impôts, qu'un diplôme
de la Faculté valût une quittance du percepteur, qu'il y
eût une propriété intellectuelle, et que Lamennais, Béranger, Chateaubriand fussent capables de choisir le boutiquier enrichi qui les gouvernerait.

Cette fin de la monarchie de juillet est glorieuse sans
doute; cependant, à la place de Louis-Philippe, nous aurions préféré celle-ci :

Notre immense effort aurait été l'instruction publique.
Nous aurions compris que la souveraineté appartenait au
peuple et n'était entre nos mains qu'en dépôt comme les
biens du pupille dans les mains du tuteur, et que notre
plus sacré devoir était l'émancipation de la foule. Fonte-
nelle dit des bons précepteurs qu' « ils travaillent à se
rendre inutiles. » Nous aurions été bon précepteur de la
nation. Nous aurions eu dix-huit ans pour enseigner, mo-
raliser, mûrir; nous aurions ouvert à deux battants toutes
les portes du jour, les écoles, les lycées, les bibliothèques,
les musées, les théâtres, les journaux. Nous aurions

voulu que le Théâtre-Français fût au niveau des moindres bourses et qu'on eût Corneille et Molière ensemble pour dix sous. Nous aurions pris dans les grands poëtes contemporains les odes nationales, et nous les aurions fait réciter dans les entr'actes pour apprendre aux masses à réfléchir avec calme et gravité aux prodigieux événements de ce siècle, et ces entr'actes-là auraient peut-être intéressé le public autant que les grimaces des chansonnettes et les contorsions des calembours. Nous aurions fait soutenir d'une mélodie simple et large ces nobles odes patriotiques, et nous les aurions fait chanter par l'Orphéon dans des fêtes solennelles, et ces beaux vers auraient reproduit l'impression fortifiante et salubre des chœurs consacrés par Eschyle à la glorification de sa patrie. Nous aurions voulu un journal monstre où, médecins, historiens, savants, poëtes, politiques, astronomes, tous les talents et tous les génies se seraient faits professeurs du peuple, et dont le prix aurait été de six francs par an. Par tous les moyens, nous aurions fécondé les germes, développé les aptitudes, dissipé les ténèbres. Et, aussitôt que le peuple aurait été assez éclairé pour pouvoir gérer ses affaires lui-même, — nous aurions abdiqué. C'eût été là notre manière de finir. Nous aurions rêvé à notre figure dans l'histoire ce double profil, du dernier roi et du premier citoyen de France. Nous n'aurions plus eu notre couronne, mais nous aurions eu une auréole, l'intelligence de trente millions d'hommes. Nous n'aurions plus été le faiseur de lois, mais nous aurions été le faiseur de lumière. Nous n'aurions plus été roi, mais nous aurions été soleil.

Vous en souvenez-vous de cette affreuse aventure qui

précéda de si peu la chute de la dernière monarchie, —
la duchesse de Praslin assassinée par son mari? L'impression fut sinistre, la consternation universelle. On eût
dit que la société se sentait frappée au cœur par ces coups
de couteau qui venaient de tuer une femme. Le peuple
s'amassait à la porte de l'hôtel où gisait ce triste cadavre.
Un instinct lui disait que ce n'était pas seulement une
duchesse qui mourait, mais les duchesses, et les ducs, et
les priviléges. Et tués par qui? par eux-mêmes! La duchesse tuée par le duc! la noblesse tuée par le noble! Ce
n'était pas le duc de Praslin que le peuple accusait, il
accusait tous les ducs, la pairie et la royauté. Et les accu-
sés s'effrayaient, et ils baissaient le front sous le poids de
cette horrible solidarité du meurtre, et ils étouffaient l'affaire, et ils n'empêchaient pas l'assassin de s'empoisonner. Et cependant ils demandaient si cela était juste. Tous
les jours, dans le peuple, dans ce même peuple si sévère
pour eux, des maris tuent leurs femmes; on les juge et
on les envoie au bagne ou à la guillotine; mais est-ce qu'il
vient à l'idée de personne que le peuple entier soit soli-
daire de crimes isolés? Est-ce qu'on en fait ce tapage?
Est-ce que cela remue la société dans sa base? Est-ce
qu'une civilisation s'ébranle et croule pour cela? Contre
un assassinat dans les classes supérieures, on en trouverait deux cents dans les inférieures. D'où vient ce partage
inique : tant d'indifférence pour deux cents crimes, tant
de violence pour un seul?

Mais tous sentaient vaguement qu'un crime dans le haut
de la société est plus que deux cents crimes dans le bas.
Les crimes d'en-bas ont deux circonstances atténuantes :
la misère et l'ignorance. Ce n'est pas la faute du peuple si
l'enseignement le néglige, et le livre, sans pain et sans
lumière, aux instincts bestiaux. On ne le tourne pas vers

les choses de l'esprit, on le lâche à tâtons dans les appétits, on le fait matière; alors il a nécessairement les gestes
terribles de la matière. Il a le coup de couteau comme le
loup a le coup de dent.

———————

La question principale de ce temps, c'est l'enseignemen
du peuple. Le suffrage universel suppose l'intelligence
universelle, et la première condition pour se conduire
soi-même, c'est d'y voir clair.

Donc, ouvrir les yeux des masses et faire le plus de
jour possible, telle est la nécessité immédiate, — et qu'est-
ce qui répand plus de clarté que la littérature?

Le gouvernement provisoire de février avait eu cette
bonne pensée d'instituer des lectures publiques. Rien de
plus urgent que ces distributions gratuites de lumière.
Pour que le peuple se possède vraiment, il faut qu'il possède Rabelais, Molière, Pascal, Voltaire, Hugo, qui sont
sa parole et sa conscience.

Le gouvernement provisoire est tombé, laissant son
idée à l'état d'intention, le pouvoir exécutif de M. Cavaignac a ramassé l'intention et est en train de « l'exécuter. »
Le *Moniteur* publie ce matin la liste des livres qui seront
lus aux ouvriers. Un aveugle qu'on aurait mis à même
une bibliothèque n'aurait pas fait un choix plus absurde.

D'abord, rien que des morts; c'est un ossuaire. Excepté
en histoire, où il n'aurait pas été très-aisé de faire raconter la Révolution par des écrivains du temps de Louis XIV,
pas un nom contemporain. Le dix-neuvième siècle, c'est
son gouvernement qui le déclare, n'a pas un poëte qui
mérite de coudoyer Collin d'Harleville et Saint-Évre-
mond!

Car la liste n'est pas plus fière que cela. Il y a des gens

qui sont là comme un âne dans une église. Encore une fois, c'est un triage fait à tâtons. Beaumarchais brille par son absence; en revanche, le peuple jouira d'Andrieux, d'Étienne, de Picard, de Gresset et de Destouches. Le peuple n'entendra pas parler de Saint-Simon; mais il se consolera dans l'intimité de Marmontel. On ne s'est pas souvenu de Pascal; mais on n'a pas oublié Florian.

Non, pas une page de Balzac, pas une phrase de Chateaubriand, pas une strophe des *Harmonies*, pas un vers des *Chants du crépuscule*, n'a été jugé digne d'être reçu dans l'éblouissante compagnie d'*Estelle et Némorin* et de *M. de Crac*. On veut que le peuple prenne goût à la littérature, et l'on supprime justement de la littérature tout ce qui le toucherait, tout ce qui se rapporterait à son présent et à ses besoins, tout ce qui lui parlerait de lui. On arrête ses études au point même où elles commenceraient à l'intéresser.

Les masses ne sont pas assez avancées pour que l'intérêt littéraire pur et simple suffise à les retenir. Les poëtes contemporains les saisiraient par l'actualité, par la communauté d'impressions qu'elles sentiraient entre eux et elles, par le même air qui emplit les vers et les poitrines.

Et puis, il est temps de renoncer à cette stupide manie qu'on a de ne se vanter de ses grands poëtes que lorsqu'ils sont enterrés depuis cent ans. Avouons donc nos chefs-d'œuvre, et parlons-en comme l'avenir en parlera. Ne soyons pas honteux de notre gloire!

Ce n'est pas modestie, c'est envie. Tout le monde veut être le premier en France, ou que la France soit la dernière en Europe. Et nous nous frappons nous-mêmes pour frapper les autres, et nous nous décapitons de nos grands hommes. Triste spectacle : un pays jaloux de lui-même !

Dans quelle époque et dans quelle contrée les hommes

ont-ils vu une plus éclatante constellation d'artistes que
dans la France actuelle? Peinture, sculpture, musique,
histoire, poésie, critique, tous les sommets ont été at-
teints. Paris est la capitale de l'art. Le monde ne sait plus
lire que dans nos livres.

Et c'est tout simple que la France soit la grande artiste,
puisqu'elle est la grande révolutionnaire. C'est tout simple
que la nation qui marche la première porte le flambeau.

Les moments de renouvellements sociaux ont toujours
été les dates illustres de l'art. Eschyle était aux grandes
batailles contre les Perses; Virgile, Dante et Milton ont été
mêlés à l'horreur des guerres civiles; l'Italie saignait de
toutes ses veines pendant que Raphaël peignait et que
Michel-Ange sculptait; lord Byron, Goëthe et Chateaubriand écrivaient sur une table que faisait remuer sous
leur main le pas éperonné de Napoléon.

Il y a toujours eu une telle coïncidence entre les
révolutions et l'apparition des littératures, qu'il semble
que les révolutions soient indispensables à l'éclosion de
l'art et que la poésie ne puisse accoucher qu'au milieu des
éclairs et de la foudre. Quand les reines accouchent, des
invalides tirent des canons chargés à poudre et font trembler les vitres des maisons voisines; quand c'est la poésie,
Dieu charge les canons à boulets, et les peuples se lèvent,
et les villes s'effarent, et l'Europe frissonne.

C'est qu'aussi la poésie a grand'pitié de ces reines dont
.e royaume s'arrête à un fleuve ou à une montagne. Ses
royaumes à elle s'appellent Toujours et Partout.

Courage donc, maîtres! courage, jeunes gens! vous
tous qui sentez dans vos fronts la sourde germination
d'une gloire future, vous aurez votre jour. L'instant est
bon. Les aveugles s'imaginent que ces forts remuements
de la politique sont mortels à l'art; c'est comme s'ils

disaient qu'en labourant le sol on empêche la moisson.
Soyez tranquilles. La politique travaille pour vous.

  . L'art a besoin des révolutions comme la terre a besoin
de la charrue, et les révolutions ont besoin de l'art comme
la terre a besoin du soleil.

  Ainsi, première lacune de la liste : les vivants ; —
deuxième lacune : les étrangers.

  La liste ne connaît, depuis le commencement du monde,
que les lettres françaises. Ni Homère, ni Eschyle, ni Virgile, ni Shakspeare, ni Dante, ni Cervantes, ni Calderon,
n'ont rien écrit qui pût être proposé aux méditations du
peuple.

  Ce système exclusif et étroit est en contradiction directe
avec l'esprit du temps. Évidemment, de nos jours, l'humanité tend à sortir du cercle étouffant des nationalités ;
la patrie s'élargit et devient la terre entière ; l'homme
prend possession de l'univers. Et c'est quand les barrières
des territoires vont tomber que vous les rétablissez entre
les littératures ! c'est quand les frontières du sol s'effacent que vous en mettez à la pensée ! Un poëte n'est pas la
propriété d'un peuple. La poésie est l'air intellectuel ; qui
donc rêverait de partager le ciel en tranches et d'affecter
chaque brise à un pays spécial en lui défendant de souffler dans un autre ? Ce ne serait pas plus fou que de divi-
ser l'art en compartiments et d'attribuer *le Misanthrope* à
Paris et *Hamlet* à Londres.

  Craignez-vous que les étrangers semblent étranges, et
que le peuple soit dérouté par des mœurs qui ne sont pas
les siennes? Rassurez-vous. Le génie est cosmopolite. Les
drames nationaux d'Eschyle, faits pour la république
athénienne, sont plus actuels que les tragédies monar-
chiques de Racine, composées selon la cour de Louis XIV.

  Quand nous disons qu'on a fermé la porte à Shakspeare,

nous nous trompons. On a laissé entrer trois de ses pièces, *Othello*, *Hamlet* et *Macbeth*; — seulement, on n'a pas pris l'original de Shakspeare, on a choisi la contrefaçon de Ducis. On a fait cette exception pour l'Eschyle anglais, on ne l'a pas repoussé, — on l'a défiguré. C'est sous cette forme puérile et ridicule qu'il va se révéler au peuple français. Ah! plutôt que de l'affubler de cette traduction grotesque, laissez-le de l'autre côté de la mer. Exilez-le, mais ne le tatouez pas!

Jusqu'ici, les peuples ne se sont apparus que sous la figure brutale et personnelle des conquérants; qu'ils s'apparaissent donc enfin sous la figure lumineuse et cordiale des penseurs. Nous avons croisé les épées, croisons les rayons.

A la lueur de ces génies, on verra que toutes ces nations qu'on croyait si différentes les unes des autres ont entre elles d'intimes parentés de pensée et de rêverie, éprouvent et expriment les mêmes passions, cherchent le remède du même mal, et souffrent du même inconnu.

Non! Shakspeare n'est pas plus Anglais que Molière n'est Français; ni l'Angleterre ni la France ne contiendraient leur énormité; ils débordent des nations et emplissent le monde. Compatriotes de tous les peuples, ils sont leurs conciliateurs naturels, et ils interviennent doucement dans leurs querelles et dans leurs intérêts, comme des amis communs.

Shakspeare réunit dans une même émotion toute cette famille éparse d'un bout à l'autre du globe, et c'est la meilleure préparation à la fraternité universelle que ce rapprochement de toutes les têtes humaines penchées sur la même page.

Oh! quand tous les peuples ne feront plus qu'un peuple; quand ces ennemis s'allieront contre l'ennemi de

13.

tous, la destinée, dans ces temps radieux dont l'aube pâle
éblouit jusqu'à l'aveuglement ceux qui osent la regarder
dans les profondeurs sombres de l'horizon: quand aux
problèmes nationaux succèderont les problèmes humains;
— que sortira-t-il de ces délibérations géantes? Que dé-
couvrira, ainsi concentrée et totale, cette intelligence de
l'homme qui, morcelée, a trouvé la vapeur et l'imprimerie? Quelles énigmes se résoudront, quand la question, au lieu d'être entre un continent et l'autre, sera
entre la terre et le ciel?

XXXV

9 janvier 1849.

L'Académie a dans ce moment deux morts à remplacer : Chateaubriand et M. Vatout.

Elle essaiera de remplacer Chateaubriand jeudi prochain ; le jeudi suivant elle remplacera M. Vatout.

Lorsqu'il s'agit de remplacer des morts à l'Assemblée constituante, tous les journaux proposent leurs candidats, et mettent chaque jour leur liste en tête de leur première page. Il nous paraît bon de faire pour l'Institut ce qu'on fait pour l'Assemblée. La mission de l'Assemblée est de représenter le côté positif et l'action du pays ; celle de l'Institut est d'en représenter le côté idéal et la pensée. En somme, un quarantième de la littérature vaut bien un neuf-centième de la politique.

Nos candidats aux deux fauteuils vacants sont :

BALZAC.

ALEXANDRE DUMAS.

Ce sont les deux noms qui nous semblent réunir le plus

incontestablement les deux conditions du talent et de la renommée. Après ces noms populaires, il y en a d'autres, Alfred de Musset, Théophile Gautier, Jules Janin, Eugène Pelletan, Alphonse Karr, etc., dans lesquels on pourrait choisir encore excellemment. Nous ne comptons pas Béranger, qui n'accepterait pas, ni Georges Sand, qui est une femme, puisqu'il paraît qu'une femme ne peut pas être de l'Académie. Pourquoi ?

Si l'Académie voulait sortir de la littérature proprement dite, l'histoire lui désigne Michelet et la philosophie lui montre Lamennais.

Entre tous ces écrivains glorieux ou célèbres, savez-vous qui l'on dit que l'Académie doit nommer jeudi prochain ?

M. de Noailles !

Nous refusons absolument de croire à ce bruit ridicule.

Ce ne serait pas seulement une offense aux vivants, le crachat d'un tas d'aveugles à la figure d'œuvres qu'ils n'atteindraient pas, le vol d'un fauteuil qui appartient à la littérature, — ce serait une insulte à Chateaubriand, qui ne veut pas de ce successeur. Ce duc pour ce génie! Ce duc qui dirait à Chateaubriand : Vicomte !! ค fauteuil n'y consent pas.

Politiquement, est-ce au lendemain d'une révolution qui vient d'abolir les titres, est-ce en 1849, que l'Académie s'agenouillerait devant un titre? Aujourd'hui, l'on ne porte plus que le nom de ses œuvres. On n'est plus le duc de tel village ou de telle province, mais l'auteur de telle action ou de tel livre. On ne naît plus, on se fait. Et c'est à ce moment que l'Académie commettrait l'imprudence de subordonner le livre au parchemin et le front au berceau !

Et cela, dans une occasion aussi publique, aussi évidente, aussi solennelle que la succession de Chateaubriand! Que l'Académie française y songe bien; c'est la première élection qu'elle fait depuis la révolution de février; c'est la première fois qu'elle se trouve en présence de la société nouvelle; elle va prendre attitude devant le siècle. Du choix qu'elle fera jeudi, dépendra l'opinion qu'aura d'elle la république. Il y aurait peut-être quelque inconvénient pour elle à choisir un ex-pair de France devant la révolution qui a supprimé la pairie.

On nous fait une objection : Alexandre Dumas et Balzac ne se présentent pas, ils n'ont pas fait les visites d'usage. Peu nous importe. Quand même, rebutés par la manière dont l'Académie a toujours accueilli le talent, ils auraient jugé à propos de s'abstenir, ce ne serait pas un motif de ne pas les nommer. Après tout, ce n'est pas pour eux que nous voulons qu'ils soient de l'Académie, ils peuvent fort bien se passer de cette immortalité-là, c'est l'Académie qui a intérêt à les posséder. Belle excuse à donner à la postérité qui s'étonnera de ne pas les voir dans l'histoire de l'Institut! Par exemple, à l'heure qu'il est, Balzac est en Russie; comment veut-on qu'il fasse les visites? Il ne sera pas de l'Académie parce qu'il n'aura pas été à Paris? Et, lorsque l'avenir dira : — Il a fait *Eugénie Grandet*, le *Père Goriot*, *les Parents pauvres* et *les Treize*, — l'Académie répondra : — Oui, mais il a fait un voyage!

Balzac et Dumas se sont déjà présentés plusieurs fois; et, sérieusement, ils ne peuvent pas être obligés de recommencer, à chaque vacance, les démarches et les sollicitations. Ils ont un autre emploi de leur temps. Si les statuts exigent cette répétition perpétuelle, les statuts sont absurdes, il faut les changer immédiatement. Il n'y a pas de statuts qui tiennent; l'Académie française ne peut pas hésiter entre celui qui a fait des chefs-d'œuvre et celui qui a fait des visites !

Les visites que Balzac ne fait pas, ses livres les ont faites.

Il ne se présente pas? La gloire le présente !

————————————

11 janvier 1849.

Le bruit auquel, pour l'honneur de l'Académie, nous tâchions de ne pas croire, était malheureusement trop fondé. L'élection a eu lieu aujourd'hui. Sur trente et un votants, M. de Noailles a eu vingt-cinq voix, et Balzac quatre. M. de Noailles est académicien.

C'est ainsi que l'Académie a remplacé Chateaubriand.

Un pareil choix, dans les circonstances actuelles, est, en même temps qu'une grave insulte à toute la littérature, un audacieux défi à toute la révolution.

Ce défi sera relevé, ne fût-ce que par nous.

Nous demandons formellement qu'à l'avenir les élections ne soient plus faites par l'Académie.

En effet, l'autorité que l'Académie s'arroge, d'après de vieux usages vermoulus, est un privilége étrange et impossible en démocratie. Richelieu lui a donné des statuts seigneuriaux et souverains qui allaient à merveille avec la royauté absolue. Alors, rien de choquant dans cette autocratie d'un établissement public qui se recrutait comme il voulait, indépendamment, solitairement, qui mettait l'opinion publique à la porte. Mais deux siècles n'ont pas inutilement passé sur la France. Quelle est dorénavant la base de tout? Le suffrage universel. Les représentants du pays sont nommés par le pays entier; — d'où vient donc que les représentants de la littérature ne sont pas nommés par la littérature entière? Lorsqu'il meurt un membre de l'Assemblée nationale, est-ce que c'est l'Assemblée nationale qui choisit son successeur? Nous demandons que, lorsqu'il meurt un membre de l'Académie française, son successeur soit choisi par le peuple des écrivains.

L'Académie aurait pu atténuer dans l'application cette contradiction flagrante entre son règlement et le moment actuel. Tout au rebours, elle a semblé prendre à tâche de l'exagérer et de l'accentuer. Si, dans ses élections, elle avait consulté l'opinion publique, si elle s'était informée de la réputation et de la gloire, si elle avait écrit sur ses bulletins les noms que la France et l'Europe lui dictaient à voix haute, c'eût été là une manière de suffrage universel. Mais elle s'en est bien gardée. La renommée et l'illustration, au contraire, n'ont jamais été pour elle que des titres d'exclusion ; elle n'a pas manqué une occasion de froisser la conscience générale ; dès qu'un nom lui arrivait escorté des recommandations de toute la presse, il était bien sûr de faire antichambre, et d'entrer, quand il entrait, après tous les autres. Hugo a été repoussé trois fois. En revanche, les célébrités anonymes trouvaient toutes les portes ouvertes, les talents borgnes étaient reçus à deux battants ; l'Institut était l'hospice naturel et inévitable de tous les mérites chétifs et maladifs. Quand les étrangers vont à une séance de l'Académie et prient qu'on leur montre Alexandre Dumas, on leur montre M. Flourens ; ils cherchent Lamennais, on leur indique M. Dupaty ; ils désirent Balzac, on leur offre M. Saint-Marc-Girardin ! L'Académie présente à l'univers lettré, comme nos principaux poëtes, un ramas d'auteurs problématiques dont l'art n'a jamais entendu parler. Lorsque l'Europe lui demande le nom de notre littérature, elle répond que le dix-neuvième siècle s'appelle M. Ancelot !

Que dire d'un corps littéraire qui, rien que dans ces

derniers temps, a préféré M. Viennet à Benjamin Constant, M. Tissot à Nodier, M. Droz à Lamartine, M. Dupaty à Victor Hugo, et M. de Noailles à Balzac?

Le suffrage universel! le suffrage universel! le suffrage universel!

---

16 janvier 1849.

C'est après-demain, jeudi, que l'Académie française donne le fauteuil qui lui reste.

L'Académie le donnerait à Balzac si elle avait le moindre respect du sentiment universel; mais nous n'espérons pas de sa part cet acte d'intelligence littéraire et politique. L'unanime huée qu'a soulevée dans tous les journaux l'élection de M. de Noailles n'aura fait que l'enraciner plus profondément dans son opposition au courant de l'idée moderne. L'Académie est entêtée comme une vieille fille qu'elle est, et la contradiction l'empire. D'ailleurs, les journaux n'ont fait que lui répéter, au sujet des ducs préférés aux poëtes, ce que lui avaient déjà dit d'une voix bien autrement haute et formidable les journées de février; et comment pourrait-elle entendre le grincement de notre plume sur notre papier, elle qui a été sourde aux coups de fusil dans les rues?

Le dédain aveugle et provocateur avec lequel elle a traité, la semaine dernière, les recommandations pressantes de toute la pensée contemporaine doit ôter toute illusion aux plus crédules. La rupture est totale et définitive entre l'Académie et la littérature.

Voici quelques-uns de ceux que l'Académie a ignorés depuis qu'elle existe : — Pascal, Molière, La Rochefoucault et Saint-Simon, lesquels pourtant étaient ducs,

Descartes, Régnard, Lesage, Jean-Jacques Rousseau, Diderot, Beaumarchais, Mirabeau, André Chénier, Benjamin Constant, etc. Nous ne parlons pas des vivants. En revanche, elle a connu et reconnu des génies de l'espèce de ceux-ci : Colletet, Saint-Aulaire, le maréchal de Richelieu, Roquelaure, le cardinal Dubois, les Soubise, les Guéménée, le maréchal de Duras, Larivière, Lauzun, Cambacérès, etc. Le monopole qu'elle continue de s'attribuer, comme si nous étions encore au dix-septième siècle, serait réellement son droit, qu'elle l'aurait perdu par la manière funeste et ridicule dont elle l'a tant de fois employé. Elle a donné plus de preuves d'aliénation mentale qu'il n'en faut pour qu'on l'interdise.

Non-seulement nous n'espérons pas que l'Académie prendra le grand romancier que nous lui proposons uniquement pour l'acquit de notre conscience, mais nous ne désirons pas qu'elle le prenne. Elle nous ferait un vrai déplaisir en nous accordant ce que nous lui demandons. Cette concession aux souveraines exigences de l'art atténuerait l'indignation publique, et l'Académie échapperait peut-être par là à la légitime et urgente réforme que nous poursuivons. Telle est, par moments, la tactique de l'Académie : elle fait coup sur coup cinq ou six choix misérables ; puis, de temps en temps, lorsque l'opinion est par trop révoltée, l'Académie subit un talent, et désarme par cette générosité dérisoire la colère des journaux. Mais l'heure de ces accommodements est passée ; l'art ne peut plus se contenter de ces satisfactions insuffisantes ; ce n'est plus une élection sur six qu'il lui faut, toutes lui appartiennent, et désormais on ne le fera pas taire, en lui octroyant, par grâce et par pitié, une portion de sa propriété. Il ne souffrira plus que la médiocrité, titrée ou non, entre impudemment dans une maison qui est à lui, s'y installe, et croie faire beaucoup pour lui en daignant lui laisser un fauteuil.

A présent que l'Académie a, dans une occasion aussi décisive que le remplacement de Chateaubriand, déclaré la guerre à l'esprit moderne, à présent que la nécessité de sa reconstitution est reconnue, nous regarderions comme un accident fâcheux tout bon choix qu'elle ferait par lâcheté ou par mégarde. En entrant à l'Institut, les écrivains dont notre siècle s'honore prêteraient leur popularité à une institution caduque, et infuseraient un sang jeune et vivant dans des statuts moribonds. Puisqu'évidemment l'organisation actuelle de l'Académie est mauvaise et doit périr, qu'elle périsse vite! Que la vieille Académie aristocratique et féodale expire le plus tôt possible, pour renaître démocratique et populaire. En prolongeant son agonie, on reculerait sa résurrection.

Mais nous sommes bien tranquille. L'Académie, qui a donné un duc pour successeur à Chateaubriand, ne donnera pas un poëte pour successeur à M. Vatout. Merci! Nous n'aurons pas besoin de la tuer, elle se suicidera.

----

18 janvier 1849.

L'Académie a nommé ce matin le successeur de M. Vatout.

Entre Balzac, Alexandre Dumas, Alfred de Musset et Théophile Gautier, — l'Académie a choisi — M. de Saint-Priest.

M. de Saint-Priest est un ex-pair de France, comme M. de Noailles.

Il y a eu trois tours de scrutin. Vingt-sept académi-

ciens seulement étaient présents. Voici la distribution des
voix :

Au premier tour :

> M. de Saint-Priest.   10
> M. Nisard.   8
> M. Philarète Chasles.   4
> M. Saintine.   3
> Balzac.   2

Au second tour :

> M. de Saint-Priest.   12
> M. Nisard.   11
> M. Saintine.   3
> Balzac.   1

Au troisième tour :

> M. de Saint-Priest.   14
> M. Nisard.   12
> M. Saintine.   1
> Balzac.   0

Ainsi, trois tours de scrutin, deux heures de lutte, résultat : — M. de Saint-Priest, *quatorze* voix; Balzac, *zéro*.

La nomination de M. de Saint-Priest huit jours après
celle de M. de Noailles, la conscience publique souffletée
deux fois en une semaine; — la réparation ne peut plus
s'ajourner.

La nation entière nomme les représentants de la nation;
la littérature entière doit nommer les représentants de la
littérature.

Nous ne parlons que de l'Académie française; mais il
va sans dire que la réforme doit, selon nous, s'étendre à
tout l'Institut. Toutes les sections offrent le même spectacle
que la section des lettres. Il faut rendre aux peintres

comme aux littérateurs, et aux savants comme aux peintres, le droit d'élire leurs représentants.

Le suffrage universel! et l'Institut deviendra, au lieu
de la chose ridicule qu'il est, la chose grande et vénérable
qu'il doit être, l'Encyclopédie vivante, la réunion de l'utile
et du beau, le bon terrain où le peuple contemplera, et
respirera, et étudiera la pensée humaine tout entière, depuis la science, qui est la racine, jusqu'à l'art, qui est la
fleur.

1850.

L'Académie vient enfin d'élire un littérateur!

Elle a nommé M. Nisard.

L'élection de M. de Noailles et celle de M. de Saint-
Priest avaient fait dire : — Il n'y a donc plus d'écrivains
en France? L'Académie répond : — Si fait, il y a M. Nisard.

Qu'est-ce qu'on disait donc, que l'Académie était fermée
aux écrivains? Au contraire; elle est ouverte aux moindres d'entre eux, aux plus obscurs, aux plus infimes, aux
plats traducteurs, aux critiques ineptes.

M. Nisard est encore mieux qu'un écrivain infime. Il a
autrefois, dit-on, essayé contre l'art contemporain des at-
taques épileptiques. Le premier corps littéraire de France
ne pouvait manquer de récompenser cette hostilité aux
lettres vivantes.

De mieux en mieux! M. de Saint-Priest n'était qu'un
étranger, M. Nisard est un ennemi.

L'Académie a nommé aujourd'hui le successeur de M. Droz.

A midi et demi, la séance s'est ouverte. Le bureau était composé de M. de Rémusat, nouveau président trimestriel, et de M. de Ségur, nouveau chancelier.

Trente membres étaient présents. Il manquait MM. de Vigny, Barante, Cousin, Lacretelle, Jay, Viennet, de Tocqueville, Ampère. — M. Nisard, le dernier élu, n'étant pas encore reçu, n'avait pas droit de voter.

Il n'y a eu qu'un tour de scrutin.

Les voix se sont réparties ainsi.

M. de Montalembert.	25
M. Alfred de Musset.	2
M. Ponsard.	2

Les deux académiciens qui ont voté pour M. Alfred de Musset sont MM. Victor Hugo et Empis.

Les deux qui ont voté pour M. Ponsard sont MM. de Lamartine et Patin.

Il y a eu un billet blanc, attribué à M. Villemain.

L'Académie n'avait encore jeté que deux pairs de France à la face de la révolution qui a supprimé la pairie : M. de Montalembert est le troisième.

L'Académie se perfectionne. M. Nisard n'était qu'un ennemi des lettres contemporaines ; M. de Montalembert est un ennemi de l'esprit humain. C'est le catholique, le dévot, le tribun de la sacristie, l'orateur des ténèbres, celui qui étrangle les idées avec un chapelet. C'est l'hypocrite, c'est le menteur de la liberté, c'est l'émancipateur des oppresseurs, c'est l'affranchisseur du bâillon et de

l'éteignoir. L'Académie n'a pas eu Molière, mais elle aura
Tartufe.

Eh bien ! l'Académie a raison. Elle se meurt, elle est
morte, tous les journaux l'ont déjà clouée dans la bière.
Lorsqu'on enterre un corps mort, on jette dessus quelques gouttes d'eau bénite, et tout est dit. C'est pourquoi
l'Académie a bien fait de préférer à la plume d'Alfred de
Musset le goupillon de M. de Montalembert.

1851.

La mort de M. de Saint-Priest et celle de M. Dupaty
laissent deux fauteuils vacants à l'Académie française.

Aux dernières vacances, nous avons eu la maladresse
de proposer les écrivains les plus illustres, et par conséquent les moins possibles.

Ennuyé à la fin de toujours porter des noms qui ne
passent jamais, et déterminé cette fois à être du côté des
candidatures qui ont le plus de chances, nous proposons
à l'Académie de donner ses deux fauteuils à MM. Paillasse
et Veuillot.

Si, par impossible, l'Académie avait une objection
quelconque contre ces noms, en voici deux autres qui
lèveraient tous les doutes : Henri IV et Florian.

Nos lecteurs diront qu'ils sont morts. — Eh bien, est-
ce que l'Académie a jamais nommé des vivants ?

De temps en temps, on met dans les journaux qu'un
académicien vient de mourir, pour faire croire qu'il vivait auparavant. Mais la ruse commence à s'éventer, et
personne ne s'y prend plus.

Cependant, pour laisser plus de latitude au jugement
de l'Académie, si elle avait pour MM. Veuillot et Pail-

lasse, pour Henri IV et Florian, une répugnance que nous ne prévoyons pas, deux bons choix encore, ce seraient deux mille-pieds. Ce ne serait pas une élection sans précédents. Dans le dernier numéro de la *Revue des deux mondes*, M. Ampère, membre de l'Académie française, décrit des statues colossales qu'il a vues nous ne savons plus où. Ces statues sont énormes, les corps dépassent toute proportion connue. « Quant aux pieds, » dit M. Ampère, de l'Académie française, « ils sont grands comme *cinq des miens*. »

———

Assez plaisanté.

Certes, lorsqu'on ne voit que l'Institut actuel, la gravité n'est pas facile à garder, et la colère elle-même finit par crever de rire. Quoi de plus bouffon que ces quelques bonshommes qui s'imaginent diminuer le talent parce qu'ils l'empêchent d'être académicien, qui croient l'étouffer parce qu'ils l'exilent de leur trou et qu'ils ne lui laissent plus — que le monde?

L'Institut actuel est le contraire du progrès. C'est l'hôtel des Invalides de l'art. C'est l'hospice des Incurables de la science.

Cela tient d'abord au vice de son mode d'élection, ensuite au vice de son mode de séances.

Il y a par an quatre ou cinq séances publiques: — la séance des sections réunies, la séance des prix, les séances des réceptions, — séances solennelles, apprêtées, fardées, où l'on ne parle pas, où l'on lit des discours censurés par une commission; mais les séances où l'on ne lit pas, où l'on parle, où tous ont le droit de parler, les causeries sincères, les discussions libres et profondes, personne n'y entre. L'Académie française se cache pour faire son dictionnaire, comme si elle en rougissait. L'Académie des sciences, qui faisait exception, et qui ouvrait sa porte tous les jours, l'a fermée l'année dernière parce qu'il entrait des journalistes. L'Institut n'aime pas avoir de regards sur lui. Il s'enferme avec les questions d'art, de philosophie, de grammaire, d'industrie, avec la pensée du temps, et ne veut pas qu'on sache ce qu'il lui fait.

Les inventeurs qui soumettent une idée à l'Institut sont .ivrés sans garantie à un tribunal secret et irresponsable dont aucun public ne juge le jugement. Les découvertes sont jugées à huis-clos, comme les procès indécents. La pensée est une obscénité.

Contre-sens stupide, — l'art, la science, l'esprit, le souffle, l'effusion, la prédication, qui ne veulent pas se communiquer, la parole qui ne veut pas qu'on l'écoute, le littérateur qui ne veut pas de lecteurs, le savant qui ne veut pas d'élèves, le jour qui fait la nuit, le flambeau qui se fait l'éteignoir.

Quand l'Institut ouvrira ses séances et ses élections, quand le suffrage universel élargira la porte à la taille de tous les génies, quand, savants, artistes, industriels, l'Institut sera le faisceau solide et radieux de tous les inventeurs, quand il aura six cents membres, toujours révocables, toujours justiciables de l'opinion, toujours retrempés dans le flot populaire, quand il aura deux fois par semaine, sinon tous les jours, des séances publiques sténographiées par tous les journaux, quand, en présence du peuple et de l'humanité, l'agronome discutera les relations de l'homme avec la terre, l'astronome les relations de la terre avec le ciel, le peintre les relations de l'homme avec le beau, le poëte les relations de l'homme avec Dieu, — alors on comprendra pourquoi la Convention, déjà expirante, fit un effort suprême pour mettre l'Institut au monde, et put mourir aussitôt, se sentant remplacée.

L'Institut, en effet, c'est la grande assemblée de l'avenir, c'est la Convention des esprits.

Qu'est-ce que font les assemblées, législatives ou constituantes ? Elles mettent dans les lois et dans les constitutions la somme de progrès qu'ont mise dans la société les novateurs de toute espèce. Elles réglementent les découvertes, appliquent les philosophies, subventionnent les arts. Elles constatent, étiquètent, numérotent, rangent dans les codes, sous la protection du juge, les vérités récentes. Elles traduisent en pénalités la pensée contemporaine. · Traduction toujours incomplète, souvent inexacte, parfois hostile.

Les parlements ne sont que les traducteurs de la loi ; les auteurs, ce sont les philosophes, les savants, les artistes, les dompteurs de la matière et les chevaucheurs de l'idéal, les trouveurs de mondes et les faiseurs de poëmes ; c'est Colomb, qui donne un continent à la civilisation ; c'est Guttemberg, qui donne un corps à la pensée ; c'est Rousseau, qui donne les enfants aux mères.

Ces législateurs-là, qui sont les vrais, sont disséminés, isolés, abandonnés, impuissants. L'avenir les réunira, et leur construira une tribune d'où ils parleront à toute la terre. Le parlement des inventeurs et des créateurs, le dialogue de l'art et de la science, du beau et du vrai, du statuaire et du chirurgien, de l'imagination et de l'érudition, de l'utopie et de l'histoire, de l'archet et du compas, de la plume et de la bêche, — voilà ce que sera l'Institut, lorsqu'il sera pris au sérieux par l'Institut.

Devant ce parlement, que sera l'autre ? Ce qu'est la version devant le texte, ce qu'est Letourneur devant Shakspeare.

Et la traduction deviendra de moins en moins nécessaire à mesure que l'enseignement se généralisera. Le peuple apprendra la langue, et lira directement dans le texte.

Le parlement de la politique descendra au second rang, il décroîtra, il s'absorbera dans le parlement de l'intelligence. Il n'y aura plus qu'un seul parlement, en qui se rejoindront et se confondront le gouvernement positif et le gouvernement moral, l'action et la pensée, le corps et l'âme.

Législations, réglementations, codes, tutelles, lisières, lâcheront l'homme. L'avenir, c'est l'individu en pleine possession de lui-même, c'est l'initiative universelle, c'est la faculté de tout proposer et de tout choisir, c'est le droit pour tous de circuler dans toutes les nouveautés. L'unique fonction du gouvernement sera de faire partout le plus grand jour possible, afin que chacun, avant de préférer une route à l'autre, sache bien où il va. La loi ne sera plus que le poteau du chemin, l'écriteau de la rue, le réverbère de la nuit de l'esprit. Le gouvernement de l'avenir, c'est la science.

La science contient la conscience. Maintenant, tout ce qu'on fait pour le bien, c'est de punir le mal. La pénalité ne prévient rien. Elle n'a d'abord affaire qu'au mal matériel, apparent, brutal, audacieux, à l'effraction de la vitre, au coup de couteau; le mal moral, le mal latent, les trahisons domestiques, les scélératesses à huis-clos, les cruautés lâches, les assassinats hypocrites lui échappent; elle fait pitié à Tartufe! Et le mal matériel, ce n'est pas elle qui l'empêche. Est-ce que vous voleriez, est-ce que vous assassineriez si la loi vous le permettait? Je déclare que je ne connais pas de loi qui m'ait empêché de faire le mal, mais que j'en connais qui m'ont empêché de faire le bien. Quant au petit nombr. 'e retient a crainte du bagne, triste produit pour une civilisation, des misérables qui n'osent pas tuer et voler, mais qui voudraient bien ! quelle vertu, la lâcheté ! Il ne s'agit pas d'être honnête par peur, mais d'être honnête par honnêteté. Ce ne sont pas les gendarmes qu'il faut multiplier, ce sont les consciences. La conscience atteint le mal tout entier, le mal public et le mal latent. Le crime est fait d'ignorance et de misère ; donc, l'éducation universelle pour que tous veuillent le bien, le bien-être universel pour que tous le puissent, voilà les deux lois préventives de l'avenir.

Ainsi, l'avenir, c'est l'homme gouverné par son intelligence et jugé par sa conscience. C'est pour assemblée — jusqu'au jour où il n'y aura plus d'assemblée du tout — l'assemblée des représentants de l'intelligence et de la conscience, de ceux qui ne font pas les lois, qui les trouvent et qui les éclairent, de ceux dont les lois sont la loi d'attraction, la loi de gravitation, l'électricité, les vérités, les chefs-d'œuvre, de ceux qui ont pour force armée l'évidence et pour politique la lumière.

Guernesey, janvier 1856.

XXXVI

L'ART POUR L'ART

Récompense honnête à qui trouvera dans Victor Hugo ce mot fameux : l'art pour l'art.

Un homme qui ne saurait pas ce que c'est que la bêtise compliquée de l'envie tomberait dans des étonnements prodigieux en voyant tant de gens lire dans un poëte, et discuter magistralement, et combattre par toutes sortes de raisons très-graves, pendant vingt ans, un mot qui n'existe pas.

Ce mot, l'art pour l'art, Victor Hugo ne l'a jamais dit ; en revanche, il a toujours dit — et fait — le contraire.

Donc, voici un fragment d'un dialogue qui a duré vingt ans :

LA PRÉFACE DE LUCRÈCE BORGIA : — « Le théâtre est une tribune, le théâtre est une chaire. Le drame, sans sortir des limites impartiales de l'art, a une mission nationale, une mission sociale, une mission humaine. Le poëte aussi a charge d'âmes. Il ne faut pas que la multi-

tude sorte du théâtre sans emporter avec elle quelque mo-
ralité austère et profonde. L'art seul, l'art pur, l'art proprement dit, n'exige pas tout cela du poëte; mais, au
théâtre surtout, il ne suffit pas de remplir les conditions
de l'art. »

CHŒUR DE CRITIQUES : — Quoi! il suffit de remplir les
conditions de l'art? c'est monstrueux! L'art pour l'art,
dites-vous? Mais sachez que l'art pour l'art, etc.

LA PRÉFACE DE LITTÉRATURE ET PHILOSOPHIE MÊLÉES :
— « Le théâtre, nous le répétons, est une chose qui enseigne et qui civilise. Dans nos temps de doute et de curiosité, le théâtre est devenu pour les multitudes ce qu'était
l'Église au moyen âge, le lieu attrayant et central. Tant
que ceci durera, la fonction du poëte sera plus qu'une ma-
gistrature et presque un sacerdoce. Le fond importe, non
moins certes que la forme. »

CHŒUR DE CRITIQUES : — Comment! le fond n'importe
pas autant que la forme? Encore l'art pour l'art! Mais
sachez que l'art pour l'art, etc.

LA PRÉFACE DE LITTÉRATURE ET PHILOSOPHIE MÊLÉES :
— « L'art, quoi qu'il fasse, dans ses fantaisies les plus
flottantes et les plus échevelées, dans ses calques les plus
sévères de la nature, dans ses créations les plus échafau-
dées sur des rêves hors du possible et du réel, dans ses
plus délicates explorations de la métaphysique du cœur,
dans ses plus larges peintures de la passion, de la passion
chaude, vivante et irréfléchie, l'art, et en particulier le
drame, qui est aujourd'hui son expression la plus puissante et la plus saisissable à tous, doit avoir sans cesse
présente, comme un témoin austère de ses travaux, la
pensée du temps où nous vivons, la responsabilité qu'il
encourt, la règle que la foule demande et attend de partout, la pente des idées et des événements sur laquelle

notre époque est lancée, la perturbation fatale qu'un pouvoir spirituel mal dirigé pourrait causer au milieu de cet ensemble de forces qui élaborent en commun, les unes au grand jour, les autres dans l'ombre, notre civilisation future. L'art d'à présent ne doit plus chercher seulement le beau, mais encore le bien. »

CHŒUR DE CRITIQUES : — Qu'est-ce à dire? l'art ne doit chercher que le beau! Et le bien, qu'en faites-vous? Toujours l'art pour l'art! Mais apprenez que l'art pour l'art, etc.

Et les préfaces se tairaient, les livres sont là qui parlent et qui agissent. Quelle littérature s'est jamais inquiétée des problèmes sociaux, a secouru les misérables, a servi les malades du corps et de l'âme, comme la littérature contemporaine? Eh bien, préfaces et livres, tout a été inutile; rien n'a pu entamer l'authenticité de ce mot : l'art pour l'art, qui n'a pas été dit. C'est avec ce mot qu'on a battu en brèche, bombardé, crevé, écrasé, pulvérisé les romantiques; c'est à cause de ce mot terrible qu'il n'est plus question des *Feuilles d'Automne,* ni des *Chants du crépuscule,* ni de *Ruy-Blas,* ni de *Marie Tudor,* et que les éditions de *Notre-Dame de Paris,* empilées volume sur volume, feraient à peine les deux tours de la cathédrale.

Ç'a été l'énorme « tarte à la crème » de notre temps, — avec cette différence à l'avantage du critique-marquis, que la « tarte à la crème » est dans Molière.

On ne veut pas croire à cette immensité du crétinisme et à cette perfection de la stupidité. On réfléchit que ceux qui donnent cet impossible démenti à l'évidence sont des critiques, c'est-à-dire des hommes qui passent pour savoir lire, et qu'ils ne sont pas sans avoir ouvert une fois dans leur vie les livres dont ils parlent; on se persuade qu'ils ont sans doute leurs raisons pour dire ce qu'ils disent, mais qu'ils ne le pensent pas, qu'ils détestent les poëtes et qu'ils les frappent n'importe où, qu'ils mentent, qu'ils calomnient. — On les vante.

Ils sont sincères. Ils sont honnêtement bêtes, loyalement idiots. C'est de la meilleure foi du monde qu'ils choisissent le poëte qui a dit : le théâtre est une tribune, pour lui enseigner que le théâtre est une tribune. Ils regrettent vraiment et douloureusement que des livres sans cesse penchés sur les plaies sociales et humaines ne se penchent pas quelquefois sur les plaies sociales et humaines; ils voudraient que *Marion Delorme* songeât qu'il y a des prostituées, et que *le Dernier jour d'un condamné* s'occupât de la peine de mort.

C'est si fatigant de se faire une opinion sur une littérature; ils rencontrent une opinion toute faite, ils lui sont trop reconnaissants pour lui chercher chicane; ils l'acceptent les yeux fermés. Les pauvres de l'idée, à qui l'on fait la charité d'une phrase pareille, n'ont pas intérêt à la trouver fausse. Si deux ou trois finissent par s'apercevoir de la vérité, bah! on leur a passé la phrase, ils la passent, — comme ces honnêtes gens qui ont une pièce de fausse monnaie et que vous avertissez et qui aiment mieux ne pas vous croire que de perdre vingt sous.

Mais celui qui a mis la phrase en circulation, le faux-monnayeur? Oh! celui-là n'est pas dupe; celui-là, nous le saluons. Quel magnifique mépris du public! quelle certitude que ces vils lecteurs pourront lire et relire sans se douter que Marion Delorme est une prostituée, que Ruy-Blas est un domestique, et que : le poëte a charge d'âmes, cela veut dire : le poëte a charge d'âmes!

Jersey, septembre 1855.

XXXVII

L'UTILITÉ DE LA BEAUTÉ

Et cependant, c'est vrai, il y a des artistes qui croient que l'art se suffit à lui-même, et pour qui tout l'art est dans la forme. La beauté les enivre. L'arrangement du sujet, la figure de la scène, la draperie de la phrase, la coupe de la strophe, la nouveauté de la rime, le moindre détail de l'expression est pour eux d'une tout autre importance que les pas imperceptibles qu'on peut faire faire à cette chétive humanité toujours suant vers un bonheur qu'elle n'atteindra jamais. Ils ont leur monde à eux, étranger au monde de tous. Toutes sortes de choses, invisibles pour la foule, les ravissent. Il leur est indifférent que le vers soit pour ou contre la liberté, lutteur ou assassin, pourvu qu'il assassine avec un beau geste. Ils battent des mains aux incendies quand la flamme est bien rouge sur le ciel bien noir. Ils sont amateurs de torture, dégustateurs de sang versé, gourmets de chrétiens qu'on grille, et ils disent si Jeanne d'Arc est cuite à point.

Ce n'est pas férocité, mais il leur répugne de descendre de la forme, de la beauté, de la chose éternelle et sidérale, à la misérable infirmité humaine. Le beau, c'est le ciel entr'ouvert, c'est la face de Dieu entrevue. Ils ont horreur de retomber du ciel à la cuisine, de l'astre à la casserole. Il leur semble impie de faire servir l'idéal à nos besoins journaliers, à nos appétits grossiers ou obscènes, de faire téter aux enfants la Voie lactée, de mettre le Taureau à la broche, de faire une fille publique de la planète Vénus.

Comme si la grandeur ne consistait pas à aider les petits ! comme si toutes les puissances ne travaillaient pas au bien-être humain ! comme si l'Océan n'était pas le vrai portefaix, comme si l'étoile du nord n'était pas le vrai pilote, comme si le vent n'accourait pas du fond de l'horizon pour une barque de pêcheur, comme si la lune ne relayait pas le réverbère, comme si le soleil ne s'occupait pas du grain de blé !

Qu'ils ne soient donc pas plus fiers que le soleil !

Il n'y a de vrai chef-d'œuvre que celui qui satisfait l'artiste et le philosophe. L'art complet, c'est l'utile et le beau mêlés ; c'est l'unité du terrestre et de l'idéal, du progrès et de l'infini.

L'art, c'est le civilisateur rayonnant.

Sans même s'inquiéter de la question du jour, du problème de la minute, du ministre à faire ou à défaire, l'art a une influence générale et permanente, même sur les détails qu'il dédaigne. Il agit sur ceux qui agissent. Il fait plus que les lois, il fait les législateurs.

L'art, c'est l'émotion : il prend l'homme par la pitié, et le penche fraternellement sur les plaies saignantes ; il le prend par l'admiration, et lui lève le front vers les vérités splendides.

Et c'est pourquoi les artistes purs ne rêvent pas seulement une chose inhumaine, ils rêvent une chose impossible. Heureusement pour eux, il n'est au pouvoir d'aucun homme de s'abstraire de l'humanité. Ils servent le progrès malgré eux ; seulement, ils se retirent le mérite. Le style lui-même est de la philosophie, la beauté toute seule est de la civilisation. Tout est utile, surtout le beau ! Il ne dépend pas du génie d'être égoïste, du beau d'être avare.

Le beau, c'est le soleil moral, c'est de la lumière et de la fécondité. Les chefs-d'œuvre sont des progrès comme les rayons sont des épis.

Un rossignol qui chante, l'ombre d'un saule sur un étang, une jeune fille au front chaste, toute beauté attendrit le cœur de l'homme.

Les étoiles ne passent pas la nuit à réciter la *Civilité puérile et honnête*, et elles n'en donnent pas de moins bons conseils pour les donner sous forme de clartés.

Les roses ont fait plus d'honnêtes gens que les lois.

Jersey, septembre 1855.

XXXVIII

L'IDÉE-ACTION

Jamais la pensée ne s'est faite action comme depuis soixante ans.

En 1789, les idées disent : assez rêvé! Elles sortent des encyclopédies, descendent dans les rues, montent sur les bornes, haranguent les passants, prennent la Bastille, saisissent la royauté en rupture de ban, décapitent le passé, et font face à l'Europe. — La révolution est un drame, l'empire est une pantomime. Pantomime militaire, équestre, fanfares, décors inouïs, changements à vue, toutes les capitales, l'Europe et l'Asie, le désert de feu et le désert de neige, — et pas un mot. La tribune à terre, la censure sur les livres. Qu'import'? Les idées, bâillonnées, agissent. Ces grandes muettes mêlent aux soldats sans qu'on les voie, et vont partout avec eux, la révolution dans leur giberne. Elles courent à travers les fumées et les musiques, criblant de boulets

le vieux monde, tuant les dynasties, défaisant la royauté
en faisant des rois, montrant qu'un Wasa ou un caporal
c'est la même chose, réalisant l'égalité, faisant faire leur
besogne par la matière, qui se croit ambitieuse. — Quand
elles n'ont plus besoin de l'épée, elles la jettent au loin
dans la mer. Et depuis, pas une des journées célèbres du
parlement ou de la rue qui ne les ait vues charger le fusil
ou la parole.

Non-seulement la pensée, mais les penseurs agissent.
Savants, historiens, poëtes, il n'y a pas eu dans ce temps
un homme de pensée qui n'ait été un homme d'action.
Chateaubriand a été ministre, ambassadeur, journaliste.
Arago est allé de l'Observatoire à l'Hôtel de Ville. La
chaire de Michelet a sombré dans la tempête. La chanson
de Béranger a pour refrain la fusillade de juillet. Le cadavre de Lamennais a eu un duel avec l'Église. Hugo
c'est tout simple; lui, poëte dramatique, il était prêt pour
l'action; il est chez lui parmi les hommes, lui qui en fait.
Mais Lamartine, le cygne du *Lac*, l'effusion lyrique, la
rêverie, l'élégie, la strophe involontaire, jeté brutalement
dans ce violent coup de théâtre du 24 février et jouant le
principal rôle! Ce songeur, mis devant l'effrayante réalité
d'une explosion populaire! Et ce doux souffle de poésie a
déraciné le trône et balayé quatorze cents ans comme des
feuilles mortes.

Chose frappante : jamais les écrivains n'ont existé
politiquement comme dans ce siècle où s'agitent si violemment toutes les questions matérielles. Le dix-neuvième siècle aura dans l'histoire cet honneur exceptionnel
d'avoir voulu qu'enfin l'homme fût complet, d'avoir

affirmé la matière sans nier l'esprit, d'avoir accru la liberté et le salaire, d'avoir fait le journal et le chemin de fer, et d'avoir attelé de front à la civilisation les machines et les poëtes.

Guernesey, février 1856.

XXXIX

LA DANSE DES ROSES

Les quarante-huit petites filles, ayant chacune des guirlandes de roses dans les mains, se mettent à danser, à courir, à tourbillonner d'un tel mouvement que l'œil s'y trouble et ne voit plus qui sont les fleurs ni qui sont les filles. Les fleurs elles-mêmes ne le savent plus bien, et, croyant, aux roses du teint, que ces jolies enfants sont de leur famille, se livrent et jouent avec elles comme avec des sœurs. Les fleurs s'y prêtant, cela devient une fête, une gaieté, un délire. Les danseuses font de leurs bouquets des cerceaux et des cordes à sauter, les tressent en corbeilles où elles accumulent leurs têtes blondes comme des fruits cueillis à peine, les dressent en allées et en berceaux sous lesquels leur danse effrénée s'emporte à perte de vue, les creusent en grottes où elles s'enfoncent en valsant jusqu'au vertige. Et toujours les grosses fleurs aident les petites filles, et c'est ravissant ces groupes de roses et ces touffes d'enfants.

Oui, les fleurs jouent, oui, elles comprennent, oui, elles sont gaies, oui, elles sont tristes, oui, elles ont une âme! oui, elles aident les enfants, et les hommes, et les femmes! Demandez à ces filles du peuple qui mangent une bouchée de moins pour avoir un rosier de plus! Dans la chambre la mieux fermée et la plus virginale, il se glisse toujours un ami pour lequel le cœur est tout grand ouvert, auquel on ne cache rien, qui tient une bonne place dans la vie, parfois la première, — et qui n'est souvent qu'un œillet. Les fleurs ont l'affection de ces humbles travailleuses qui ne veulent pas aimer malhonnêtement et qui veulent cependant aimer. Il y a bien les oiseaux, mais les oiseaux sont bavards et finissent par importuner dans les moments où l'on souffre. Il faut être heureuse pour se plaire dans leur compagnie. Ils parlent tout haut, tandis que les fleurs ont l'attention délicate de parler tout bas. Une giroflée est une sœur, un moineau est un camarade.

Qui ne les a remarquées avec attendrissement dans quelque mansarde, qui ne les a remerciées, qui ne les a bénies, ces douces consolatrices, souriant au moindre rayon, résignées au pot de terre qui est leur cage à elles, conseillant à leurs pauvres maîtresses la résignation, et mêlant une signification plus charmante à ce mot qui est au bout de la tâche : Respirons !

Septembre 1846.

XL

Pascal avait vingt-trois ans et était éperdu des mathématiques, quand un de ses amis lui fit lire un petit discours
de Jansénius, intitulé : *De la Réformation de l'homme
intérieur,* dans lequel était blâmée « la recherche des
secrets de la nature, qui ne nous regardent point, qu'il
est inutile de connaître, et que les hommes ne veulent
savoir que pour les savoir seulement. » Cette phrase jeta
une étrange clarté dans l'esprit de Pascal, et il se vit subitement. Il s'aperçut que les mathématiques n'étaient
qu'un symptôme, et qu'il était atteint de ce mal orga-
nique et incurable, la curiosité. Son catholicisme s'ef-
fraya. Il courba la tête ; il renonça aux mathématiques.

Mais ce ne fut là qu'une guérison superficielle et insignifiante. Le dedans n'en fut que plus attaqué. La science
était une issue ouverte à l'inquiétude intérieure. La peau
fermée, l'humeur s'engorgea au poumon.

Pascal ne tarda pas à comprendre combien ce remède

était dérisoire. Il reprit ses études, puis les quitta une seconde fois. De vingt-trois à trente-deux ans, ce fut un flux et reflux perpétuel. Il flotta de l'obéissance à la révolte, incertain, cherchant la science et la repoussant, voulant étudier et n'osant pas, Hamlet de la pensée.

Il faut dire qu'il était malade. Au fond de ces infirmités morales, il y a toujours une infirmité matérielle. Hamlet a « l'haleine courte. » Pascal fut de très-bonne heure paralysé des jambes et du gosier, au point de ne pouvoir, pendant quelque temps, marcher qu'avec des béquilles et boire que tiède et goutte à goutte. De plus, il avait de continuels maux de tête, des chaleurs aux entrailles, et un tel froid aux pieds qu'il ne pouvait les réchauffer qu'avec des chaussures trempées dans de l'eau-de-vie. Depuis l'âge de dix-huit ans, il ne fut pas un jour sans souffrir. En trois mois seulement, on le purgea quarante-cinq fois.

Par cette curiosité irrésistible, par cette fatale puissance de déduction qui lui faisait réinventer la géométrie à douze ans, il était déjà du dix-huitième siècle. Mais il était venu cent ans trop tôt. Se voyant seul dans son siècle, il eut peur.

Sa sœur raconte que leur père, lorsqu'il surprit Pascal enfant tête-à-tête avec la trente-deuxième proposition d'Euclide, fut « épouvanté » de son fils. — « O le fils merveilleux qui peut ainsi étonner sa mère ! » — dit Hamlet. Cette épouvante que Pascal causa un instant à son père, il se la causa toujours à lui-même.

Donc, le catholique et le savant se battirent en lui. Duel horrible d'un homme avec lui-même, où la blessure qu'on fait on la reçoit !

Il souffrait. Il tâchait de s'étourdir en se lançant furieusement dans la dissipation mondaine. Les fêtes, le grand train, les carrosses, faisaient autour de lui le plus de bruit possible. Singulier effet de la religion, de prendre un esprit à la méditation et de le donner à la débauche!

Un autre effet non moins singulier de la religion ainsi entendue, ce fut de rendre Pascal méchant. Son caractère s'aigrit. A la mort de son père, lorsque sa sœur Jacqueline voulut prendre le voile et eut à s'entendre avec lui pour les affaires de la succession, il se montra d'une difficulté extrême et éleva de misérables chicanes d'argent. Était-ce avidité? Non, certes; mais lui, pauvre grande âme agitée et que tiraillaient en sens inverse la dévotion et le raisonnement, il ne pouvait rencontrer sans ennui et sans amertume les âmes plus calmes qui allaient droit à l'autel et que rien ne troublait en chemin. Il tourmenta sa sœur comme Hamlet tourmente Ophélie.

Comme Hamlet, il eut son apparition. — Un jour d'octobre ou de novembre 1654, Pascal passait sur le pont de Neuilly dans un carrosse à quatre chevaux, quand, à un endroit sans parapet, l'attelage s'emporta, les deux premiers chevaux roulèrent dans le fleuve, et les autres auraient suivi avec la voiture et Pascal, si les traits ne s'étaient rompus. Cet accident fit une telle impression à Pascal qu'à partir de ce temps il vit toujours un abîme devant lui.

Dès lors, tout fut dit. Le pont de Neuilly fut son esplanade d'Elseneur. Depuis ce jour, harcelé par son abîme, comme Hamlet par son spectre, pendant entre ce monde-ci et l'autre, il perdit complétement le goût de la vie. Il répéta partout : « O Dieu! ô Dieu! combien insipides, fastidieuses et vaines me semblent toutes les jouissances de ce monde! » Il n'eut bientôt plus qu'un mot : « Être ou n'être pas! » Son œil fixe regardait son âme. Il errait à

Port-Royal comme Hamlet dans le cimetière, ami des cellules, qui sont aussi des tombes.

Au reste, son abîme existait. C'était le dix-huitième siècle, c'était ce siècle de l'analyse implacable, c'était ce doute bouillonnant aux arches de la foi, c'était l'écume des questionneurs terribles, c'était le fleuve Voltaire, c'était le gouffre Diderot.

O Seigneur Jésus-Christ! Pascal se sentait rouler dans ce courant profond, dans la pensée, dans l'enfer. Il ne fut pas seul à trembler. — « N'y allez pas! » — crie Marcellus. Et Horatio : — « Songez-y; la tête vous tourne et le vertige vous saisit, rien qu'à regarder la mer à une telle profondeur et à l'entendre mugir sous vos pieds. » Une inexprimable terreur s'empara de l'époque entière. Avec quelle angoisse tous se rejetèrent en arrière et se retinrent au bois de la croix !

La pensée s'épouvanta elle-même! L'humanité, habituée à être maintenue par l'Eglise, frémit à l'idée de la voir disparaître et de rester tout d'un coup livrée à sa propre direction. Elle fut comme l'enfant à qui l'on ôte ses lisières : elle ne voulut plus faire un pas ni un geste. Elle s'assit par terre en pleurant. On s'étouffa aux portes des cloîtres. Adam renia Ève encore une fois, et revint lâchement à ce vil paradis de l'ignorance satisfaite et de la béatitude stupide.

Mais on ne retrouve pas l'Éden. La responsabilité, une fois entrée dans l'homme, ne le lâche plus. On n'abdique pas la conscience.

Les inquiétudes de Pascal le suivirent à Port-Royal, et les doutes, et l'aigreur, et la colère. Il en voulait aux croyants de leur certitude, aux athées de leur audace, aux indifférents de leur insouciance. Il faisait de son cœur un réservoir de satire qui déborda dans les *Provinciales*. Les jésuites, avec leurs mille façons d'alléger l'âme et de mettre ce monde et l'autre d'accord, irritaient jusqu'à la passion ce sévère esprit où la contradiction était, si violente et qui jetait la vie à terre de peur que le poids ne fît plier Dieu!

Ce monde et l'autre ensemble? impossible. Il faut choisir. C'est le cri des *Pensées*. Et quant à Pascal, son choix est fait. Il a pris le ciel.

Qu'est-ce, en effet, que la minute de bonheur mélangé que nous pouvons avoir ici, auprès du bonheur éternel? Divertissement, jeu de paume, flambeaux, fanfares, que Pascal méprise tout cela, c'est peu de chose; mais il méprise de même l'affection : « S'il y a un Dieu, il ne faut aimer que lui, et non les créatures. » Il commence par lui-même, et se hait, et ne veut pas qu'on l'aime : « La vraie et unique vertu est de se haïr... Nous sommes coupables si nous nous faisons aimer. » Et ce qu'il ne demande pas aux autres, il ne le leur donne pas. Il n'aime personne. Lorsque sa sœur Jacqueline mourut, il ne dit que ce mot: — Dieu nous fasse la grâce d'aussi bien mourir! Il se fâchait quand les enfants de son autre sœur embrassaient leur mère.

Dans ce renoncement total, il avait un dur auxiliaire : la maladie. Il a dit là-dessus une parole terrible : « La maladie est l'état naturel des chrétiens. » Et il a fait un aveu non moins lugubre à propos de la mort de son père : « Ne nous affligeons pas de la mort des fidèles. Nous ne les avons pas perdus au moment de leur mort; nous les avions perdus, pour ainsi dire, dès qu'ils étaient entrés dans l'Église par le baptême. » Est-ce bien vrai, Pascal, que ta religion c'est la maladie et que ton baptême c'est la mort?

Donc, il méprise toute la terre. Et si vous lui dites que

la terre, ce n'est pas seulement le plaisir et l'affection
égoïste, la cavalcade dans la forêt et la causerie du foyer,
les lèvres des femmes sur vos lèvres et les petits bras des
enfants à votre cou, que c'est aussi le travail humain, le
vaste dévouement, l'effort vers le bien de tous, le progrès
social, la réalisation de la justice et de la vérité, Pascal
sourit de pitié. La justice terrestre! la vérité terrestre!
« Plaisante justice qu'une rivière borne! Vérité en deçà
des Pyrénées, erreur au delà. » Les peuples sont dans
l'obscurité; qu'ils y restent. La vie ne vaut pas qu'on essaie de l'améliorer. Gouvernement, législation, civilisation, misères que dédaignent les esprits sérieux. Aristote
et Platon ne s'en sont occupés un peu que pour se distraire
de soins plus graves : « Quand ils se sont divertis à faire
leurs lois et leur politique, ils l'ont fait en se jouant. C'é-
tait la partie la moins philosophe et la moins sérieuse de
leur vie. La plus philosophe était de vivre simplement et
tranquillement. S'ils ont écrit de politique, c'était comme
pour régler un hôpital de fous. Et s'ils ont fait semblant
d'en parler comme d'une grande chose, c'est qu'ils savaient que les fous à qui ils parlaient pensaient être rois
et empereurs. » Mais Aristote et Platon ont été trop bons;
la justice n'est nulle part; la force la remplace, et suffit.
L'homme discuter son gouvernement, faire sa loi, quel
désordre! Pascal admettait la royauté héréditaire, un
peuple légué comme un troupeau, vingt millions d'hommes
possédés par un enfant; — et, un jour qu'Arnauld et Ni-
cole soutenaient devant lui l'infaillibilité du pape, ce catholique se trouva mal. C'est que le roi était fatal au lieu
que le pape était élu.

Il ne croit pas même l'homme capable de désirer :
« Seigneur, je ne vous demande ni santé, ni maladie, ni
vie, ni mort; mais que vous disposiez de ma santé et de

ma maladie, de ma vie et de ma mort, pour votre gloire, pour mon salut, et pour l'utilité de l'Église et de vos saints, dont j'espère, par votre grâce, faire une portion. Vous seul savez ce qui m'est expédient; vous êtes le souverain maître, faites ce que vous voudrez. »

Et, après qu'amusements, affections, initiative humaine, inventions, perfectionnements, jusqu'au désir! Pascal a pris toute la vie et en a fait un auto-da-fé à son Dieu jaloux, il lui vient un frisson atroce : — S'il n'y avait pas de Dieu? La preuve de Dieu, Pascal la cherche partout. De quel Dieu? du Dieu de son temps, du Dieu catholique, car si l'on change celui qui est, on pourra changer celui qui sera, et l'âme ne sera jamais tranquille. Si Voltaire nie l'enfer, Diderot niera l'autre vie. Le Dieu des peines éternelles, c'est celui-là que veut Pascal, et rien n'est plus lugubre que ce grand esprit tâchant de se prouver l'enfer qui le terrifie.

Pascal cherche la preuve de Dieu partout, dans la Bible, dans l'Évangile, dans les prophéties, dans les miracles, et ne la trouve nulle part. Eh bien! tant mieux! « S'il y a un Dieu, il est infiniment incompréhensible... Qui blâmera donc les chrétiens de ne pouvoir rendre raison de leur créance? Ils déclarent, en l'exposant au monde, que c'est une sottise, *stultitiam*, et puis vous vous plaignez de ce qu'ils ne la prouvent pas! S'ils la prouvaient, ils ne tiendraient pas parole; c'est en manquant de preuve qu'ils ne manquent pas de sens. » Et lorsqu'il s'est bien démontré par le raisonnement que le raisonnement est incapable de rien démontrer, lorsqu'il s'est bien convaincu que la preuve de Dieu est introuvable et que c'est heureux qu'on ne la trouve pas, — il se remet à la chercher.

Et il veut qu'on la cherche avec lui. Ce qui exaspère surtout cet immense malade, c'est l'indifférence, qu'elle rejette ou qu'elle accepte. Il envie avec mépris ceux qui ont une autre préoccupation que celle-là, les gens de plaisir, les hommes d'action, les chasseurs, les conquérants, les Fortinbras. ,

Mais quoi ! nul moyen de Voir Dieu ? Si fait, il y en a un. Lever la tête, regarder en haut ? Non ; baisser le front, s'agenouiller, s'humilier. Beaucoup sont arrivés à croire « en faisant tout comme s'ils croyaient, en prenant de l'eau bénite, en faisant dire des messes, etc. Naturellement même cela vous fera croire et vous abêtira. » — Le christianisme, qui avait commencé par faire l'homme Dieu, finissait par le faire bête.

Ne cherchez pas et vous trouverez. Crevez-vous les yeux pour voir.

A genoux, sceptiques ! à confesse, athées ! Pascal offre son Dieu à l'essai, avec faculté de le rendre, s'il ne va pas.

Et pourquoi le rendriez-vous ? Calculez. Il n'est pas sûr que l'autre vie existe, mais il n'est pas sûr qu'elle n'existe pas. « Croix ou pile ; si vous gagnez, vous gagnez tout ; si vous perdez, vous ne perdez rien. » Qui pourrait hésiter ? Et Pascal en arrive à mettre au paradis comme on met à la loterie.

Peur de Dieu et peur que Dieu ne soit pas ; terreur de l'enfer et terreur du néant, écrasement de la vie terrestre, immolation de l'homme, et de quel homme ! suicide du génie, la pensée qui s'arrache les entrailles et qui les brûle sur l'autel, — et, en même temps, la vie qui résiste, l'humanité qui ne consent pas à mourir, l'esprit qui ne veut pas de ce Dieu meurtrier de l'esprit, le déchirement, l'anxiété, l'horreur d'avoir sacrifié tout à rien, — voilà le désespoir, voilà les sanglots, voilà le râle des *Pensées*, lambeaux sanglants d'une raison hachée par le catholicisme, tronçons convulsifs du serpent de la Genèse.

Bientôt le suicide de Pascal ne fut plus seulement intellectuel. La ruine de l'esprit n'allait pas assez vite, le corps était plus aisé à défaire, et les progrès de la mort y étaient plus sensibles. La plume s'arrête de pudeur et de douleur devant une telle infirmité d'un tel homme. Le moment et le lieu n'étaient pas doux pour la chair. M. Hamon n'allait qu'en guenilles et mangeait le pain des chiens. M. de Pontchâteau s'était mis un beau jour à ne plus changer de chemise. Ces religieux avaient cette idée de la religion. Leur Dieu grotesque regardait du côté de Port-Royal et se disait : — Allons., bon ! la chemise de Pontchâteau commence à être d'une belle saleté ; elle va tomber en loques, voilà une bonne journée ! — Pascal donna tête baissée dans ces infimes pratiques. Sinon le linge, il proscrivit le balai ; les araignées étaient maîtresses de sa chambre ; il se régalait de poussière. Mais ceci n'est rien, — il avait une ceinture de fer pleine de pointes, à nu sur la chair, « et lorsqu'il lui venait quelque pensée de vanité, ou qu'il prenait plaisir au lieu où il était, ou quelque chose de semblable, il se donnait des coups de coude pour redoubler la violence des piqûres. »

Au secours, Molière ! au secours, Cervantes ! Voltaire, Diderot, au secours ! au secours ! ceux qui vivent, et ceux qui sont morts, et ceux qui ne sont pas nés !

Villequier, septembre 1848.

XLI

Si nous nous faisions saints? dit Sancho à don Quichotte. « Douze coups de discipline qu'on se donne bien à
propos sont plus agréables à Dieu que deux mille coups
de lance qui tombent sur des géants, des lutins ou des
endriagues. » Sancho dit cela; mais attendez, tout à
l'heure il sera pris au mot, et vous verrez ce qu'il fera.

Don Quichotte, lui, accepte franchement ces pénitences.
Les solitudes et les austérités lui vont. Il se cloître dans la
montagne Noire : — « Ne faut-il pas, Sancho, que je déchire mes habits, que je jette mes armes pièce à pièce,
que je saute la tête en bas sur les rochers, et que je fasse
mille autres choses de cette nature qui te donneront de
l'admiration? Je suis résolu de ne manger que les herbes
de ces prés et les fruits de ces arbres, et la finesse de mon
affaire consiste à mourir de faim. Reste seulement le
temps d'un *Credo.* » — « Et, défaisant ses habits, il de-
meura nu de la ceinture en bas, et fit deux sauts en l'air,

se donnant du talon contre le derrière, puis deux cul-
butes, la tête la première et les pieds en haut, décou-
vrant de si agréables choses que Sancho tourna prompte-
ment bride pour ne pas les voir davantage, et s'en alla
fort satisfait de pouvoir jurer sans scrupule que son
maître était complétement fou. » Es-tu assez parodié,
Pascal ?

A Sancho maintenant! Il s'agit d'une bagatelle : trois
mille six cents coups de fouet à s'appliquer solidement sur
les reins, et Dulcinée sera désenchantée; l'âme sera déli-
vrée du purgatoire et reprendra sa forme première. Trois
mille six cents coups, c'est pour rien ; « il n'y a point de
si faible enfant de la doctrine chrétienne qui ne s'en donne
autant par mois. » Sancho s'en moque bien, de la doctrine
chrétienne ! Il refuse largement. Tout le monde le supplie
et le menace. Dulcinée : « Poltron! cœur de poule! scélé-
rat! » Don Quichotte : « Si je vous prends, veillaque de
paysan, je vous pendrai à un arbre! » Le duc : « En vérité, ami Sancho, vous y faites un peu trop de façons. Il
faut que vous vous fouettiez, ou vous ne serez pas gouverneur. » La duchesse : « Hé! allons, courage, Sancho ! où
est le cœur, mon cher ami, vous qui êtes si raisonnable?
Il faut mépriser ces coups de fouet, mon enfant, et rejeter
vos répugnances, qui sont des tentations du démon. » Seul
contre tous, Sancho n'ose pas résister. Il consent aux trois
mille six cents coups, pourvu qu'on lui laisse le choix du
moment. Mais aucun moment ne lui semble bon.

Ils vont, son maître et lui, enfourcher le cheval aérien
et s'en aller combattre le géant Malambrun, à cinq mille
lieues; Dieu seul sait s'ils reviendront; don Quichotte
juge que Sancho ferait prudemment de s'acquitter de
sa pénitence. Sancho s'emporte : « Il faut que vous
soyez fou! Vous voyez que je vais m'asseoir sur la croupe

dure d'un cheval de bois, et vous voulez que je m'y prépare en m'écorchant le derrière ! »

Sancho ne peut jamais se résoudre à s'étriller : il hésite
tant, que don Quichotte prend le parti de lui venir en aide.
L'essentiel est que Sancho reçoive trois mille six cents
coups ; de quelle main il les recevra, question secondaire.
Donc, une nuit qu'ils sont dans une forêt, et que Sancho
dort au pied d'un arbre, don Quichotte détache les étri-
vières de Rossinante, s'approche doucement de Sancho, et
commence à lui défaire l'aiguillette de ses chausses. Sancho se réveille en sursaut et ne veut pas être fouetté. Il
promet de se fouetter lui-même dès que l'envie lui en
viendra ; mais don Quichotte ne le croit plus et continue
à tirer les chausses. Alors Sancho se révolte, et, pour la
première fois de sa vie, se bat avec son maître. La chair,
décidément, ne veut pas de ces mortifications ! Le corps se
redresse sous l'exigence de l'âme. La terre saisit le ciel.
Sancho étreint don Quichotte, lui donne un croc-en-jam-
bes et le jette en bas.

Adieu donc les macérations ! Pas encore. Tout à la fin
du poëme, Sancho se résigne à se fustiger — pour quatre
cent douze livres dix sous ; et, en effet, il se caresse la
peau sept ou huit fois avec la sangle du bât de son âne ;
mais les trois mille cinq cent quatre-vingt-douze coups qui
restent, il aime mieux en gratifier la peau des arbres. Il
passe deux nuits à écorcher les bois, en poussant de gros
soupirs, et don Quichotte, à distance, compte dévotement
les coups sur son rosaire, et demande à Sancho de les
modérer.

La pénitence de Sancho dans la forêt, après la pénitence
de don Quichotte dans la montagne, deux caricatures des
pénitences ; Sancho les raille en les faisant par grimace,
don Quichotte les bafoue en les faisant sérieusement.

Nous en avons assez de l'idéal ! Nous en avons trop de l'esprit qui torture la matière, de l'âme qui nie le corps, du ciel égoïste! C'est l'égoïsme du ciel que Cervantes frappe dans don Quichotte. Chevalier errant ou chartreux, qu'importe? « Nous ne pouvons être tous moines, dit don Quichotte; il y a plusieurs voies par où Dieu conduit les siens au ciel. La chevalerie est une espèce de religion. »

Ainsi, les voilà côte à côte, sur les chemins, dans les fondrières et dans les aventures, dans tous les accidents du terrain et de la terre, l'âme et le corps, l'idéal et le réel, l'imagination et la vie, l'aspiration et l'appétit; don Quichotte cherchant le bien à faire et le mal à défaire, les femmes à protéger, les géants à combattre, et pour récompense les blessures mortelles, Sancho espérant une île; don Quichotte plein de Dulcinée, des enchanteurs, des mystères, Sancho affamé de vache à l'oignon et de forts pieds de veau; don Quichotte raide, haut sur son grand cheval maigre, Sancho lourd, sur son âne, pour être plus près du sol, où ses pieds touchent presque.

Pied à terre! ventre à terre! L'homme a besoin de baiser le sol nourricier après ces extravagances dans les espaces. Le positif, et rien de plus; il n'existe rien au delà de ce qu'on voit et de ce qu'on touche. Enrichis-toi par le travail et par l'économie, marie ta fille, laboure ton champ, fais ce que font les autres; quiconque sortira de la vie usuelle prendra les moulins pour des géants, vaincra des armées de moutons et se fera arracher les dents par les frondes des bergers.

D'abord, pas de livres. Les livres, c'est du ciel. La première chose qu'il faut faire, c'est de brûler tous les livres de don Quichotte et de murer la porte de sa bibliothèque.

Et lui, le livre vivant, Cervantes lâche après lui toute la meute des déboires et des ironies.

Don Quichotte est rossé de toutes les façons, à coups de poing par Cardenio, à coups de lance par le muletier, à coups de bâton par les Yangois, à coups de pierres par les bergers, à coups de lampe par l'archer, à coups de cornes par les taureaux. Ses trois expéditions ont des retours piteux. La première fois, il est ramassé à demi mort par un paysan qui le rapporte sur son âne comme un paquet; la seconde, il est ramené en cage comme une bête féroce; la troisième, il est désarmé par le chevalier de la Blanche-Lune.

Bâtonné, piétiné, humilié, ce n'est rien; il lui arrive mieux que cela : il est fêté. Les ducs le recherchent : « Que le grand chevalier de la Triste-Figure nous fasse l'honneur de nous accompagner, et vienne, s'il lui plaît, à un château que j'ai ici près, où madame la duchesse et moi lui ferons le meilleur accueil que nous pourrons, comme nous avons accoutumé de faire à tous les chevaliers errants qui nous viennent voir. » Et, cette fois, c'est un vrai duc et une vraie duchesse, et le château n'est pas une auberge, et don Quichotte a la meilleure place à table, et il chasse le sanglier, et les filles trahies implorent le secours de sa lance. Pauvre don Quichotte, s'il n'était pas fou, il le deviendrait. Comme le duc et la duchesse s'amusent de lui! comme ils se moquent de lui! comme ils lui inventent des Dulcinées qu'on désenchante en se fouettant, des comtesses qui ont de la barbe, des îles en terre ferme pour son écuyer, des chevaux aériens en bois, et de belles filles qui viennent le tenter effrontément dans son lit! comme ils n'ont aucun scrupule! comme ils sont convaincus que toute plaisanterie est permise contre lui! comme ils sont sûrs qu'ils sont les sages et lui le fou! comme ils sont certains d'être la réalité, le bon sens, la santé, le vrai!

Et cependant, qu'est-ce que ce bon sens qui passe le temps à se divertir d'un fou? Qu'est-ce que ce bon sens qui ne voit rien de mieux à faire que de déguiser des laquais en femmes et Sancho en gouverneur? Ce duc et cette duchesse sont vraiment bien graves, bien sérieux, bien raisonnables, et ont bien le droit de rire de la folie des autres!

Et dans tout le livre, voyons les choses naturelles et vulgaires que traversent les aventures invraisemblables de don Quichotte; voyons la vie réelle en face de la vie chimérique. Des femmes toutes parfaitement belles, Dorothée : « Tous ceux qui étaient dans l'hôtellerie trouvèrent Dorothée admirablement belle; » Luscinde : « Le voile qu'elle avait sur la tête tomba et fit voir une beauté incomparable; » Zoraïde : « Tous ceux qui la virent demeurèrent d'accord qu'elle n'était pas moins belle que les deux autres; » Claire : « Elle surprit tous ceux qui étaient dans l'hôtellerie, et ils ne la trouvèrent pas moins belle que Dorothée, Luscinde et Zoraïde; » une montagne où viennent vivre en plein air les amoureux désespérés; une auberge où tout le monde se retrouve, Sancho et le curé, Dorothée et Fernand, Luscinde et Cardenio, où les esclaves évadés d'Alger retrouvent des frères qu'ils n'ont pas vus depuis vingt-deux ans; des noces de Gamache où Cervantes fait pour un paysan ce que Molière a fait pour Louis XIV, des vers, des ballets et des allégories, où tout passant, en attendant le dîner et pour se mettre en appétit, peut manger une poule et un oison, où les amoureux pauvres supplantent les riches en se fichant des coups d'épée dans un tuyau de fer-blanc; des forêts où l'on est abordé par des bergères habillées de brocard d'or; — voilà ce que don Quichotte rencontre à chaque pas; voilà le monde régulier, incontestable, ordinaire, commun, qui trouve la chevalerie errante une chose si bouffonne et si impossible.

Et Sancho! Les livres ne lui ont pas grisé l'esprit, il ne sait pas lire! l'idéal ne lui métamorphose pas les plats à barbe en armets de Mambrin, il prend les moulins pour des moulins et les moutons pour des moutons, il aime mieux manger son soûl au bas bout de la table que de se retenir à la place d'honneur, il est pour tout ce qui emplit le ventre ou la bourse, les batailles le séduisent peu, il est prudent, il est pratique, il ne s'éreinte pas à chercher le propriétaire des écus d'or qu'il trouve dans les valises, il se fait payer par son maître des coups qu'il ne se donne pas, il pousse le bon sens jusqu'aux frontières de l'escroquerie, il voit que don Quichotte est fou, il lui présente trois paysannes pour trois princesses; — seulement, don Quichotte n'a qu'à lui faire un signe, aussitôt cet homme si avisé et si clairvoyant plante là sa charrue, sa femme et sa fille, et va chercher les jeûnes et les coups de bâton à la suite de cet aveugle.

———

Enseignement profond, que Sancho soit l'écuyer de don Quichotte, que le positif tout seul soit aussi fou que l'idéal tout seul, et de la même folie! que le duc et la duchesse, et Dorothée, et Cardenio, et Gamache, et tous ceux qui veulent être la réalité en contraste avec l'imagination, l'humanité en haine du livre, la chair contre l'âme, cette vie sans l'autre, soient aussi absurdes que l'imagination sans la réalité et que l'autre vie sans celle-ci!

La vérité, ce n'est ni la matière ni l'esprit, c'est l'esprit et la matière; ce n'est ni cette vie ni l'autre, c'est cette vie et l'autre, et bien d'autres.

S'il fallait choisir entre l'idéal et le positif, don Quichotte aurait raison. Au moins, sa folie est généreuse !
S'en aller par les chemins au secours de tous les affligés,
provoquer seul toute la méchanceté humaine, se jeter sans
hésitation contre une armée, être prêt à toutes les princesses Micomicona qui ont des géants à combattre dans
des pays dont le voyage dure neuf ans, c'est extravagant,
mais c'est brave ! La princesse n'est pas une princesse, le
géant est un mensonge ; mais ce qui n'est pas un mensonge, c'est l'intrépidité de don Quichotte. Il ouvre la cage
des lions monstrueux et les défie. La nuit est noire, le
torrent fait un tel fracas qu'il semble tomber des montagnes de la lune, la forêt est pleine de spectres échevelés
qui ressemblent à des arbres, et l'on entend de grands
coups redoublés avec un cliquetis de fers et de chaines :
« Cher et fidèle écuyer, le cœur me bondit vers le péril, et
je suis d'autant plus résolu de le tenter qu'il me paraît
plus horrible. » Il se trouve que ce bruit de spectres est le
bruit de six maillets à foulon, et Sancho crève de rire. —
Mais, dit don Quichotte, « si ç'avait aussi bien été une
aventure réelle comme ce n'était rien, est-ce que je n'ai
pas fait paraître tout le courage qu'il fallait pour l'entre-
prendre et pour l'achever ? » Il n'est ridicule que par la
faute des choses, lesquelles démentent perpétuellement
ses croyances surhumaines. Le grotesque ne résulte que
de la disproportion de sa nature trop sublime avec une
réalité trop infime. Qui des deux a tort, celui qui s'offre
tout de suite et tout entier au soulagement de toutes les
misères, ou cette vile réalité terrestre qui répond à tant
d'efforts magnanimes par tant de lâches trahisons ? Laquelle des deux a tort, l'âme d'être si grande, ou la vie
d'être si petite ?

Peu à peu, Cervantes n'est plus si sûr que le positif soit

tout. Dans la seconde partie de son poëme, il ne veut plus
que Sancho soit gourmand. Il ne trouve plus don Quichotte si fou. Il le maltraite moins ; il modère la pluie
battante de pierres et de lampes; don Quichotte a l'avantage sur le chevalier des Miroirs, sur les partisans de Gamache, sur l'ecclésiastique hargneux, sur le lion. Sa cré-
dulité est moins épaisse ; il ne croit qu'à moitié à la caverne
de Montesinos, et il prend deux hôtelleries pour des hôtelleries. Cervantes insiste de plus en plus sur les bons
côtés de don Quichotte ; en dehors de sa manie, c'est une
perfection ; il est libéral, actif, dur à la peine, éloquent,
bienveillant, respectueux avec les femmes, fier avec les
hommes. Cervantes fait à cette démence une auréole de
toutes les vertus.

Donc, ce n'est pas encore cette fois que l'âme sera vaincue. Pascal désespéré s'enfonce les clous plus avant dans
la poitrine. — A toi, Molière !

Guernesey, février 1856.

XLII

> Guenille si l'on veut, ma guenille m'est chère,

dit Chrysale. Allez lui proposer, à ce Sancho-là, de s'admi-
nistrer trois mille six cents coups de fouet ! Les disciplines,
c'est bon pour Tartufe.

Ici, le positif n'est plus le valet de l'idéal, la dupe d'un
fou ; il est le père, le mari, le maître de la maison.

Il a maintenant d'autres revenus que les écus d'or qu'on
trouve au fond des forêts, et un autre ordinaire que
« quelques oignons, deux ou trois douzaines de noix, et le
vent qui souffle ; » il est riche, il a des laquais qui lui versent à boire et une cuisinière dont il est content ; il commande le dîner.

Le barbier et le curé ne brûlent pas tous les livres de
don Quichotte ; ils épargnent *Amadis de Gaule*, *Palmerin
d'Angleterre*, *le Miroir de la chevalerie*, *l'Histoire du fameux Tirant le Blanc*, *la Fontaine d'amour*, la *Diane* de
Montemayor, la *Galathée* de Cervantes, *l'Araucana*, *les
Larmes d'Angélique*, etc. Chrysale, lui, veut qu'on jette

au feu tous les livres, « hors un gros Plutarque à mettre ses rabats. » — *Don Quichotte* est plein de vers élégiaques et lyriques que Cervantes trouve excellents : « Les vers de Chrysostome parurent assez bons à ceux qui les entendirent. » Quand Cardenio chante : « La beauté du lieu, les vers et l'agréable voix qui les chantait ne donnèrent pas peu d'admiration aux auditeurs. » Les sonnets de don Pedro d'Aguilar « ne furent pas jugés mauvais. » Molière a une autre opinion des sonnets! Dans *les Femmes savantes*, sonnets, épigrammes, odes, madrigaux, ballades, églogues, tout est grotesque. Tous les poëtes s'appellent Vadius ou Trissotin! — Sancho supporte patiemment les leçons de beau langage de don Quichotte : « Tu dis que ta femme est dissolue, Sancho? tu veux dire résolue. — Il me semble, répliqua Sancho, que je vous ai déjà prié une ou deux fois de ne pas vous amuser à me reprendre, quand vous entendez bien ce que je veux dire. » Chrysale est moins endurant ; la première fois que Philaminte le reprend, il entre en rage et soufflette sa femme et sa sœur de vers cuisants dont la marque leur est restée, et leur jette à la tête leurs livres, et leur lunette, et Mars, et Vénus, et Saturne, et la lune, et l'étoile polaire !

Les injures de Chrysale ont raison, et Moliere n'est pas allé trop loin en faisant de Philaminte, de Bélise et d'Armande trois folles. Une juste punition de cet anéantissement de la partie bestiale, c'est qu'il anéantit par contrecoup la partie intellectuelle. Philaminte prend Trissotin pour un poëte, Bélise croit que tout le monde est amoureux des rides, Armande aime Clitandre et le refuse parce qu'il la trouve jolie. C'est bien fait! l'esprit, pour qui elles ont trahi tout le reste, les trahit. Ah! elles méritent bien tous les vers de Chrysale. Amis, Dieu vous préserve de la meilleure des trois. O misère, être le mari d'Armande!

Trissotin lui-même n'y songe pas. Elles nous font horreur
autant qu'à Chrysale, ces savantes qui ne savent pas être
des femmes, ces femelles arides qui, sous prétexte de penser, n'ont ni sens ni cœur, ces bégueules qui retirent leurs
lèvres quand leur amant les embrasse, ces dégoûtées de
l'amour! Merci, Molière, d'avoir cinglé jusqu'au sang ces
grimaces de l'intelligence.

Mais n'applaudissons pas à contre-sens comme le public,
qui croit que le tort de Philaminte est d'être savante. Ah!
les femmes ne se contentent pas de raccommoder les chaus-
settes de leurs maris? ah! elles lisent? ah! elles écrivent?
Monstres! Pas de pitié pour ces femmes qui se permettent
d'avoir une bibliothèque et une lunette, pour ces misérables femmes qui osent aimer les vers et les étoiles! Et,
toutes les fois qu'une femme se dit qu'après tout elle est
une intelligence, et qu'une intelligence n'a peut-être pas
pour unique fonction au monde d'arranger des chiffons et
de danser au bal; toutes les fois qu'une femme veut aller
plus haut; toutes les fois qu'une femme frappe à une de
ces portes de l'idéal, philosophie, science ou littérature,
on lui lance au talon l'aboiement de Chrysale. On permet
aux femmes tout ce qui est art matériel; on leur passe la
musique, la peinture, la statuaire; mais la pensée, halte-
là! L'archet, le pinceau, le ciseau, c'est posé à terre, elles
peuvent y toucher; mais la plume, ça vole trop haut pour
leurs petites mains. De par Chrysale, défense aux femmes
de penser et d'écrire, après madame de Sévigné, après madame de Staël, après madame de Girardin, après madame
Sand! Et Molière, dont on fait le complice de ce préjugé
brutal, en pleure dans les astres et ne se console pas de ce
chef-d'œuvre.

La faute de Philaminte n'est pas d'être savante étant femme, c'est de n'être que savante; c'est de n'être ni maîtresse de maison, ni mère, ni épouse, ni femme; un homme qui ne serait que savant, et qui négligerait comme elle sa maison et ses enfants, ne serait pas moins ridicule ni moins coupable. Molière aurait pu retourner sa pièce et prendre un homme pour représenter les inconvénients de l'intelligence abstraite et de l'étude aveugle. Balzac l'a fait dans *la Recherche de l'absolu,* qui est la contre-partie tragique des *Femmes savantes,* et Balthazar Claës engloutissant quatre millions dans son laboratoire, volant sa fille et tuant sa femme, est autrement funeste que Philaminte préférant son observatoire à sa cuisine et s'exagérant la poésie de Trissotin.

Philaminte ainsi comprise, que Molière fasse d'elle ce qu'il voudra. Du moment que ce n'est pas le souci des astres qu'il frappe, mais l'oubli de la terre, il ne frappera jamais trop fort. Philaminte est juste aussi blâmable de nier la matière — que Chrysale est blâmable de nier l'esprit.

Ah çà! vieille bête de Chrysale, lorsque tu as sur la poitrine un bon gilet de flanelle, que tu viens de manger un dîner copieux, et que, les pieds aux chenets, tu contemples déjà d'un œil béat le lit où tu vas t'enfoncer dans la profondeur du duvet et de la stupidité, tu ne désires donc plus rien? Tu regardes tomber tes jours l'un après l'autre dans le passé noir, sans t'inquiéter jamais de la main invisible qui te les arrache? L'avenir, la tombe, le gouffre firmament, rien n'existe pour toi? Tu méprises Philaminte un peu par bon sens, et beaucoup par bêtise. Si tu n'étais pas une brute, si tu n'étais pas lié à la minute comme la

chèvre au piquet, si tu cherchais quelque chose au delà de
la touffe d'herbe que tu broutes, tu serais reconnaissant à
ta femme de chercher avec toi. Tu ne trouverais pas que le
but du mariage est atteint, quand l'un travaille à gagner
de quoi remplacer les hardes usées et l'autre à recoudre
les hardes déchirées. Il ne te serait pas prouvé absolument
que l'association de deux âmes n'est qu'une assurance mu-
tuelle contre les coudes percés. Dans les bois, devant la
mer, dans un cimetière, dans l'ombre du soir, il y aurait
des moments où tu éprouverais le besoin de sentir un esprit dans ta femme, et d'être deux contre le mystère formidable.

Tu es bien fier de ne pas extravaguer, de ne pas perdre
ton temps en billevesées. Ce n'est pas toi qui, dans le
siècle où Richelieu vient de faire l'Académie des quarante
lettrés, proposerais cette Académie-ci :

> . . . . Nous voulons montrer à de certains esprits
> Dont l'orgueilleux savoir nous traite avec mépris,
> Que de science aussi les femmes sont meublées;
> Qu'on peut faire, comme eux, de doctes assemblées
> Conduites en cela par des ordres meilleurs ;
> *Qu'on y peut réunir ce qu'on sépare ailleurs,*
> *Mêler le beau langage et les hautes sciences,*
> Découvrir la nature en mille expériences,
> Et, sur les questions qu'on pourra proposer,
> Faire entrer chaque secte et n'en point épouser.

« Mêler le beau langage et les hautes sciences, » c'est
tout bonnement une des plus grandes idées modernes. Une
des folies de Philaminte, c'est l'Institut.

Aussi, Chrysale a beau « décharger sa rate, » il ne se sent pas très-robuste contre Philaminte. Ses accès de révolte n'aboutissent qu'à demander grâce. Aussitôt que sa femme hausse la voix, il baisse la tête. Il laisse chasser sa cuisinière, parce qu'elle épluche mal ses phrases, il est lâche jusqu'à l'abandon de sa fille, et, sans Ariste, il laisserait marier Henriette à un pédant qu'elle déteste et qu'il déteste. Il ne dit pas à Philaminte, comme Sancho à don Quichotte : « Je confesse que je suis un âne, et que, pour l'être tout à fait, il ne me manque que la queue et les oreilles ; si vous voulez me les mettre, je les tiendrai pour bien mises, et je vous servirai comme un âne le reste de mes jours. » Il n'accepte pas la supériorité de Philaminte, mais il la subit. Il est tout-puissant, il est l'homme et le mari, il a la force et la loi, et il tremble. Chose profonde ! Chrysale est le maître de Philaminte, et il lui obéit ; il la hait, et il l'a épousée.

Étrange aveu de ces grands poëtes, Molière et Cervantes, qui ont voulu ressusciter le positif en tuant l'idéal. Ces glorificateurs de la matière font Chrysale effrayé de Philaminte, et Sancho ébloui de don Quichotte.

Molière n'a pas noté les lacunes de Chrysale avec la même sévérité que celles de Philaminte. Chrysale, il faut en convenir, est châtié mollement ; Molière l'épargne, et le plaint presque autant qu'il le blâme ; il lui trouve du cœur, il lui permet d'être bon pour sa servante, d'aimer sa fille, d'avoir eu vingt ans ; un peu plus d'énergie dans le caractère, et Chrysale serait un père parfait. Tandis qu'Armande, Bélise et Philaminte n'ont pas une qualité, pas un charme. Elles sont désespérément sèches, entièrement vides. Molière a contre elles une verve passionnée, une violence de touche, une férocité de sarcasme, tout à fait incomparables. Pourquoi cette inégalité de châti ment?

Parce que, dans ce temps, le danger n'était pas l'excès de matière, mais l'excès d'esprit; parce que l'âme martyrisait le corps; parce que la rêverie commettait des atrocités sur la chair; parce que l'idéal était abominable; parce qu'il y avait une ceinture de fer dont les clous avaient bu du sang de Pascal!

Et puis, parce que Molière avait une rancune personnelle contre les pédantes, contre les belles parleuses, contre le dogmatisme en jupons, contre la poésie de ruelles, contre les « Précieuses ridicules. »

Et puis, parce qu'il y avait alors une autre Précieuse : la tragédie. Au dix-septième siècle, le drame n'était pas inventé en France; la tragédie et la comédie se partageaient ce qu'il a réuni. La tragédie et la comédie, c'était le ménage des *Femmes savantes*. La tragédie se réservait l'idéal et défendait à la comédie d'y toucher; tous les élans de l'âme et de la pensée, le dédain de l'existence terrestre, les constellations regardées, les inquiétudes célestes lui appartenaient en toute propriété; elle laissait à la comédie les choses de tous les jours, les travers, les modes, le tailleur, l'apothicaire, le train de la vie; elle ne voulait aucun rapport avec les besoins matériels, habitait la lune, ignorait l'existence de sa cuisine, et raturait le dictionnaire. Racine est une Philaminte.

Mais maintenant que les Précieuses sont mortes, maintenant que la tragédie est morte, maintenant que Pascal ne se tue plus, ne penchons pas plus du côté de Chrysale que du côté de Philaminte. La vérité n'est pas plus avec

le mari qu'avec la femme, elle est entre les deux. L'aspiration éthérée et l'occupation terrestre font bon ménage
ensemble.et ne veulent pas qu'on les sépare. Que le père
gagne le pain de ses enfants et que la mère l'économise,
c'est à merveille; mais que la mère, en brodant la colle-
rette de sa fille, et le père, en revenant le soir du cercle
où il a bâclé une affaire, aient un regard pour l'infini, et
questionnent, lui, les étoiles, elle, les étincelles, étoiles
aussi. Et, si ces étoiles-là ne leur répondent pas assez
vite, qu'ils interrogent les étoiles humaines, les philosophes et les poëtes, qu'ils causent avec Descartes, avec
Shakspeare et — Chrysale sera furieux s'il veut, — avec
Molière. Sans aucun doute, le poids de la chair cloue au
sol la femme — et l'homme, mais ce n'est pas un motif
de nous y coucher à plat ventre. Haut le front ! Les pieds
à terre, les yeux au ciel !

Prenons *don Quichotte* et *les Femmes savantes* par le
grand aspect, — l'association du corps et de l'âme. Don
Quichotte et Sancho sont compagnons de route; Chrysale
et Philaminte sont mari et femme.

Guernesey, mars 1856.

XLII

Voltaire malmène Pascal et l'injurie. Les grands chirur-
giens sont facilement brusques. Pour la besogne qu'ils ont
à faire, la douceur et l'onction seraient des défauts ; l'attendrissement ferait trembler le scalpel dans leurs mains.
Voltaire rudoie son malade, il le sauve brutalement, il
lui ampute ses superstitions, il lui coupe sans pitié cette
excroissance de dévotion qui l'empêchait de respirer.

L'ouvrier a été dur, l'œuvre a été tendre. Pour bien
juger Voltaire, ne regardez pas son rire, regardez les
pleurs de Pascal.

Le dix-huitième siècle en a fini avec ces dévotions
impies qui faisaient de l'âme la tourmenteuse de la vie
— et la suppliciée de l'éternité. Il en a fini avec ce temps
sur les fosses, on y entendait des grincements de dents,
où les vivants frissonnaient, où Anne de Gonzague res-
sentait d'avance « toutes les horreurs de l'enfer ; digne
effet des sacrements de l'Église, » disait Bossuet. Le Dieu
féroce, les petites filles elles-mêmes n'en ont plus voulu.

« Je t'assure, papa, disait la fille de Diderot, que, si j'avais un enfant et qu'il eût été très-méchant, je ne lui plongerais pas la tête dans une chaudière d'huile bouillante. » Pas de Dieu plutôt que ce Dieu-enfer ! Si la résurrection est cela, nous voulons mourir — et nous voulons vivre ! La vie humaine, celle qu'on peut améliorer, et qui dans tous les cas a une fin, voilà la vraie. Vive la vie, et meure l'immortalité ! Vive l'homme, et meure Dieu ! Meure ce créateur qui ne veut pas qu'on vive, ce meurtrier qui ne veut pas qu'on meure !

Le dix-huitième siècle l'a tué, ce ciel assassin de la terre. Il n'y a que le ciel ! avait dit Pascal ; Diderot a répondu : il n'y a que la terre ! Il avait un fier courage, ce Diderot. Il a été brave devant les hommes et devant Dieu, il a défié la Bastille et le sépulcre, il a haussé les épaules au geôlier et tutoyé le néant.

Le dix-huitième siècle a fait mieux que de dire le ciel impossible, il a fait la terre possible.

Au fond de tous ces égarements spiritualistes du dix-septième siècle, il y avait le malaise social. Alors, aucune liberté, matérielle ni morale ; dans la politique la royauté, dans la conscience la grâce. La terre était une prison. Et dans cette prison, guichetiers, tourmenteurs, la torture, le gibet, la roue, l'estrapade. Ah ! l'on conçoit les efforts inouïs qui se faisaient pour sortir de cette réalité. Les extravagances étaient des évasions. On se réfugiait n'importe où, don Quichotte dans la folie, Pascal dans le tombeau, Philaminte dans la lune.

Le dix-huitième siècle a rendu le monde habitable. Il a créé la tolérance, attendri le juge, destitué le bourreau. Il a mis tout en liberté, la pensée et l'action. La prison

cessant, les évasions ont cessé. Il a retenu l'homme en le
lâchant.

Le dix-septième siècle et le dix-huitième ont cru s'en-
tre-détruire : ils ont collaboré. Pascal aussi a travaillé à
l'affranchissement de l'homme. Lequel fait plus contre
l'esclavage, l'esclave qui tue ou l'esclave qui se tue? Voltaire a raillé, mais Pascal a souffert. Le catholicisme était
déjà pénétré des larmes du martyr de Port-Royal, quand
le chimiste de Ferney l'a dissous dans son acide. Le dix-
septième siècle aussi a fait la terre! — Et le dix-huitième
aussi a fait le ciel! L'athéisme de Diderot est plus religieux que la religion de Bossuet. Diderot a nié Dieu, il
ne l'a pas calomnié. Il n'a pas mis la fausse signature de
Dieu au bas de la révocation de l'édit de Nantes. Il a
mieux aimé ne pas croire en Dieu que de croire Dieu
monstrueux. Il a mieux aimé ne pas croire à la résurrection de l'homme que de tuer l'homme. Lui et ses pareils,
le vrai ciel les remercie d'avoir jeté bas le faux. Nous ne
verrions pas le visage s'ils n'avaient pas arraché le masque. Vous serez bénis par toutes les religions futures, ô
grands athées !

Guernesey, mars 1856.

XLIV

A ERNEST LEFÈVRE

I

Je te voudrais ici, mon cher neveu; d'abord, parce que je te verrais, et ensuite, parce que tu verrais Guernesey. C'est ravissant! c'est français comme la Normandie. Nous habitons la capitale de l'île, Saint-Pierre-Port; imagine-toi Caudebec sur les épaules d'Honfleur. Une église gothique, des rues vieilles, étroites, irrégulières, fantasques, amusantes, coupées d'escaliers, grimpant et dégringolant, les maisons les unes sur les autres afin que toutes voient la mer. Et un port tout petit, où les navires se tassent, où les vergues des goélettes risquent toujours d'éborgner les fenêtres du quai, où ces immenses oiseaux nichent dans les croisées. J'aime les petits ports! la mer y est plus grande, et on l'a dans le creux de la main.

Ce petit port aura eu de grandes visites. Il a sauvé la vie à Chateaubriand !

Le morne vieillard des *Mémoires d'Outre-Tombe* avait alors vingt-quatre ans. Il venait d'être licencié, avec l'ar-

mée de Condé. Blessé à la cuisse d'un éclat d'obus, malade
de la petite vérole, ayant en tout une vingtaine de francs
prêtés par un ami, il fit à pied un voyage de deux cents
lieues. Un sac dont les bretelles lui coupaient les épaules
contenait ses manuscrits et son linge. Parfois des char-
rettes qui passaient le ramassaient évanoui à terre et le
prenaient par pitié pour un bout de chemin. Il traversa
Namur en s'appuyant aux maisons. Lorsqu'il entra dans
Bruxelles, hâve, égaré, en loques, la cuisse entourée de
foin, ayant par-dessus son uniforme une couverture de
laine que lui avait jetée une femme de Namur, tous les au-
bergistes refusèrent de le recevoir. Heureusement, il y
trouva son frère, qui lui donna quelques louis, moyen-
nant lesquels il put gagner Ostende et s'embarquer pour
Jersey.

Mais il a raconté cela lui-même :

« Nous couchions dans la cale, sur les galets qui ser-
vaient de lest. La vigueur de mon tempérament était enfin
épuisée. Je ne pouvais plus parler ; les mouvements d'une
grosse mer achevèrent de m'abattre. Je humais avec peine
quelques gouttes d'eau et de citron, et, quand le mauvais
temps nous força de relâcher à Guernesey, on crut que
j'allais expirer ; un prêtre émigré me lut les prières des
agonisants. Le capitaine, ne voulant pas que je mourusse
à son bord, ordonna de me descendre sur le quai. On
m'assit au soleil, le dos appuyé contre un mur, la tête
tournée vers la pleine mer, en face de cette île d'Aurigny,
où, huit mois auparavant, j'avais vu la mort sous une
autre forme.

« J'étais apparemment voué à la pitié. La femme d'un
pilote anglais vint à passer ; elle fut émue, appela son
mari, qui, aidé de deux ou trois matelots, me transporta
dans une maison de pêcheur, moi, l'ami des vagues ; on

me coucha sur un bon lit, dans des draps bien blancs. La jeune marinière prit tous les soins possibles de l'étranger : je lui dois la vie.

« Le lendemain, on me rembarqua. Mon hôtesse pleurait presque en se séparant de son malade; les femmes ont un instinct céleste pour le malheur. Ma blonde et belle gardienne, qui ressemblait à une figure des anciennes gravures anglaises, pressait mes mains bouffies et brûlantes dans ses fraîches et longues mains ; j'avais honte d'approcher tant de disgrâces de tant de charmes. »

Jersey acheva la guérison de Chateaubriand, qui garda toujours un souvenir reconnaissant aux deux îles.

Chateaubriand mort est revenu se coucher en face de cet archipel où il était venu se coucher malade. Son tombeau, debout sur une butte que la marée sépare de Saint-Malo, semble s'avancer dans la mer pour voir Jersey et Guernesey de plus près. L'océan va et vient de l'île-sépulcre aux îles-refuges, comme le grand dialogue de la mort et de l'exil.

J'écoute ce que se disent ces rochers où ce fier nageur de l'adversité s'est arrêté un moment pour reprendre haleine, Guernesey, première étape de sa traversée, et le Grand-Bé, qui n'est pas la dernière.

Cette tombe est bien celle qu'il lui fallait. Elle lui ressemble! Lui, le haut et funèbre battant de la cloche catholique, qui sonna le glas des religions mourantes et des royales agonies, il parle des révolutions avec les vents d'équinoxe. Lui qui, pouvoir, ambassades, ministères, toutes ces chimères qu'il aimait, immola tout à l'honneur, lui le sacrificateur de lui-même, lui l'homme des contentements sévères et des joies douloureuses, il a été dur pour sa mort comme pour sa vie. Il a mis son cadavre, comme il avait mis son âme, sur un rocher à pic seul parmi les tempêtes. Ce grand naufragé du devoir amer respire avec un bonheur sombre l'écume salée et l'âpre ouragan. Là, ses os sont brutalement secoués par la bise d'hiver ; — mais la vague, autour de lui, balaie les souillures.

Nous n'avons plus notre terrasse de Jersey, le long mur où sautaient les lames, la vaste grève où tu as galopé avec nous, — mais nous avons la pleine mer et un horizon incomparable. De mon lit, je vois les trois mâts qui passent. Toutes nos fenêtres ont un spectacle inouï : — à gauche, Aurigny, — à droite, Jersey, — en face, tout à nos pieds, le Château-Cornet ; un peu plus loin, trois îles, Jethou, Herm et Serk ; au fond, entre Aurigny et Jethou, entre Jethou et Serk, entre Serk et Jersey, partout, la France.

. Nous connaissions déjà Serk, pour l'être allés voir de Jersey. Doux souvenir ! On appelle Serk « l'île romantique. » Elle nous était donc un peu parente, et nous lui devions une visite.

. Un gai soleil de juillet jetait sur l'eau des poignées de diamants. Perchés sur le beaupré du bateau à vapeur, nous regardions diminuer la côte de Jersey, et grandir une côte étrange, sauvage, hostile ! Pas de plage, partout la falaise droite comme un rempart, nul moyen de débarquer. Un endroit paraît un peu moins implacable que les autres ; nous demandons le nom, — on nous répond : le Creux-Terrible. Diable ! Le bateau continue. Toujours le même escarpement. Tout à coup, le bateau s'arrête ; pourquoi ? la côte n'a pas changé. Cependant, c'est là. On descend dans des canots qui se glissent par un entre-bâillement du roc et qui vous jettent sur un tas de galets. C'est le port.

Un port grand comme le bassin des Tuileries, où un

sloop n'entrerait pas. Seulement, les bords du bassin ont trois cents pieds de haut. Cette hauteur, sur cette petitesse, fait du port un gouffre. Ces roches écrasantes, hâlées, balafrées, affreusement belles, épouvantent l'admiration. Île inquiétante, dont c'est là le hâvre. Le lieu de refuge lui-même est menaçant.

Du reste, on n'a pas osé donner à cela le nom de port. Cela se nomme le creux.

Mais par où pénétrer dans l'île ? A force de chercher, on finit par apercevoir au bas d'une roche une fente naturelle, un peu élargie à coups de pioche. C'est par ce trou de taupe qu'on entre dans Serk.

J'avoue que je n'étais pas absolument rassuré en m'aventurant dans l'intérieur de l'île. Quels pouvaient être les indigènes d'un pays où le port s'appelle un creux et où l'on entre par un trou ? Quelle langue barbare parleraient-ils, et quelles racines, quels rôtis de singes, quelles matelotes de serpents, sinon quels beefsteacks d'hommes, offriraient-ils à notre appétit ?

Eh bien, à peine hors du trou, une large route, bordée de chèvrefeuilles en fleurs, nous conduisit à une vallée pleine d'arbres et d'eaux courantes. Un frais sentier, fait d'ombre, de rayons et de chants d'oiseaux, nous prit alors, et nous fit monter jusqu'à une maison blanche, claire, aérée, rieuse, coquette et ayant ce vallon à ses pieds; c'était l'auberge. Nous y trouvâmes un excellent déjeûner, servi par deux belles filles qui parlaient français, et la maîtresse de la maison nous reconduisit jusqu'à la porte et nous dit : — Messieurs et Mesdames, je vous remercie noblement.

Nous visitâmes l'île. Partout ces surprises du joli dans le terrible. Il y a là un sentier effrayant, la Coupée. Une étroite jetée sans parapet qui relie le petit Serk au grand

Des deux côtés, trois cents pieds à pic, la mer au bas, deux abîmes, deux vertiges. On se hasarde, on passe, et l'on trouve au bout — quoi? — une touffe colossale de chèvre-feuilles et de genêts, bouquet géant, galanterie de l'é-normité.

Et lorsque le soleil couchant nous força de retourner, le tas de galets où nous avions débarqué était couvert de petites filles en habits de fête, en chapeaux roses ou blancs, plus blanches et plus roses que leurs chapeaux, auxquelles leurs mères donnaient ce spectacle rare d'un bateau à va-peur. La marée gagnait peu à peu et venait leur lécher les pieds. Rien que des filles; les garçons étaient à pêcher avec les pères; — et le creux formidable ne leur faisait pas de mal, et il s'adoucissait, et il souriait, et il disait : Moi, une caverne? je suis un nid; voici mes oiseaux!

Toutes ces îles sont ainsi, charmantes et redoutables, menace et sourire, verts sentiers et falaises écumantes, ruisseaux dans les mousses, blés célèbres, vaches illustres, et landes arides, côtes pelées, granits crevés par les vagues furieuses.

La mer, pressée entre les îles, gênée, accrochée, déchi-rée, est plus irritable qu'ailleurs; il n'y a pas trois se-maines qu'elle a encore, là, sous nos yeux, fracassé un brick. Et, en même temps, ce rétrécissement fait que les navires passent tout près de nous; le packet qui te portera cette lettre filait tout à l'heure entre le Château-Cornet et notre jardin. Bateaux à vapeur, sloops, barques de pêche, chasse-marées, trois-mâts, se croisent devant moi comme à Villequier; c'est vivant comme la Seine, et c'est grand comme la Manche; c'est un fleuve, et c'est l'océan; une rue de la mer!

La France ne nous quitte pas. Elle est là, devant nous; — elle est ici ! Tout le monde parle français. On peut se croire en France, excepté le dimanche.

On y est. Quelqu'un qui ne connaîtrait les îles de la Manche que par la carte de l'Europe, ne voudrait jamais les croire anglaises. Guernesey est à trois heures de Cherbourg et à huit heures de Southampton. Jersey est à quarante lieues de Southampton et à cinq lieues de Port-Bail. Ces petites îles, anglaises si loin de l'Angleterre et si près de la France, brouillent la géographie avec l'histoire.

Elles ont été françaises. Jersey même a, matériellement, fait partie du continent. Au temps de César, le continent et l'océan possédaient Jersey chacun à leurs heures; Jersey était île à la marée montée et redevenait presqu'île quand la marée descendait. La jalousie de l'océan ne s'arrangea pas de ce partage. Il voulait cette terre pour lui seul, et, comme il a le temps, il se mit à faire la solitude autour d'elle, rongeant le sable ici, là emportant un bois dans un pli de sa vague, usant des années à émietter un champ, donnant un siècle pour un village.

Sept cents ans après César, on allait encore à pied de Jersey à Coutances. La route partait du Bourg-de-César, aujourd'hui Gorey, arrivait au Rocher-des-Bœufs, encore visible à mer basse, là, rencontrait la rivière de Coutances, mince filet d'eau dont le pont était une planche. A part cette enjambée, tout était terre ferme. La route traversait une immense forêt, peuplée de bourgs et de monastères, laquelle, bien qu'ébréchée déjà, s'étendait encore d'Ouessant au Cap-la-Hague. — Mais voici ce qui arriva en 709.

On venait d'achever le monastère du mont Saint-Michel. Deux des douze moines qu'y avait placés Aubert, évêque d'Avranches, étaient allés en Italie chercher des aumônes et des indulgences; ils étaient partis, laissant le mont

Saint-Michel en pleine forêt, à dix lieues de la mer. Lorsqu'ils revinrent, ils ne purent se retrouver. La forêt avait
disparu, et le mont était changé en île. Il leur fallut une
barque, et ils faillirent sombrer dans leurs arbres.

En deux mois, l'océan avait achevé l'œuvre qu'il ébau-
chait depuis tant d'années. Le vent du nord s'était mis
avec lui, et, à eux deux, ils avaient tout bouleversé, tout
brisé, tout dévoré, disloqué la Neustrie, mutilé la Bretagne, arraché par places dix lieues de forêt comme une
poignée d'herbe, cassé en six endroits la dure chaîne de
rochers qui allait de Césambre au Mingar en Saint-Coulomb,
improvisé entre Saint-Malo et Saint-Servan ce port-abîme
où la marée monte de quarante-cinq pieds! Cinq ou six
pointes seulement perçaient l'eau comme les mâts de ce
continent coulé. La principale de ces pointes était Jersey.

Qu'était devenue la route du Bourg-de-César à Coutances? Et la planche-pont qui enjambait la rivière? Et la
rivière? Cette pauvre petite rivière était noyée.

Cette noyade de la rivière de Coutances donna lieu à un
singulier procès de pêche. En 1789, — deux mois avant
une autre grande marée, — les seigneurs de Mont-Chaton
pêchaient sur la côte de France à deux lieues en mer,
lorsque l'administration intervint. Les pêcheurs prouvè-
rent qu'ils avaient, de temps immémorial, la pêche de la
rivière de Coutances jusqu'au Rocher-des-Bœufs. L'administration répondit que leurs titres étaient bons avant
l'inondation de 709, mais que la pêche avait cessé en
même temps que la rivière. A quoi les seigneurs de Mont-
Chaton répliquèrent que la rivière n'avait pas cessé,
qu'elle existait toujours sous la mer, que ses anciennes
rives étaient encore marquées par des troncs de saules
visibles sous l'eau, qu'ils pêchaient dans ce lit et non ailleurs, que ce n'était pas leur faute si la mer était venue

se placer entre eux et leur propriété, et que, si l'administration ne voulait pas qu'on touchât à son océan, elle n'a-
vait qu'à l'empêcher de se jeter dans les rivières des
autres. L'affaire fut portée devant le parlement de Rouen,
qui donna tort à l'administration.

Ainsi, ce n'est que depuis onze cent quarante-sept ans
que Jersey est une île. Et encore l'océan n'a-t-il pas creusé
entre Jersey et la France un fossé bien profond. Entre les
îles d'Ouessant et les Scilly, la profondeur est de soixante-
dix brasses ; entre Calais et Douvres, de trente ; entre
Jersey et la côte, elle est au plus de sept, généralement de
trois ou quatre, par endroits d'une demi-brasse.

N'importe, la séparation était faite. L'océan avait enfin
réussi, il avait pris Jersey au continent, il avait à lui seul
cette terre désirée, il la tenait, il lui avait passé autour
de la taille son bras géant et il l'entraînait pas à pas vers
l'Angleterre.

Ce n'était encore qu'une séparation matérielle, qui ne
modifiait pas la situation politique. Jersey resta ce qu'était
Guernesey ; les deux îles continuèrent à être franques avec
la Bretagne et la Neustrie, puis devinrent normandes lorsque la Bretagne et la Neustrie appartinrent aux Normands.
La conquête de l'Angleterre par les Normands ne fit rien
au gouvernement des îles. Leur duc devint roi à Londres,
mais resta duc à Jersey et à Guernesey, comme à Rouen.

Cinq cents ans après l'inondation, Arthur de Bretagne hé-
ritait de Richard Cœur de Lion, mais il avait un oncle. Cet
oncle, Jean, comte de Mortain, trouva ce royaume-duché
bien lourd pour un enfant ; il l'en déchargea. Puis, craignant que son neveu ne s'ennuyât de n'avoir plus rien à
gouverner, il le déchargea de la vie. Philippe-Auguste,
qui régnait en France, vit dans ce meurtre une bonne occasion de régner en Normandie. Comme suzerain de Jean,

il le cita devant la cour des pairs. Jean ne comparut pas.
Philippe-Auguste le cita encore une fois. Jean ne vint pas
davantage. Une troisième fois. Jean ne vint toujours pas.
La cour le jugea par contumace, et le condamna, comme
parricide, à la peine de mort et à la confiscation de tous ses
domaines de France au profit du seigneur suzerain. Philippe-Auguste se chargea d'exécuter la sentence. Les villes
normandes le reçurent avec acclamations, excepté Rouen,
qui, regorgeant d'Anglais, n'osa pas ne pas résister un peu.
On envoya en Angleterre avertir Jean que la place était in-
vestie et avait besoin d'un prompt secours. Jean faisait
une partie d'échecs. — Bah! dit-il, si elle se rend, je la reprendrai. Et il continua sa partie. La ville, poussée à bout
par cette indifférence, se rendit, et Jean ne la reprit pas.

Il ne restait plus à saisir que les îles de la Manche. Les
troupes françaises débarquèrent à Jersey et à Guernesey.
Par une contradiction subite, Jean, qui avait assisté dans
une sorte d'abrutissement léthargique à la perte de la
Normandie haute et basse, de Rouen et de Caen, ressus-
cita tout à coup pour défendre deux petites îles. Il y vint
en personne, arma les châteaux, fortifia les baies, et, de
peur que les Guernesiais et les Jersiais n'eussent pas beaucoup d'empressement à se faire tuer pour un duc assassin, il les intéressa à la résistance en leur octroyant, par
une charte spéciale, des franchises et des priviléges. Pour
cette charte, ils se battirent! Les Français débarquèrent
deux fois, et furent deux fois repoussés.

Les Français ne se découragèrent pas. Ils avaient ces îles
si près d'eux, à leur portée, ils n'avaient qu'à étendre le
bras, ils les touchaient, elles étaient chez eux, — et elles
n'étaient pas à eux! Ils ne supportaient jamais longtemps
ce voisinage provocant, cette richesse sous leur main,
ces belles îles effrontées qui venaient rire au nez du con-

tinent, ces tentations de verdure, ces moqueries de granit.

Plus d'un coup de main a été tenté sur l'archipel ; inutile. De Philippe-Auguste à Louis XVI, les envahisseurs ont pu quelquefois prendre les îles, jamais les garder. La France a eu Guernesey trois ans, il a fallu en partir ; Serk cinq ans, il a fallu en partir ; la moitié de Jersey douze ans, il a fallu en partir. Duguesclin, dont le cadavre prenait encore des châteaux, n'a pu prendre le château de Mont-Orgueil.

Ce n'est pas l'Angleterre qui a protégé les îles. Tous les rois anglais ne s'y sont pas cramponnés comme Jean Sans Terre. Charles II a voulu vendre et Henri VI a vendu Jersey à la France ; — mais Jersey a déchiré le contrat.

D'où vient ce miracle d'un peuple-mouche plus fort que la nation aux grandes ailes ?

De ce que les îles étaient dans la condition où l'on se bat bien : elles se battaient pour elles.

La France les aurait faites françaises ; tandis que l'Angleterre les laissait normandes. Elles avaient leur vie propre, leurs États, leur indépendance. Encore aujourd'hui, la reine d'Angleterre n'est que duchesse des îles de la Manche. C'est ce qui explique l'effort surhumain des îles contre les invasions françaises, leur résistance acharnée, à toute heure, le jour, la nuit, et leur succès définitif.

Fier exemple, qui prouve qu'un peuple n'est jamais petit quand il est libre.

Plus tard, il y eut un autre obstacle au débarquement de la France : l'anglicanisme.

Henri VIII n'aimait plus sa femme : de là, une religion.

Le pape ne voulut pas autoriser le divorce ; alors Henri VIII se fit pape, et s'accorda la permission de changer Catherine d'Aragon pour Anne Boleyn.

Les îles de la Manche, comme l'Angleterre, rejetèrent

le pape romain. Dès lors, ce ne fut plus seulement pour leur Charte qu'elles se battirent, ce fut encore pour leur Bible. Elles eurent avec elles les deux choses contre lesquelles toute force est faible : la liberté et la conscience.

Voilà donc la patrie et la maison que les événements nous ont faites. Nous vivons là, heureux? non; moi, comment le serais-je sans vous trois, ma mère bien-aimée, ta chère mère et toi? n'avons-nous pas des amis là-bas ? Paul Meurice ne manque pas de venir tous les ans, mais combien de mois sans serrer sa main fraternelle! — malheureux ? non ; une tristesse qu'on veut est encore de la joie; — heureux et malheureux, vaincus et fiers, contents de souffrir!

Nous travaillons. Ce qu'il fait, lui, le monde le sait. Toute la maison travaille. C'est incroyable la quantité d'art que produit cette maison que la politique a produite.

Charles a le don de faire ce qu'il veut. La photographie, ce n'est rien; c'est-à-dire, c'est admirable, c'est une machine qui défie Rembrandt, c'est la science qui fait de l'art! mais l'artiste n'y est pas pour grand'chose. Donc, c'est le soleil qui fait la figure, — mais c'est Charles qui fait l'encadrement. Il peint à nos portraits des entourages exquis, branchages, pluies de fleurs, oiseaux, pans de laque, mosaïques, ivoires ciselés, pierreries; une invention extrême, une finesse imperceptible, un détail impossible, une couleur à inquiéter la réputation des vieux missels. Mais la peinture c'est la récréation de la pensée. Le travail des mains, quel repos ! Quand Charles s'est reposé à peindre, il se remet à écrire. Romans, contes mêlés de vers et de prose; rude fatigue, moins rude cependant pour lui que pour un autre. La littérature, il est né chez elle, il a joué enfant avec les rimes, le style et lui ont été

élevés ensemble, lorsqu'il a grandi les phrases bien faites
l'ont regardé tendrement.

Victor traduit Shakspeare. Ce sera bien, n'est-ce pas,
Shakspeare traduit filialement par un fils de Hugo ? Une
singularité de cette traduction de Shakspeare, c'est que ce
sera une traduction de Shakspeare ; les autres traduisent
la traduction de Letourneur. Celle-ci ne connaît que l'édition originale, elle supprime ce que les éditions modernes
ont ajouté et restitue ce qu'elles ont supprimé, elle réta-
blit l'esprit et la lettre, elle abolit cette stupide division en
cinq actes dont Shakspeare ne s'est jamais douté, elle
n'emmaillotte pas ce géant dans les langes de la tragédie !
Je n'ai pas besoin de te dire que je n'apprends plus l'anglais.

Une autre traduction des poëtes, c'est leur biographie.
— Madame Victor Hugo écrit la vie de son mari. Personne
ne l'eût écrite comme elle. Celle-là peut dire qu'elle n'a pas
quitté son mari. Elle a assisté à tout ce qu'il a fait, à tout
ce qu'il a dit, à tout ce qu'il a pensé. Elle fait un livre
vrai dans les deux sens, renseigné et sincère, qui sera le
complément naturel de l'œuvre de Victor Hugo. Car la
grande explication de l'œuvre, c'est la vie. Quel commentaire de la maladie imaginaire d'Argan, la maladie réelle
de Molière ! quelle préface de *Tartufe*, Molière excommunié ! quelle scène du *Misanthrope*, la conversation de
Molière avec Chapelle ! quel épilogue de don Juan insul-
tant les tombeaux, Molière qui n'a pas de tombeau ! De
quel homme est fait le poëte, ses malaises, ses bonheurs,
ses milieux, ses amis, son mariage, ses enfants, ses
morts, annotations nécessaires. Où et quand a-t-il trouvé
ce drame ? Qu'avait-il dans le cœur ? Et qu'avait-il sous sa
fenêtre ? L'œuvre, c'est la vie et c'est la nature. Les *Mémoires d'Outre-Tombe* sont traversés à tout moment par de

17.

sombres vols d'idées à ailes noires nées des corbeaux que Chateaubriand enfant regardait tournoyer sur l'étang de Combourg.

Nous avons de douces soirées. Quand nous avons bien travaillé, mademoiselle Victor Hugo nous récompense en se mettant au piano et en nous disant quelque mélodie qu'elle vient de trouver. Musique charmante, originale, née toute seule, loin de l'Opéra, loin du Conservatoire, sortie spontanément de la nature et du cœur, fleur du rocher, lueur de l'étoile. Mozart et Beethoven n'arrivent pas ici ; on ne connaît à Guernesey que les symphonies du ciel et de la terre ; le grand musicien que personne n'a jamais vu distribue les parties aux astres, aux brises, aux vagues, aux chênes ; et c'est un bruit ravissant lorsque les nuits de juin font taire le vent pour écouter le clapotement de l'eau contre les chaloupes et le clapotement de l'éther contre les sphères, et c'est un rugissement formidable lorsque le crescendo de l'équinoxe souffle dans les clairons des cheminées, râcle avec la vergue pour archet les cordages des navires et cogne l'une contre l'autre la marée et la falaise, cymbale démesurée ! Elle écoute ces concerts, cette fille de poëte ; elle entend les instruments et les voix, elle recueille les murmures et les bruits, et elle mêle tout cela à son âme, à son âge, à sa destinée, à ses ennuis glorieux, à la patrie quittée, au devoir accompli, et elle fait de cette nature et de cette vie une musique profonde, libre, vraie, triste et joyeuse, où les sources pleurent avec les souvenirs, où les rêves causent avec les alouettes, où chantent tous les oiseaux, le rossignol, la jeunesse, la beauté !

J'ai une bibliothèque unique ! Sais-tu ce que j'ai lu cette année ? En fait de roman, *les Misérables;* en fait de poëmes, *Dieu, la Fin de Satan, les Petites Épopées;* en drames, *Homo, le Théâtre en liberté, les Drames de l'In-*

visible ; en lyrisme, *les Contemplations* et *les Chansons des rues et des bois ;* en philosophie , un livre que vingt-cinq ans de méditation n'ont pas encore achevé et qui s'appellera : *Essai d'explication ;* — j'ai pour bibliothèque les manuscrits de Victor Hugo ! Je vais et viens dans ces chefs-d'œuvre où nul n'a pénétré. J'ai des *Ruy-Blas* à moi ! Émotion inexprimable, d'être seul dans ces mondes inédits, dans ces strophes non touchées, dans la pureté de ces créations, dans la virginité de ces aurores ! joie effarée d'Adam le premier jour de l'Éden ! — Tu auras *les Contemplations* la semaine prochaine ; on imprime les dernières feuilles du second volume. C'est la plus grande œuvre lyrique de ce grand poëte lyrique. Matériellement, dix mille vers ; moralement, tout le problème terrestre, depuis la plainte du brin d'herbe jusqu'au sanglot du père. Les autres vers du poëte n'étaient à eux tous qu'une partie de sa vie et qu'un côté de la nature. Dans les *Odes*, l'amour ; dans *les Orientales*, l'art ; dans *les Feuilles d'Automne*, le foyer ; dans *les Chants du Crépuscule*, dans *les Voix intérieures* et dans *les Rayons et les Ombres*, la société ; — partout, la nature, mais la nature regardée, non questionnée. Cette fois, il ne suffit plus que le soleil soit beau, le poëte lui demande qui l'allume, et dit aux rayons : Vous êtes des ténèbres ! Cette fois la nature est interrogée, et répond. Le vent n'est plus un bruit, c'est une voix. La goutte d'eau n'est plus une perle, c'est une larme. — Et il y a tout l'homme ! Cela commence au berceau et cela ne finit pas à la tombe. Regard aveugle de l'enfant qui ne voit pas même les pieds nus de Rose, cœur adolescent qu'éblouit l'œil de la femme, esprit viril que passionnent les misères du peuple, ce n'est encore là que la vie, le poëte ne sort pas encore de ce monde-ci ; mais, quand sa fille meurt, il se jette dans la fosse après

elle, il la cherche, il rouvre la bière, elle n'est plus dans
le cadavre, il la veut, il fouille, il creuse, il troue, il
frappe du front, il pousse du cœur, il va, il perce le globe
de part en part, il crève la terre, — et il roule échevelé
dans les étoiles.

Nous n'avons plus Ponto, tu te souviens, ce bel épa-
gneul, si aimable et si peu fidèle. Il est parti comme il
était venu. Quelques jours après notre installation à Marine-Terrace, nous vîmes entrer un beau chien noir, à
longs poils brillants, leste, vigoureux, qui s'invita sans
façon à déjeuner avec nous. L'après-midi, une vieille
dame, qui le croyait à elle sous prétexte qu'elle l'avait
acheté, l'envoya réclamer et reprendre ; mais on ne l'avait
pas emmené depuis une heure qu'il reparut pour notre
dîner. La dame le reprit, il revint ; elle l'attacha, il ne
dit rien le jour, mais la nuit il aboya tellement qu'elle ne
put dormir, et ce fut la même chose toutes les nuits ; elle
lui rendit la liberté et lui prodigua les os de côtelette et
les carcasses de poulet ; il dédaigna les carcasses de la dame
et se précipita chez nous. Elle finit par y renoncer et nous
l'abandonner ; — alors, il nous quitta. Nous fûmes un
mois sans le revoir ; un soir, nous le rencontrâmes sur la
jetée de Saint-Hélier, non pas avec sa vieille maîtresse,
mais avec une autre, une jeune fille dont il s'était épris et
chez qui il était allé loger. Il nous aborda sans embarras,
nous fit mille tendresses, et, nous voyant partir, revint
avec nous à Marine-Terrace. Il nous resta trois semaines ;
puis, un jour que des jeunes gens passaient devant notre
porte, des fusils sous le bras, il s'en alla chasser avec eux.
Il vivait ainsi, nous arrivant quand bon lui semblait, par-
tant quand nous l'ennuyions, choisissant sa maison, ne

voulant être à personne, faisant des visites à ses amis.
Lorsque nous avons quitté Jersey, nous ne l'avions pas
aperçu depuis six mois. Il aura vu un de ses amis s'embarquer, et il aura eu envie de faire un voyage.

Nous avons toujours notre chienne de garde, Chougna,
chienne de berger, grise, velue, mal peignée, aboyante,
aimante, toujours prête à nous sauter au cou avec ses
grosses pattes, brutalement tendre, — et nous avons en
outre la plus jolie levrette qui soit, Lux, inquiète, délicate, frileuse, peureuse, blanche avec deux taches grises
au dos et à la tête qui la font ressembler à un petit cheval
sellé et bridé. J'ai toujours Mouche, ma chatte blanche et
noire, habillée pour le bal masqué, ayant au front son loup
de velours noir qui laisse voir son menton blanc, ses dents
fines et le bout de son nez rose, ayant sur les épaules un
manteau de velours noir garni par devant de larges bandes
d'hermine. Mais elle n'est guère en humeur de bal; elle
est silencieuse, défiante, ténébreuse, sinistre; elle ne joue
jamais; lorsqu'on la connaît, son noir a l'air d'un crêpe
et son blanc d'un linceul; elle semble savoir qu'elle est
née en exil d'une mère née en prison. C'est bien la chatte
de la prison et de l'exil, solitaire et belle, noire et lustrée,
sombre lumière.

J'appartiens à Mouche et Charles appartient à Lux; car
nous n'avons pas la prétention que ce soit elles qui nous
appartiennent. D'ailleurs, est-ce que l'homme n'est pas
toujours possédé par ce qu'il possède? Est-ce que l'amant
ne dépend pas de sa maîtresse? Est-ce que le propriétaire
n'est pas la propriété de sa maison? Nous sommes tous
deux les domestiques de notre chienne et de notre chatte,
leurs baigneurs, leurs garde-malades. Charles aime Lux
d'être caressante, de ne pas pouvoir être une minute sans
lui, d'être douce, de faire fête à tous nos amis; moi, j'aime

Mouche d'être fière, de ne se laisser prendre ni toucher par personne, d'être farouche, de se faire respecter même de moi! Nous soutenons chacun la supériorité de notre passion ; c'est notre grande querelle ; nous nous attaquons, non dans nos bêtes, ce serait trop personnel, mais dans nous-mêmes, dans nos goûts ; Charles dit que qui se ressemble s'assemble, que le chat n'aime pas et qu'alors c'est la bête des égoïstes ; je réponds que le chien aime et qu'alors c'est la bête des égoïstes, de ceux qui aiment pour être aimés, de ceux qui n'aiment pas pour rien ; dis-moi qui tu hantes, je te dirai qui tu n'es pas. Bah ! j'aime les chiens aussi, et je voudrais les réconcilier avec les chats. Les chiens et les chats, la fidélité et la liberté !

Ce ne sont pas là toutes nos bêtes. L'autre jour, une chatte rousse, poursuivie par un barbet qui lui avait déjà écorché un œil, s'est réfugiée dans les vitres de la cuisine ; Olive (bon nom pour une cuisinière) lui a ouvert, et l'a soignée, et l'a guérie, et la chatte, se trouvant mieux là qu'entre les dents des barbets, n'a plus voulu s'en aller. L'autre nuit, Victor a eu pitié d'un petit chien hideux qui se mourait abandonné sur une marche de la rue, il l'a pris dans son manteau et nous l'a apporté. Chougna s'est dit que nous n'avions pas assez de chiens, et nous en a fait encore six hier. Et avec nos chiens, nous avons ceux des voisins, qui trouvent la maison agréable, surtout un nain, une sorte de chien-rat très-drôle, un monsieur gros comme le poing, sans pattes, tout rond, une boule, qui s'amuse à se faire rouler par Lux sur la pente du jardin. Telle est la maison du poëte de *Lucrèce Borgia*. Et moi, je suis content que ces pauvres animaux se trouvent bien chez ce grand esprit, et que la maison du génie soit la maison des bêtes.

« Plus j'ai connu les hommes, disait Mme de Staël, plus

j'ai aimé les chiens. » Il est certain que les chiens sont supérieurs à bien des hommes pour le dévouement, le courage et l'intelligence. Tous les jours, je vais sur la grève et j'emmène Chougna ; si tu voyais sa reconnaissance ! Mais ce qu'il faut voir, c'est son bain. Les premières fois, l'eau la séduisait peu, elle allait au bord de la lame, y trempait le bout de ses pattes, et c'était fini ; si bien qu'une fois je l'ai prise dans mes bras, je l'ai portée sur un rocher et je lui ai fait faire un plongeon sérieux. Le lendemain, je comptais lui rendre le même service ; mais, à cent pas du rocher de la veille, elle a rebroussé chemin et est allée m'attendre sur le port. Pour la punir, j'ai été deux jours sans l'emmener, puis, le troisième jour, j'ai voulu voir ce qu'elle ferait, et je l'ai reprise avec moi. A peine sur la grève, sans un mot de moi, sans un signe, elle a couru vers la mer, a jappé furieusement pour attirer mon attention, est entrée dans l'eau jusqu'au cou, s'est fait couvrir par la lame, et m'a demandé du regard si c'était assez. Et depuis, toutes les fois, elle prend son bain d'elle-même, s'y plonge tout de suite, consciencieusement, et n'en sort que sur mon geste. Intelligence ou instinct, qu'importe le mot ? Bêtes, machines, c'est bientôt dit ; il existe plus d'une ressemblance entre les bêtes et les hommes, heureusement pour les hommes. Un enfant ne pleure pas plus après sa mère que Lux après Charles ; lorsque nous voulons qu'elle coure de toute sa vitesse, nous allons dans les plaines, et je la retiens pendant que Charles s'éloigne ; il n'est pas à dix pas qu'elle veut le suivre, et qu'elle fait des soubresauts fougueux, et qu'elle se met à pousser des gémissements ; à chaque pas, sa douleur augmente, et ça devient une souffrance si poignante, que je finis toujours par la lâcher avant la distance convenue. Les chiens aiment jusqu'au dévoue-

ment ; il y a des cœurs d'anges sous des pelages de cani-
ches. Ils sont jaloux. Lux est furieuse et veut mordre si
l'on caresse Chougna ; Chougna adorait Charles, mais, depuis qu'il lui préfère Lux, elle refuse de sortir avec lui,
quoiqu'elle soit ivrogne de plein air. Il y a même des chiens
politiques. T'ai-je fait voir Cabot, « le chien des proscrits, » comme on l'appelle? Un griffon qui vient on ne sait
d'où, qui n'est à personne; il a pris les proscrits en amitié,
il ne les quitte pas, il les aborde dans la rue, il se promène
avec l'un ou avec l'autre indifféremment, il demande à
dîner à celui-ci ou à celui-là, et n'accepte jamais d'invita-
tion ailleurs. Il est au courant de tout ce qui leur arrive ;
il vient à toutes leurs fêtes et à tous leurs deuils; il n'a
jamais manqué un anniversaire ni un enterrement.

L'intelligence et l'affection des chats sont moins cons-
tatées que celle des chiens. Et cependant, l'été dernier,
lorsque j'ai dû quitter Mouche six semaines, elle est tombée toute triste ; elle me cherchait partout, miaulait à la
porte de ma chambre jusqu'à ce qu'on lui ouvrît, entrait,
et m'attendait. Elle est devenue grosse ; à ses deux premières portées, elle avait eu sept et huit petits; cette fois,
elle n'en a eu qu'un! Quand elle a des petits, il n'y a pas
de mère plus tendre et plus passionnée. Elle ne les laisse
pas seuls une minute ; s'il faut absolument qu'elle sorte,
elle les prend un à un, me les met sur les genoux, me les
confie du regard, sort, et rentre aussitôt. Il ne faut pas
alors que les chiens approchent; pour défendre ses petits,
elle est d'une bravoure absurde; elle se battrait avec une
meute de boule-dogues ! Ponto ayant fait mine de toucher
à un de ses petits de la première portée, elle ne lui avait
jamais pardonné ; encore un an après, dès qu'elle le voyait
seulement à l'autre bout du jardin, elle allait à lui et le
gifflait de toutes ses griffes. Qu'une si longue rancune,

qu'un tel amour maternel soit le fait de ce qu'on entend
par une bête, j'ai la bêtise d'en douter. Il y a des moments
où elle a certainement quelque chose à me dire et où
elle essaie de parler; elle se frotte contre mes jambes,
elle grimpe après moi, elle vient sur la table où j'écris et
me tire le bras avec sa patte pour que je me tourne de son
côté; elle a, dans ces instants, un regard extraordinaire.
Je me penche sur ses yeux profonds, et il me semble y
voir, là-bas, tout au fond, je ne sais quoi qui se débat,
comme un malheureux tombé dans un puits, et qui s'ef-
force de remonter, et qui appelle à l'aide, et qui se rac-
croche aux parois, et qui retombe toujours, — une âme,
je le crois. Ah! chère bête, je voudrais te jeter une corde,
mais je n'en ai pas.

J'aime tous les animaux. Quand je pense qu'enfant je
tirais les oiseaux dans les arbres de Villequier, j'assassi-
nais les chardonnerets, je jetais des poignées de blé dans
les allées pour assembler des troupes de moineaux au bout
de mon fusil; lâche guet-apens! Comme si ce n'était pas
assez des meurtres d'animaux qu'on commet par nécessité,
pour manger, des bœufs qu'on assomme, des poulets qu'on
saigne, des saumons que l'hameçon déchire, des homards
qu'on jette vivants dans l'eau bouillante; comme si ce
n'était pas assez de cette sombre loi qui condamne l'homme
à la férocité, et qui fait que vivre c'est tuer!

Au moins, soyons bons pour les bêtes qu'on ne mange
pas. Les scarabées que je vois dans le chemin et qui pourraient être écrasés par les passants, je les ramasse et je les
mets dans la haie. Je suis le bon Samaritain des crapauds;
hier, j'en ai sauvé un que des enfants lapidaient, je le leur
ai enlevé, et je l'ai porté bien loin dans un champ. Je suis
l'ami intime des colimaçons et le galant des araignées.

Quant aux bêtes féroces, je ne les hais pas; je suis con-

vaincu qu'elles subissent une fatalité mystérieuse ; je ne
leur en veux donc pas du mal qu'elles nous font, je les en
plains, et alors je les en aime. C'est à nous d'agir sur elles,
comme sur les sauvages, comme sur les hordes, comme
sur les anthropophages ; c'est à nous de les apprivoiser, de
faire leur éducation. Il faudra pourtant bien qu'on s'occupe un jour de civiliser les tigres ! Le coup de dent et le
coup de fusil ne peuvent pas être à perpétuité l'unique
dialogue de l'homme et du lion. Moi, j'ai envie de dire au
chacal : Mon frère, embrassons-nous !

Nous travaillons ; nous nous promenons dans l'île ; nous
faisons la connaissance du Moulin-Huet, du Gouffre, des
fermes, des dolmens, des haies ; nous nous lions avec des
chemins perdus dans les branches, tout jaunes de boutons
d'or ou tout bleus de pervenches ; nous escaladons des rai-
deurs effroyables ; nous avons vu vendredi une chose
étonnante : un port au quatrième étage ; nous lisons deux
ou trois journaux ; nous causons. Longue conversation de
la solitude sur l'humanité, sur tout, sur ce que nous
voyons et sur ce que nous rêvons, sur la feuille qui pousse
dans le jardin et sur l'idée qui germe dans le siècle, sur
l'avenir et sur la marée, sur le progrès et sur l'absolu. Et
nous aboutissons toujours à cette conclusion : la vie. La
vie sous toutes ses formes, le pain pour les affamés, la liberté pour les opprimés, l'éducation pour les enfants, l'é-
galité pour les femmes, la paix pour les mères, la vie pour
les criminels, — la vie pour les morts. Abolition du
bourreau, qui décapite l'homme de la tête, et abolition du
néant, qui décapite l'homme de Dieu.

Nous discutons la nature et l'âme, et le père enseigne
les fils, — et les fils enseignent le père.

Car, si grand que soit un homme, le moindre lui ajoute.
Il n'y a pas d'homme terminé. Tout homme naît tous les
jours, à tout âge, de tous et de tout, d'une page d'histoire,
d'un article de journal, d'un mot d'un passant. On a des
tas de pères dont on ne se doute pas, ses enfants, ses amis,
son portier, son chien. Molière est fils de sa servante, et
Balaam de son ânesse.

On a pour pères le village où l'on a ouvert les yeux, le
collége où l'on a ouvert l'esprit, l'arbre de la cour, le fleuve,
le quartier, la rue, la chambre, le papier des murs, le sujet
de la pendule. L'hiver et l'été, le jour et la nuit, la fleur
et le rayon, le caillou et l'astre, travaillent à l'homme.

O brins d'herbe pères des chefs-d'œuvre ! ô grains de
sable pères des génies ! ne sentez-vous pas vaguement avec
quelle émotion et quel respect je vous contemple ?

Mystère insondé, ces pensées qui sortent de la matière,
ces esprits engendrés par les choses ! Que l'homme fasse
l'homme et que le chêne fasse le chêne, rien de plus simple ; mais le chêne faire l'homme, mais la pierre produire
des idées, mais ce qui n'a pas d'âme créer des âmes !

Est-ce que le chêne et la pierre auraient des âmes ?

Je crois qu'ils en ont. Je le crois, parce que je ne puis
m'expliquer autrement l'action de la nature sur l'esprit. Et
je le crois encore, parce que je crois à l'unité, parce que je
crois que tous les êtres et toutes les choses de tous les univers sont des manifestations diverses de la même essence.

Les âmes des végétaux et des minéraux sont dans des
conditions plus dures que les autres. Nous avons la parole,
les animaux ont le mouvement ; mais elles, immobiles et
muettes. Ayons pitié d'elles.

Autrefois, j'aimais les fleurs en égoïste, pour leur parfum, pour leur beauté, pour en faire des bouquets, pour
qu'une femme les respirât une nuit et, le matin, les jetât

aux balayeurs de la rue; non, jamais je ne ferai plus de
la rose une entremetteuse ! Maintenant, j'aime les fleurs
pour elles ; je vis dans la serre et dans le jardin ; je m'in-
forme de celles qui ont soif et je vais leur chercher à boire;
je relève celles qui sont renversées ; je leur parle ; je gronde
les arbustes en retard ; je dis un mot d'encouragement
aux bourgeons du poirier ; j'ai fait ce matin une bonne action, j'ai trouvé une pauvre petite primevère qui grelot-
tait dans son pot, on lui avait fait prendre l'air hier par
une journée de printemps, le soir on l'avait oubliée dehors, la nuit froide l'avait glacée, le vent d'ouest, qui est
bien le plus bête de tous les vents, s'était amusé à lui verser des seaux d'eau sur la tête, elle se mourait; je l'ai vite
portée dans la serre, je l'ai réchauffée, et j'ai eu la joie de
lui sauver la vie. Nous avons des glayeuls jusque dans les
allées ; je prends la précaution de ne pas marcher dessus,
et je n'ai pas à me reprocher d'en avoir écrasé un seul. Je
me rappelle avec remords le temps où, quand j'allais dans
les bois, je cassais des branches de coudrier, pour avoir
quelque chose à la main, pour cingler l'air, pour frapper
les hautes herbes, pour couper les orties ; à présent je ne
battrais pas une ronce qui m'aurait piqué ! A présent, je
n'arracherais pas plus un pétale à un camélia qu'une aile
à une mouche ou qu'un cil à un enfant. Les jeunes filles
qui effeuillent les marguerites pour savoir si elles sont ai-
mées passionnément, me font l'effet des prêtresses terribles qui questionnaient les convulsions des victimes égor-
gées, et je ne voudrais pas toucher leurs mains sanglantes.

J'ai une affection sincère pour les choses, pour la pierre,
pour le métal, pour le sable des grèves, pour le pavé des
rues, pour les instruments de travail, pour les ustensiles
de ménage. Lorsque je réfléchis à tous les services que les
choses nous rendent, j'en veux aux maçons qui chargent

trop un vieux mur, et je ne ferais pas de mal à une allu-
mette. Je plains les clous rouillés, je bénis les charrues, je
remercie avec effusion les chenets qui se mettent dans le
feu pour nous, j'admire les chaudrons. Je trouve que
l'homme est coupable envers le fer et l'acier quand il les
emploie à de mauvais usages ; je suis persuadé que ces
bons serviteurs souffrent des complicités violentes qu'on
exige d'eux, et il y a des moments où il me semble que
c'est le couteau de la guillotine qui est le condamné.

Nous habitons une maison redoutée.

Personne n'osait y loger. Elle est miraculeusement si-
tuée, très-vaste et très-commode, et elle n'était pas louée
depuis neuf ans. Un révérend, qui avait eu l'audace de la
louer pour un an, l'a quittée précipitamment avant six
mois. Pourquoi? parce qu'il y revient une femme qui s'y
est tuée. Ces récits nous sont faits tout bas par la blanchis-
seuse, par la laveuse de vaisselle, par les voisins. Notre
cuisinière en tremble et notre fille de chambre en rit.

Moi, je n'en tremble pas et je n'en ris pas.

Si je crois aux revenants? Je ne les crois pas impossibles. Je t'avoue que je n'ai pas le mètre avec lequel on mesure le possible. Je rougis de mon ignorance, mais je ne
connais pas la fin de l'infini.

Ce que je crois fermement, c'est que les morts vivent. Où
vivent-ils? Vraisemblablement dans ces mondes innom-
brables que nous voyons la nuit. Il y en a sans doute aussi
qui ne montent pas si haut tout de suite, qui sont forcés
de rester près du lieu où ils ont commis quelque faute
non expiée, ou qui ont laissé ici quelque être cher dont ils
ne peuvent s'éloigner ; ceux-là habitent notre atmosphère.
Je m'imagine que tous les étages de la maison terrestre

sont occupés. Sous l'eau les poissons, l'homme sur le pont du navire, au-dessus dés voiles les oiseaux, au-dessus des ailes les morts.

Les poissons ne voient l'homme que lorsque l'hameçon du pêcheur les tire hors de l'eau ; pour eux, voir l'homme c'est mourir. Nous aussi, c'est en mourant que nous voyons les morts. — Et qui sait si, quand nous mourons, ce ne sont pas les morts qui nous pêchent, si les maladies, les passions, les suicides ne sont pas les hameçons des habitants d'une zône supérieure, si une bataille n'est pas un bon coup de filet?

En attendant que la mort leur montre les hommes, les poissons peuvent entrevoir çà et là un plongeur qui descend brusquement dans la vague et remonte. Pourquoi n'y aurait-il pas aussi des plongeons de morts? Si une alose racontait sous l'eau qu'elle a vu des êtres sans nageoires, il est probable que les vieux turbots sceptiques se moqueraient de sa simplicité et que les sages morues secoueraient dédaigneusement la tête.

Socrate et Jeanne-d'Arc ont certainement entendu des voix mystérieuses. Pendant que Luther écrivait, des êtres sans nom ricanaient autour de lui et il leur jetait son encrier à la figure. Je crois aux esprits frappeurs d'Amérique, attestés par quatorze mille signatures. Nous avons, toi et moi, entendu de nos oreilles et vu de nos yeux des tables dicter des pages tellement sublimes, qu'en supposant une mystification, Robert-Macaire n'aurait pas suffi, il aurait fallu Dante ! Et Dante lui-même n'aurait pas suffi; Dante n'a pas improvisé son poëme; au lieu que la table dictait dès qu'on voulait ; le jour, le soir, les mains n'avaient qu'à la toucher, sur une question imprévue faite par n'importe qui, elle allait, elle causait, elle discutait, elle répliquait aux objections, pendant des heures.

Si les morts peuvent nous parler, pourquoi ne pourraient-ils pas nous apparaître ?

Une chose m'a toujours frappé : c'est que tous les grands poëmes sont pleins d'apparitions. On en rencontre à chaque pas dans la Bible et dans l'Iliade. Eschyle et Shakspeare en sont peuplés. Il y a des revenants sur les deux cimes du théâtre, l'*Orestie* et *Hamlet*. Ceci me touche singulièrement, moi qui pense que le beau c'est le vrai.

Eschyle croyait-il à l'ombre de Clytemnestre? Shakspeare croyait-il au fantôme du père d'Hamlet, au spectre de Banquo, aux visions de Richard III? Oui, évidemment. Ils n'auraient pas bâti exprès leurs principaux drames sur le vide. « Il y a plus de choses dans le ciel et sur la terre, Horatio, qu'il n'en est rêvé dans votre philosophie. » On douterait de la croyance de Shakspeare, qu'il serait difficile de douter de celle d'Eschyle, qui était pythagoricien. « Les pythagoriciens, dit Apulée, étaient étonnés toutes les fois que quelqu'un prétendait n'avoir jamais vu d'esprits. »

Élargissons la famille humaine ! Nous nous trouvons bien vastes parce que notre humanité ne renie plus les parias comme l'Inde, les barbares comme la Grèce, les esclaves comme la Rome des empereurs, les hérétiques comme la Rome des papes ; parce que nous ne disons plus comme l'Agora : le droit de l'Athénien, ni comme le Forum : le privilége du citoyen romain, ni comme le Vatican : le paradis du catholique, — mais comme la tribune de la Convention : le droit de l'homme ! Nous n'avons pas tout fait. La famille n'est pas complète. Nous sommes en train de reconnaître le prolétaire, la femme, l'enfant, le nègre ; mais, quand nous leur aurons restitué leur part d'héritage, il restera encore des déshérités. Moi, ma famille, c'est tout ! Les hommes d'abord, — et puis, les animaux, les plantes, les métaux, — et puis, les morts. Tout

le monde et tous les mondes. J'ouvre mes bras de toute
leur étendue, et je voudrais serrer l'immensité sur mon
cœur.

II

Voilà donc le milieu dans lequel j'ai écrit ce livre que
je te dédie, mon cher·enfant.

J'écoutais et je regardais, j'aspirais tout, je mêlais tout
à ma pensée, — ces rochers hantés par ces esprits, — ces
bêtes chez ce génie, — cet océan-fleuve, — ces étrangers
en qui l'histoire nous montre nos compatriotes du duché
de Normandie, et le progrès nos concitoyens des États-Unis
d'Europe, — cette solitude où nous a jetés notre amour
des hommes, — cette maison que la politique a donnée à
la littérature, ces événements qui font ces livres, — cette
nature qui collabore aux chefs-d'œuvre, ce petit jardin où
poussent les grands poëmes, ces larges horizons qui élar-
gissent la pensée, ces marées qui montent jusqu'au front,
— ces *Contemplations* où la fosse est creusée dans le ciel et
où les clous du cercueil deviennent les constellations !

Et j'entendais sortir de tout, des êtres et des choses, du
fait et de l'idée, de la strophe du poëte et de l'aboiement
du chien, du rayon de la lune et du silence de la pierre, ce
mot divin : Solidarité !

C'est ce mot que disent, et répètent, et rabâchent toutes les pages de ce livre.

Solidarité de l'idéal et du réel dans l'art.

Solidarité de la pensée et de la forme, de la philosophie et de l'intérêt, de l'idée et de l'action, du grand et du vrai.

C'est pourquoi je préfère, entre toutes les formes littéraires, le théâtre, qui est l'action de l'idée; entre toutes les formes théâtrales, le drame, qui est la vérité de la grandeur; c'est pourquoi j'aime mieux Mme Dorval que Mlle Rachel; c'est pourquoi mon acteur est Frédérick-Lemaître, qui a été Ruy-Blas et qui a fait Robert-Macaire.

Je hais tout ce qui mutile l'humanité, l'esprit sans la matière et la matière sans l'esprit, la tragédie et la comédie.

Le vrai nom de l'ancien théâtre français, c'est le théâtre cellulaire.

Le réel dans une cellule, dans l'autre l'idéal; le cœur humain coupé en deux, la moitié du dictionnaire ici, et là l'autre moitié, — et pas de communication possible entre les deux cellules. Comme dans les prisons, des murs nus, pas de meubles, que ceux de la prison, la table banale où se sont accoudés les prisonniers passés, la chaise commune où s'asseoiront les prisonniers futurs; pas d'action, à peine le retentissement lointain de ce qui se passe dehors.

Quand je dis la tragédie, je veux dire Racine, et, quand je dis la comédie, je ne veux pas dire Molière. Racine seul a consenti à la loi dramatique du siècle royal; Corneille et Molière ont résisté, et c'est par ces révoltes que Corneille est grand et Molière immense.

« Racine a bien voulu être Philaminte, — Molière n'a pas voulu être Chrysale.

Racine abhorre la réalité. Philaminte ne pourrait pas dire comment elle est habillée; la tragédie non plus. Pen-

dant cént ans, on a joué les Grecs et les Romains en habit
Louis XIV et Louis XV, Titus en cravate à la Steinkerque,
Agamemnon en pourpoint, Néron en perruque, Clytemnestre en poudre, Phèdre en paniers. Baron, en disant ce
vers de *Cinna* :

Et, sa tête à la main, demandant son salaire,

agitait dans sa main un chapeau à plumes rouges qui
faisait frissonner la salle. Les comédiens se costument
comme ils veulent, le poëte ne leur a laissé aucune pres-
cription. Si l'on s'en tenait aux indications de Racine,
Agamemnon serait vêtu d'une couronne et Achille d'une
épée. — Les personnages tragiques ont une religion vague,
ni païenne ni chrétienne, l'ambroisie de l'Olympe mé-
langée avec le sang du Calvaire, des dieux bâtards de
Jupiter et de la vierge Marie. — Ils ne rient jamais. Ils
ignorent les accidents naturels. Il n'y a pas d'exemple
d'un personnage tragique mouillé par la pluie. Ils ne sont
jamais fatigués, jamais ennuyés, jamais malades. Ils n'ont
jamais froid, jamais chaud, jamais faim, jamais soif. Ils
ne boivent que du poison et ne mangent que leurs enfants.

Racine n'a pas le côté positif et terrestre, Molière a le
côté idéal, religieux, extra-humain. Le sujet du *Misanthrope*, c'est l'idéal de sincérité; la toile de fond des
Femmes savantes, c'est le ciel étoilé; la scène de *Tartufe*,
c'est l'église; la scène du *Festin de pierre*, c'est le tombeau.

Toutes ces formes de l'idéal, — vertu qui supprime la
société, astronomie qui dédaigne la batterie de cuisine,
église hostile au foyer, éternité meurtrière de la vie, —
Molière les ridiculise; l'idéal, dans la comédie de Molière,
c'est l'ennemi; il y est défié, il y est moqué, il y est in-
sulté, — mais il y est Molière a fait Philaminte, Racine

n'a pas fait Chrysale. Racine n'a pas le corps, Molière a l'âme. Racine n'a pas la vie, Molière a la mort.

En glorifiant la matière, Molière est de son temps! Il est du temps où la tyrannie de l'idéal provoquait des réactions violentes; où, l'âme réclamant tout, on lui refusait tout; où la religion avait du sang aux mains; le lendemain de la Saint-Barthélemy et la veille des Cévennes!

Il la connaissait, cette église, lui poëte dramatique, lui comédien! La chaire déteste la scène, sa rivale en enseignement. La chaire enseigne par la terreur, la scène par la pitié. La chaire menace, la scène console. La chaire dit: le doute est damné; Shakspeare répond : Hamlet souffre. La chaire dit : la haine est damnée; Molière répond : Alceste souffre. La chaire dit : le meurtre est damné; Hugo répond : Lucrèce Borgia souffre. Le théâtre éteint l'enfer avec ses larmes.

La chaire se fâche. L'eau bénite s'irrite contre les pleurs. Bossuet défend son enfer. *Vade retrò*, ennemi de Satan! Les comédies de Molière étaient dénoncées publiquement par les sermons. Interdit comme poëte, excommunié comme comédien, Molière se vengea. Il lâcha Tartufe contre ces prêtres et don Juan contre leur Dieu.

Mais parce que Molière a combattu l'âme dans le siècle où elle avait la toute-puissance et où elle en abusait, on n'est pas Molière pour combattre l'âme dans le siècle où l'industrie croît parmi les odes, où les machines se mêlent fraternellement aux utopies. Parce que Molière a parodié la tragédie, on n'est pas Molière pour parodier le drame. Molière sans Pascal? Molière sans Racine? Les larges éclats de rire de la matière ne sont plus d'une époque qui associe partout le matériel au moral : dans ses révolutions, le salaire à la liberté; dans son théâtre, le décor au style. Les vaudevillistes ne parodient rien; ils injurient le progrès, la passion, les chefs-d'œuvre, mais l'injure n'est pas la parodie. On ne fait pas la grimace de son temps en lui faisant la grimace. La parodie, c'est le dessous de la beauté, c'est le squelette ; le parodiste du corps, c'est le ver de terre. Quand on ronge puissamment une idée jusqu'au comique, on est quelque chose de profond et de redoutable, on est le ver de terre de l'âme, on est Molière, on est Cervantes ; quand on fait des pieds de nez dans le dos d'une idée qui passe, on est un polisson.

Donc, voici l'homme rêvé par le code dramatique du dix-septième siècle et réalisé par Racine : — Un morceau d'homme qui parle un fragment d'idiome et qui fait un lambeau d'action dans un à-peu-près d'endroit.

Cet homme-là, le drame contemporain n'en a pas voulu.

Quelle émotion un tel embryon pouvait-il produire? Que devenait cette fonction sacrée de la scène, qui est de faire sortir le spectateur de lui-même, de le verser dans autrui, de prendre toutes ces âmes stagnantes pour en faire un rapide courant de cordialité?

Voilà le théâtre morcelé en tragédie et en comédie ; mais le spectateur, lui, ne se morcelle pas. La foule arrive complète, passion et appétit, front et gueule, faite de tout, grande et petite, extrême et médiocre, enthousiaste et ironique, ayant besoin de rire et ayant soif de pleurer. Pour la prendre tout entière, il faut le théâtre tout entier ; il faut une pièce faite de tout comme elle. Ce n'est pas commode d'arracher le peuple à ses affaires, à ses joies et à ses inquiétudes ; il faut un personnage robuste qui le saisisse partout à la fois, par l'esprit et par la matière, par l'enseignement et par l'amusement, par l'aile et par le ventre, par le linceul et par la nappe ! Le théâtre du passé, avec ses moitiés de personnages, ne tenait que la moitié du spectateur.

Ah! il faut d'autres assiégeants que ces éclopés de l'art, que ces amputés, que ces tronçons, que ces moignons, pour débusquer l'homme des préoccupations personnelles et pour emporter la sombre redoute de l'égoïsme!

———

Solidarité de l'idéal et du réel dans la société.

Solidarité de l'action et de la rêverie, de la locomotive et de la pensée, de l'industrie et de l'imagination, de l'utile et du beau, de l'artiste et du savant, de la science et de la conscience, du gouvernement et de la lumière.

Cette solidarité, les hommes de l'idéal la comprennent et l'acceptent. En aucun temps, l'art n'a travaillé plus directement au labeur social. Les poëtes de ce siècle se donnent à la chose publique tout entiers, vie et pensée, la main qui écrit et la bouche qui parle, le front et la tête. Les livres luttent; les romans se jettent dans la mêlée; les vers sont soldats, et il y en a d'héroïques! Pas une oppression que les livres ne combattent, pas un progrès qu'ils n'aident, pas une plaie qu'ils ne pansent. Ils sont les serviteurs de tous les malades et de tous les infirmes. La littérature contemporaine est un vaste hôpital dont le médecin en chef est le drame. Toutes les strophes sublimes se font sœurs de charité. Tous les grands écrivains se tournent tendrement vers le peuple, vers les foules souffrantes, vers les déshérités, et c'est un spectacle touchant, ce dévouement de l'élite aux masses, cette alliance de ceux qu'on admire avec ceux qu'on écrase, cette communion de ce qui rayonne avec ce qui saigne.

Les hommes du positif, eux, ne comprennent pas encore et n'acceptent pas l'idéal. Le politique méprise l'utopiste, le mécanicien trouve le statuaire inutile, le savant ignore le poëte. Ce serait affligeant de compter combien de

vivants ont lu l'*Orestie*. On plaint les peuples qui sont six
mois de l'année sans voir le soleil, et la plupart des
hommes sont toute la vie sans voir Shakspeare. Le progrès
lui-même a ses matérialistes. J'en connais des progres-
sistes, de hardis et fermes penseurs qui veulent comme
nous les améliorations matérielles, le libre échange, le
bien-être universel, le produit du sol centuplé par les ap-
plications de la science, et qui se hérissent quand nous
voulons l'âme du progrès, le droit de la femme, le droit
de l'enfant, le renversement de l'échafaud, les États-Unis
d'Europe. Ne leur dis pas que tu as entendu des tables parler, ni même que tu en as vu tourner, ils t'appelleraient
réactionnaire. — La bête noire des hommes pratiques,
comme ils s'intitulent, c'est le beau. Pour eux, l'art est
une sorte d'aliénation mentale, une folie qui n'abrutit pas
l'homme précisément, mais qui le rend étranger à toute
affaire sérieuse. On les fait bien rire en leur disant qu'on
peut avoir de l'imagination, et même du génie, sans être
pour cela radicalement incapable de bon sens, que talent
et crétinisme ne sont pas synonymes, et qu'il n'est pas encore parfaitement démontré que la principale qualité d'un
véritable homme d'État soit de ne pas savoir l'orthographe. Séparation absolue entre le beau et l'utile, entre
la littérature et la politique. C'est la société cellulaire.

A bas les cellules!

Pour qui ne voit pas seulement les surfaces, l'art est de
la politique. Les œuvres sont des actes. Demande à l'Eglise
ce que pèse *Tartufe*, et demande à la Bastille ce que pèse
le Mariage de Figaro.

De quoi donc sont faits ces poëmes et ces drames qui
nous émeuvent, sinon des passions et des efforts de leur
temps? Tout grand artiste est un siècle personnifié, et la
plus exacte définition d'un homme de génie, la voici : un

homme qui comprend le peuple. Et le moment est proche
où l'on apprendra le passé moins dans l'histoire, qui le
raconte, que dans l'art, qui le montre. Les chefs-d'œuvre,
c'est la vie des morts. Ici, pas de documents falsifiés; le
prince, le valet, le mari, la femme, le dévot, l'athée, agissent et parlent devant vous; on entend leurs monologues;
les mensonges des romans sont des vérités. Les historiens
futurs, ce seront les critiques. Michelet le sent, sur ces
hauteurs de l'histoire où il tressaille à tous les souffles de
l'avenir, et il regarde déjà aussi attentivement une toile
de Michel-Ange qu'une victoire de François Ier. Les génies
combattent leur temps, ils provoquent ses superstitions
et ses tyrannies, Eschyle frappe la fatalité et Molière
frappe l'enfer; — et ce temps, qu'ils attaquent, qu'ils ren-
versent, qu'ils cassent, qu'ils anéantissent, ils l'éterni-
sent. Le drame de Shakspeare est le tombeau de son
époque, tuée et perpétuée par lui, poussière dessous,
marbre dessus. Ces meurtriers-sculpteurs font le cadavre
et la statue.

Rien que par la forme, par le mode d'expression, par le
style, par le mot, l'art touche aux racines des questions
politiques. Une grammaire bien faite contiendrait toute
l'histoire de la civilisation humaine. Quand tu voudras
je te prouverai que, pour briser le vers français, il a fallu
briser la monarchie. Dans la forme de l'art, il y a le fond
de la société.

C'est ce qui fait que j'en veux tant à Racine. Est-ce à
Racine que j'en veux? Dix tragédies plus ou moins médiocres ne vaudraient pas une colère de deux cents ans, si
la loi littéraire n'était pas la loi politique et la loi reli-
gieuse, si sous la séparation des genres il n'y avait pas la
séparation des classes et la séparation des âmes, si la tragédie ce n'était pas la noblesse, si la tragédie ce n'était pas

l'intolérance! Ce que j'ai contre *Phèdre?* les dragonnades
des Cévennes!

Histoire, critique, religion, poésie, politique, tout va
ensemble. Pendant que les hommes de la matière affirment la séparation de la politique et de la littérature, de
la science et de l'art, l'Institut leur crève les yeux. Qu'est-
ce que l'Institut, sinon la réunion de la science, de la politique et de l'art, la réconciliation du vrai, de l'utile et du
beau? L'Institut finira par comprendre ce que c'est que
l'Institut, et alors il le fera comprendre. L'Institut sera la
dernière forme du gouvernement. Ce sera l'assemblée de
la lumière. Jusqu'à ce que les hommes aient l'habitude de
l'initiative personnelle, jusqu'à ce que l'individu ose se
posséder, il faudra un pouvoir collectif en qui les individus se retrouvent et se rassurent; seulement, de jour en
jour, à mesure que les masses auront plus d'intelligence,
le pouvoir aura moins de force matérielle; les baïonnettes
deviendront des raisons. L'assemblée de la lumière n'aura
pas autre chose à faire que de mettre en relief les découvertes physiques ou morales, et de les recommander au
libre jugement de chacun. Elle donnera son avis sur toutes
les nouveautés, mais personne ne sera obligé d'être de son
avis. Elle ne votera pas d'impôts; l'impôt sera remplacé
depuis bien longtemps par une assurance volontaire. Elle
ne votera pas de subventions; la liberté se passe de bre-
vets et de récompenses; il n'y aura plus d'autre subven-
tion que le succès. Et l'abolition de là récompense, c'est
par contre-coup l'abolition de la punition. Répétons-le
jusqu'à ce que tous l'entendent, le crime est fait surtout
de misère et d'ignorance. Le mal est une maladie. On re-
connaîtra que la question n'est pas de le punir, mais de le
guérir, et surtout de le prévenir. La première chose à
changer dans le Code pénal, c'est le titre. Pénalité est un

mauvais mot. Qui donc sur terre a le droit de punir ?
Guérir et prévenir, voilà la vraie loi. Le traitement et
l'hygiène. L'hygiène, c'est le pain à bon marché et l'éducation gratuite. Ceux qui, malgré cela, tomberont coupables, la société les traitera. En attendant la guérison, elle
aura sûrement le droit de se préserver. Contre le vol, la
publicité suffira. Quant au meurtre, on maintiendra et on
enfermera le meurtrier tant que durera son accès, mais
pour le soigner ; les prisons seront les maisons de santé
de l'âme ; les garde-chiourme seront des garde-malades.
Aussitôt guéri, le coupable sera relâché. La captivité ne doit
pas durer un jour de plus que la perversité. Plus de con-
damnation à perpétuité, ni à vingt ans, ni à quinze ans ;
plus de bail à long terme du malfaiteur avec le mal. Que
penserait-on d'un médecin qui condamnerait un malade
de la fièvre cérébrale à dix ans de camisole de force ? Je ne
parle pas de l'échafaud ; c'est par trop bête, un médecin
qui couperait le cou à un fou furieux !

Le Parlement-Institut ne sera lui-même qu'une tran-
sition. Un jour, — ce ne sera pas demain, mais pourquoi
ne pas regarder le plus loin possible ? — lorsque tout le
monde saura lire, lorsque l'enseignement obligatoire aura
universalisé l'intelligence, lorsque les journaux et les
livres auront une publicité colossale, alors les nouveautés
n'auront plus besoin de recommandations officielles ; elles
se présenteront elles-mêmes aux multitudes, qui les ac-
cepteront ou les rejetteront sans être influencées par un
corps constitué quelconque ; plus d'intermédiaire ; le peuple
et la vérité face à face ; la presse et le théâtre pour seules
tribunes ; tous pouvant y monter et y proposer leur système ; le plus éloquent entraînant le plus de souscrip-
teurs ; le style persuadant ; la poésie passionnant ; le gouvernement du beau !

Le beau et l'utile se confondront. Séparations, divisions, abstractions, chimères! L'idéal d'un côté, le positif de l'autre? Des hommes de plusieurs espèces? les hommes-âmes et les hommes-corps? Il n'y a dans tout l'univers qu'un seul homme! S'il y en avait deux, ce seraient Prométhée et Chrysale; l'un le titan voleur du feu, l'intelligence, l'art, l'esprit; l'autre le bourgeois épais, la matière, la haine de l'étude; l'un le flambeau, l'autre l'éteignoir; — eh bien! Chrysale, c'est Prométhée! C'est toujours celui qui défend la terre contre l'oppression d'en haut; chez Eschyle, il dit à la fatalité : l'homme a une âme; chez Molière, il dit à l'ascétisme : l'homme a un corps; c'est toujours l'homme qu'il affirme, qu'il exalte, qu'il fait vivre; c'est toujours le ciel tyrannique qu'il combat, ici dans le dieu Jupiter, là dans l'astre Saturne!

La loi c'est l'unité. Tout est fait de tout. Qu'on me montre une goutte d'eau où il n'y ait que de l'eau, une chose quelconque où il n'y ait pas son contraire, du mal où il n'y ait pas du bien! Aristophane, en calomniant Socrate, a consolé d'avance et rassuré dans leur foi tous les révélateurs qui douteraient d'eux-mêmes pour se voir méconnus par l'intelligence de leur temps. Le crime fait de la vertu! L'effort grandit avec l'obstacle, et le bourreau est la moitié du martyr.

Quand on a démoli les cellules de l'art : la comédie et la tragédie, et les cellules de la société : les affaires et les idées, il ne reste plus à démolir que les cellules de l'éternité : la vie et la mort.

L'antiquité n'avait pas d'âme. Dans la Bible, il n'y a rien après la vie; dans l'Iliade, il y a des ombres. L'autre vie n'existant pas, celle-ci n'était plus qu'une débauche; la matière avait tout, la Grèce d'Alexandre, l'Égypte de Cléopâtre, la Rome des Césars, le soleil d'Orient, les cirques pleins de lions, les gladiateurs, les férocités, les magnificences, les orgies de sang, des prodigalités de séve humaine à pétrifier la rêverie des sphinx ! Le·christianisme a été la revanche de la mort : l'âme voyant tout dans ce monde, a mis tout dans l'autre ; elle a arraché le corps aux jouissances, l'a exilé des villes, l'a enfoui dans les déserts, l'a emprisonné dans les monastères, l'a condamné au jeûne et au célibat, lui a déchiré la peau avec les clous des lanières ! Après dix-sept cents ans de ce supplice, le corps s'est révolté et il a recommencé à nier l'âme, et, Pascal ayant supprimé la terre, voici que Diderot supprime le ciel. Ah ! assez de réactions !

Le corps et l'âme ont eu chacun leur journée. Ils peuvent maintenant se pardonner et s'aimer. Embrassez-vous, Pascal et Diderot !

Ah ! quelle misère ! l'un tue sa vie, l'autre tue son éternité ; l'un ne veut de tout le monde qu'un cloître, l'autre ne veut de tous les mondes que la terre !

Oui, Diderot, cette vie existe. Oui, tu as eu raison d'agir, de chercher, d'aller à droite et à gauche, de remuer tout, de douter ! Pascal faisait de l'action un péché, tu en as fait un droit, — nous en faisons un devoir. Oui, cette vie existe, mais l'autre aussi. Et c'est l'existence de l'autre qui fait que celle-ci existe ; car quelle importance auraient notre bien-être et notre malaise d'aujourd'hui si nous devions finir demain ? A quoi bon tant de sueurs, tant de sacrifices, tant de martyres, tant de poëmes, pour des éphémères ? Les penseurs ne seraient plus que des médecins de condamnés à mort ? Ils nous feraient passer agréablement le quart d'heure qui précède la guillotine ? Toi, tu nous aurais fait plus libres, plus heureux et meilleurs, pour apprêter un meilleur régal au ver du sépulcre ? Ceux qui mettent tout sur la terre n'y mettent rien ; ceux qui croient à la mort ne croient pas à la vie. Non, les civilisateurs ne prennent pas seulement les esclaves pour en faire des hommes, ils prennent les hommes pour en faire des anges. Non, l'Encyclopédie n'est pas l'ambition de la matière, une pyramide d'Égypte, un tas de pierres vides dans le désert, la glorification des momies, — c'est une marche de l'escalier du firmament. Tu le sais, à présent que tu es monté. Car tu es monté, les yeux bandés, mais qu'importe? Ton athéisme a fait l'œuvre divine. Tu as servi, éclairé, attendri les hommes; tu as souffert pour le bien des autres; et cela sans espoir de récompense. Ta vertu n'a pas été une spéculation, ni ton dévouement une usure; tu n'as pas marchandé Dieu; tu n'as pas placé ton âme à la banque du paradis. Tu ne t'es pas vendu, tu t'es donné; — et c'est pourquoi tu es sans doute payé plus qu'un autre. Et pour ta peine d'avoir nié le ciel, tu as le ciel, et ton châtiment est d'être récompensé, et tu es le vaincu du paradis, et l'éternité te saute au cou en te disant : Voilà comme je n'existe pas!

Oui, Pascal, il y a une autre vie, et il y en a plus d'une, car l'immortalité n'est pas l'immobilité; la tombe n'est qu'un échelon de l'échelle infinie; il y en a des milliers, et des milliards; il faut gravir, et gravir encore, et gravir toujours. Toi qui as ôté l'action à la vie, tu veux l'ôter aussi à la mort. Ton paradis est encore un cloître. Tes archanges sont des fainéants. Les morts travaillent! on n'est pas quitte pour avoir travaillé sur cette terre ; la peine serait médiocre; on aurait sué soixante ans, vingt ans, dix ans, un jour, et la besogne serait bâclée pour l'éternité? Non. Pascal, on n'a pas l'infini à si bon marché. Les morts y montent d'existence en existence, d'œuvre en œuvre, de monde en monde. Il y a donc d'autres vies, — mais elles

n'empêchent pas celle-ci; au contraire. Les mondes mé
priser le monde? Le nombre ne méprise pas le chiffre. La
phrase ne méprise pas la syllabe. Le siècle ne méprise pas
l'heure. La vie fait partie de l'immortalité, l'homme fait
partie de Dieu. L'immensité ne veut pas perdre ce globe;
les soleils émus se penchent sur les abîmes et jettent leurs
rayons comme des câbles à ce naufragé de l'espace. Ratta-
chons-le, n'ayons pas honte de le toucher, rapprochons-le
des paradis, sauvons-le, aimons-le, vivons! Debout, Pascal! Tu veux revivre, et tu ne veux pas vivre! Qu'est-ce-
que cette immortalité qui serait faite de suicide? Res-
suscite donc! La terre, c'est la racine du ciel. L'homme,
c'est la racine de l'ange. Pour faire pousser la fleur, tu
coupes la racine! Plantons solidement nos pieds en plein
sol pour que notre âme se couvre d'étoiles.

Guernesey, Hauteville-House, avril 1856.

FIN.

TABLE

CHAPITRES.   Pages.

   I. — Le théâtre.................................... 4

  II. — Racine..................................... 10

 III. — Le mélodrame............................. 20

 IV. — Une paire de bottes...................... 29

   V. — Alfred de Musset......................... 37

 VI. — Auguste Vacquerie...................... 54

 VII. — Les talents modestes..................... 62

VIII. — Les barbiers des tigres.................. 67

 IX. — Phèdre 74

   X. — M. Scribe................................ 79

 XI. — M. Augier................................ 85

 XII. — Le style-pensée........................... 90

XIII. — Un sentier professeur de littérature.......... 93

XIV. — *Gœthe prosterné devant Shakspeare*........ 96

 XV. — *La tragédie a laissé ce préjugé*............ 98

XVI. — Les revues de l'année...................... 100

XVII. — Lovelace............................... 102

XVIII. — Les sujets comiques...................... 108

CHAPITRES.　　　　　　　　　　　　　　　　　　　　Pages.

XIX. — *Sur notre instante prière*................. 111

XX. — Sujets de pièces....................... 115

XXI. — Le passé........................... 120

XXII. — L'avenir........................... 124

XXIII. — Antigone.......................... 130

XXIV. — *Hoffmann et Molière ont tous deux*....... 136

XXV. — La capitale du drame.................. 138

XXVI. — Tas de critiques..................... 141

XXVII. — La critique........................ 155

XXVIII. — Les acteurs....................... 162

XXIX. — Mademoiselle Rachel.................. 166

XXX. — *Il s'est passé hier un fait*............... 178

XXXI. — Frédérick-Lemaître................... 182

XXXII. — Madame Dorval..................... 195

XXXIII. — La prospérité des lettres.............. 207

XXXIV. — L'enseignement littéraire.............. 216

XXXV. — L'Institut......................... 227

XXXVI. — L'art pour l'art..................... 244

XXXVII. — L'utilité et la beauté................. 248

XXXVIII. — L'idée-action..................... 251

XXXIX. — La danse des roses.................. 254

XL. — Pascal 256

XLI. — Don Quichotte....................... 265

XLII. — Les Femmes Savantes................. 271

XLIII. — *Voltaire malmène Pascal*.............. 282

XLIV. — A Ernest Lefèvre.................... 285

LAGNY. — Imprimerie de VIALAT.

www.ingramcontent.com/pod-product-compliance
Lightning Source LLC
Chambersburg PA
CBHW050203030726
47505CB00005B/1497